ullstein

Das Buch

Zwanzig Jahre hatten sich Ellen, Cornelia und Paula aus den Augen verloren – jetzt begegnen sich die ehemaligen Schulfreundinnen bei einem Klassentreffen wieder. Alle drei sind aus verschiedenen Gründen Single: Die beruflich erfolgreiche Ellen ist geschieden, die leicht zerstreute Uni-Professorin Cornelia verwitwet mit zwei Kindern, und die behütet aufgewachsene Paula lebt seit dem Tod ihrer Mutter allein in einer großen Villa. Als Cornelia und Ellen gleichzeitig eine neue Bleibe in Frankfurt suchen müssen, kommt Paula auf die Idee, in ihrer Villa eine Wohngemeinschaft zu gründen – Cornelias Kinder, Ellens Kakteensammlung und einige Haustiere inklusive.

Da jedoch ein Mann (oder besser gleich mehrere) das Leben leichter und auch angenehmer machen könnte, sollen die ungenutzten Räume der Villa zu Fremdenzimmern ausgebaut werden. Ellen, Chefin der örtlichen Messegesellschaft, sorgt für die entsprechenden Kunden – alleinstehende Männer mittleren Alters mit gutem Einkommen. Bald treffen die ersten Gäste ein. Doch plötzlich steht nicht nur Ellens geschiedener Mann vor der Tür; auch der Schreiner, der den Umbau der Villa betreut hat, lässt sich nicht so einfach wieder abschütteln. Offensichtlich sind mehr Männer als gedacht auf der Suche nach einem freien Frauenzimmer …

Die Autorin

Heike Wanner, geboren 1967, arbeitet als Angestellte bei einer Fluggesellschaft und lebt in der Nähe von Frankfurt. Sie ist verheiratet und hat einen Sohn. Nach *Der Tod des Traumprinzen* ist *Frauenzimmer frei* ihr zweiter Roman.

Von Heike Wanner sind in unserem Hause bereits erschienen:

Der Tod des Traumprinzen
Für immer und eh nicht

HEIKE WANNER

Frauenzimmer frei

ROMAN

Ullstein

Besuchen Sie uns im Internet:
www.ullstein-taschenbuch.de

MIX
Papier aus verantwortungsvollen Quellen
FSC® C006701

Originalausgabe im Ullstein Taschenbuch
1. Auflage Januar 2010
4. Auflage 2011

Umschlagkonzept: HildenDesign, München
Umschlaggestaltung: ZERO Werbeagentur, München
Titelabbildung: © getty images/© FinePic, München
Satz: LVD GmbH, Berlin
Gesetzt aus der Garamond
Papier: Pamo Super von Arctic Paper Mochenwangen GmbH
Druck und Bindearbeiten: CPI – Ebner & Spiegel, Ulm
Printed in Germany
ISBN 978-3-548-28029-5

Vorwort

Frauen zwischen zwanzig und dreißig, die noch keinen Partner fürs Leben gefunden haben, werden oft um ihr aufregend ungebundenes Leben beneidet. Damen zwischen Mitte dreißig und Anfang vierzig hingegen, die noch ohne Ehemann sind, werden gnadenlos bedauert.

Ist das gerecht?

Wo genau liegt eigentlich die Grenze zwischen dem Lebensabschnitt, in dem man als Frau »auf der Suche« ist und sich ruhig noch Zeit lassen kann, und dem Alter, in dem man plötzlich aufpassen muss, dass man überhaupt noch einen Mann »abkriegt«?

Sind es wirklich nur jene zehn Jahre? Oder auch die paar grauen Haare und Fältchen mehr? Ist es die Lebenserfahrung, weil man vielleicht schon die eine oder andere Beziehung hinter sich gebracht hat und »nicht mehr ganz jung« ist, wie es so schön heißt? Sind es die Hormone, die langsam weniger werden und einem ins Ohr flüstern, dass die biologische Uhr unaufhaltsam tickt?

Was auch immer es ist – irgendwann im Leben einer Single-Frau zwischen dreißig und vierzig wird ein Schalter umgelegt, und dann heißt es auf einmal: »Liebes, jetzt musst du dich aber allmählich beeilen!«

Vorzugsweise kommt dieser Rat von der eigenen Mutter oder einer verheirateten Freundin, die sich gar nicht vorstellen können, wie schwierig es ist, attraktive und bindungswillige vierzigjährige Männer zu finden.

Mit zwanzig braucht man sich nicht anzustrengen, um auf annehmbare Junggesellen gleichen Alters zu treffen. Man kommt sich während des Studiums näher, im Sportverein oder bei einem Konzert. Meistens geht die Sache mit dem »Näherkommen« auch sehr schnell.

Kein Wunder – mit zwanzig Jahren muss eine Frau nicht einmal hübsch aussehen, um nicht trotzdem jung und attraktiv zu wirken. Und wenn dann der aktuelle Freund nicht der Richtige ist, sucht man eben ganz entspannt und in Ruhe weiter.

Zehn Jahre später haben Frauen es da schon wesentlich schwerer.

Angefangen damit, dass es viel Zeit kostet, der Natur mit diversen Faltencremes und Haarfärbemitteln nachzuhelfen, stehen auch nicht mehr ganz so viele gleichaltrige Männer bereit, die sich binden wollen. Vierzigjährige haben ihr Studium längst abgeschlossen, feiern nur noch selten wilde Partys und amüsieren sich lieber zu Hause vor dem Fernseher als in den kalten Straßen der Großstädte.

Wo also sollen nicht mehr ganz junge Frauen auf Männerjagd gehen?

Sie können sich auf die gutgemeinten Versuche ihrer Freundinnen einlassen, die sie mit mehr oder weniger sympathischen Männern verkuppeln wollen, die ebenfalls gerade Single sind.

Oder sie versuchen ihr Glück auf »Ü30-Partys« oder »After-Office-Dancing«. Das Internet mit all seinen Chatrooms ist eine weitere erfolgversprechende Möglichkeit. Es gibt viele schöne Berichte über Paare, die sich zunächst nur virtuell getroffen haben.

Aber eine solche Geschichte soll hier nicht erzählt werden.

Die folgenden Ereignisse spielen nämlich von Anfang an »im richtigen Leben«. Es geht um drei Frauen in den besten Jahren, die aus verschiedenen Gründen Single sind und ihre ganz eigene Idee entwickeln, wie man das ändern könnte:

Wenn die Männer nicht zufällig und freiwillig vor der Tür stehen, dann muss man sie einladen.

Dumm nur, wenn auf einmal viel mehr Männer kommen, als eigentlich eingeladen wurden. Da kann Frau schon mal den Überblick verlieren.

Aber zum Glück ist jedes Problem nur halb so schlimm, wenn man es mit der besten Freundin bei einem Glas Wein des Nachts am Küchentisch besprechen kann. Insofern ist dieses Buch nicht nur eine Liebesgeschichte, sondern auch ein Buch über die Freundschaft.

Viel Spaß beim Lesen!

Paula

Die Kaffeemaschine blubberte in den letzten Zügen. Sanfter Kaffeeduft zog langsam von der Küche in Richtung Wohnzimmer. Dort hatte es sich Paula Rosen in ihrem Lieblingssessel gemütlich gemacht und studierte die Fernsehzeitung.

Dienstags war die Auswahl im Abendprogramm nicht besonders groß. Paula mochte weder amerikanische Krimiserien, noch interessierten sie die Talkshows. Nach kurzem Nachdenken entschied sie sich für eine deutsche Liebeskomödie. Allerdings wusste sie, dass sie nach dem unweigerlichen Happy End frustriert Vergleiche mit ihrem eigenen Leben anstellen würde.

Paula seufzte. Sie hatte noch nie ein Happy End erlebt. Das lag jedoch ziemlich sicher daran, dass sie auch noch nie eine ernsthafte Beziehung geführt hatte.

Als einzige Tochter aus reichem Elternhaus war sie behütet und von Luxus umgeben aufgewachsen und hatte sich nie richtig von ihren Eltern lösen können. Selbst nach dem Abitur, als ihre Schulfreundinnen zum Studieren in die Ferne zogen, war sie zu Hause geblieben und hatte ihr ruhiges Leben mit ihren Eltern weitergelebt. Immerhin hatte sie ihre einzige große Leidenschaft zum Beruf machen können. Paula liebte Pflanzen über alles und besaß das, was man einen »grünen Daumen« nannte.

Als ein Blumenladen in der Nähe ihres Elternhauses zum Verkauf stand, erwarb Paula das Geschäft. Im Laufe der Zeit war daraus ein gutgehender Blumenhandel geworden, der den bezeichnenden Namen »Paula Rosens Rosenwunder« trug.

Privat jedoch hatte sie weniger Glück. Neun Jahre zuvor war Paulas Vater gestorben, und ihre Mutter hatte beschlossen, noch zarter und leidender zu werden, als sie es ohnehin schon war. Paula übernahm klaglos ihre Pflege. Unterstützt wurde sie dabei von zwei polnischen Krankenschwestern und einer jungen türkischen Haushaltshilfe. Alle drei zogen in das obere Stockwerk der großen Villa mitten in Frankfurt, in der Paula mit ihren Eltern seit ihrer Geburt wohnte.

Paula richtete sich im Erdgeschoss zwei gemütliche Zimmer ein und bewahrte sich damit einen Hauch von Unabhängigkeit. Mit der Zeit arrangierte sie sich mit ihrem Leben. Doch dann, vor drei Monaten, war Paulas Mutter unerwartet gestorben.

Die beiden polnischen Krankenschwestern verließen das Haus, nachdem Paula ihnen neue Stellen vermittelt hatte. Hylia erklärte jedoch, dass sie weiterhin bei Paula bleiben wolle. Paula war gerührt – und dankbar, nicht allein in dem großen Haus leben zu müssen.

Und so teilte sie jetzt, mit fast vierzig Jahren, ihr Haus mit einer jungen Türkin und ihr Leben mit üppig blühenden Pflanzen, die sich für ihre Fürsorge mit betörendem Duft und schillernder Farbenpracht bedankten.

Paula seufzte noch einmal. Eigentlich war sie mit ihrem Leben zufrieden.

Wenn nur die Sache mit dem fehlenden Happy End nicht wäre …

Sie legte die Fernsehzeitung beiseite, erhob sich aus ihrem Sessel und schlurfte in die Küche. Dort stellte sie, wie jeden Abend, eine einzelne Tasse und eine Zuckerdose aufs Tablett.

Nach kurzem Zögern legte sie eine Tafel Marzipanschokolade dazu und suchte im Schrank vergeblich nach einem Löffel. Seufzend öffnete sie die Spülmaschine und ärgerte sich im nächsten Moment, dass sie wieder mal nicht nachgedacht hatte. Ein heißer, feuchter Schwall schlug ihr entgegen, denn die Maschine hatte erst vor wenigen Minuten zu Ende gespült. Sofort beschlug Paulas Brille. Sie wandte den Blick zum Fenster, wie immer, wenn sie darauf wartete, wieder klare Sicht zu bekommen.

Draußen wurde es langsam dunkel. Paula hatte die ersten Herbstblumen aus dem Geschäft mitgebracht und früher am Abend alles im Vorgarten eingepflanzt. Lila Blüten wechselten sich in regelmäßigen Abständen mit weißen und blauen Blumen ab.

Paula freute sich auf den Anblick, der sich ihr bieten würde, wenn die Brille wieder klar war. Da fiel auf einmal ein roter Schatten ins immer noch benebelte Bild. Es quietschte, krachte und klirrte ganz fürchterlich, dann war alles wieder still.

Die Brillengläser wurden langsam klar. Paula hielt den Atem an – der Anblick des gepflegten Gartens hätte schöner nicht sein können. Allerdings wurde er durch einen Fremdkörper gestört. Zwischen Heidekraut und Herbstastern stand ein roter Sportwagen im Blumenbeet.

Paula war kein Mensch, der Überraschungen liebte. Der heutige Abend hätte aus Kaffeetrinken, Naschen und Fernsehen bestehen sollen. Eine wie auch immer geartete Störung war in diesen Plänen nicht vorgesehen. Ein Autounfall im Blumenbeet war aber definitiv eine Störung, und eine ziemlich dumme noch dazu. Ärgerlich lief Paula in den Flur hinaus und riss die Haustür auf. Dann betrachtete sie das Ausmaß der Zerstörung.

Der blauweiß gestrichene Zaun lag zersplittert im Vorgarten. Die sorgfältig in Reihen gepflanzten Herbstblumen waren platt gedrückt. Nur einige liebevoll gruppierten Gartenzwerge mit roten Zipfelmützen waren verschont geblieben und lächelten unbeeindruckt vor sich hin.

Paula war in diesem Moment jedoch nicht nach Lachen zumute. Wütend schob sie ihre Brille ein Stück nach oben und blickte böse auf den großen Mann mit den braunen Haaren, der soeben aus dem Auto stieg.

Roland Wolf fluchte leise, aber kräftig.

Er war nur wenige Sekunden unaufmerksam gewesen, weil sein Autoradio gestört hatte und er deshalb die wunderschöne Opernarie nicht zu Ende hören konnte.

Hektisch hatte er an den Knöpfen gedreht und dabei die Katze übersehen, die vor ihm über die Straße lief. Als er schließlich aufblickte, blieb ihm nur noch die Wahl, die Katze zu überfahren oder das Steuer herumzureißen und darauf zu hoffen, dass das Auto rechtzeitig vor dem nächsten Vorgarten zum Stehen kam.

Leider war diese Hoffnung vergeblich gewesen. Nun hing sein nagelneuer Porsche in einem kaputten Zaun und wurde von einer Ansammlung einfältig grinsender Gartenzwerge umzingelt.

Das Bedrohlichste allerdings war die Frau, die in diesem Moment auf ihn zukam. Sie war ein ganzes Stück kleiner als er, hatte die Arme in die Seiten gestemmt und funkelte ihn durch ihre Brillengläser zornig an.

»Sie haben meinen Vorgarten zerstört!«, fauchte sie.

Roland Wolf seufzte und wünschte sich, er hätte die Katze überfahren.

»Ich werde für den Schaden bezahlen«, entgegnete er gereizt. Dann begann er, seinen Porsche nach Schrammen abzusuchen. Offensichtlich waren nur leichte Lackschäden entstanden. Er atmete auf.

»Ein Lebewesen kann man nicht einfach bezahlen! Das ist nicht ersetzbar«, bemerkte die Frau düster.

»Lebewesen?« Hatte er die Katze doch überfahren?

»Unter Ihren Reifen liegen Erika, Fetthenne und Kissenaster.«

»Erika und Fetthenne?«, wiederholte Roland Wolf bestürzt. »Haben Sie eine Hühnerzucht?«

Aber zum Glück schüttelte die Frau den Kopf, und ihre langen schwarzen Haare lösten sich langsam aus dem Band, das sie zusammengehalten hatte.

»Erika, Fetthenne und Kissenaster sind Herbstblumen«, klärte sie ihn auf. »Wunderschöne blühende Pflanzen in Weiß, Lila und Lavendelblau.«

»Dann ist es ja nicht so schlimm«, sagte Wolf erleichtert.

»Nicht so schlimm?«, wiederholte die Frau lauter als nötig. »Sie haben diese Pflanzen getötet!«

»Die Gartenzwerge sind aber heil geblieben«, verteidigte er sich.

Mit einem Aufschrei stürzte die Frau in den Vorgarten und stellte die Gartenzwerge fein säuberlich nebeneinander auf. Dabei zählte sie laut. »Eins – Ludwig. Zwei – Heinrich. Drei – Jakob. Vier – Waldemar …«

Roland Wolf verdrehte die Augen zum Himmel. Offensichtlich hatte er es mit einer Irren zu tun, die mit ihren Pflanzen redete und ihren Gartenzwergen Namen gab.

Inzwischen hatte sie sieben Zwerge um sich herum aufgebaut und nickte zufrieden. »Alle da und alle unversehrt.«

Er musste lächeln. Im Kreis der Zwerge erinnerte ihn die Frau mit den schwarzen Haaren an ein in die Jahre gekommenes Schneewittchen.

»Paula Rosen«, sagte sie jetzt und blinzelte ihn unfreundlich an.

»Wie bitte?« Er war verwirrt. Sprach sie von einem achten

Gartenzwerg? Zählte sie eine weitere Pflanze auf, die er auf dem Gewissen hatte?

»Ich heiße Paula Rosen«, wiederholte sie gereizt.

»Roland Wolf.« Das »Angenehm« ließ er fort. Diese Situation war für ihn alles andere als angenehm. Sie nickte und betrachtete dann kritisch seinen Porsche. »Würde es Ihnen etwas ausmachen, Ihr Auto zu entfernen?«, fragte sie.

»Das ist kein Auto, das ist ein Porsche«, entgegnete Wolf verärgert.

»Mir ist völlig egal, wie das Gefährt heißt. Hauptsache, es verschwindet wieder!« Sie rückte ihre Brille zurecht.

Wolf kramte eine Visitenkarte aus seiner Manteltasche und hielt sie Paula vor die Nase.

»Hier ist meine Karte.«

Paula ergriff sie und las sie aufmerksam durch.

»Sie sind Zahnarzt«, stellte sie fest und steckte die Karte in ihre Hosentasche.

»Haben Sie auch eine Visitenkarte?«, fragte Wolf. Paula nickte.

»Kann ich sie eventuell bekommen?«

»Nein.« Sie schüttelte den Kopf.

»Nein?«, wiederholte er ungläubig. »Warum nicht?«

»Ich habe keine hier. Sie liegen im Laden.«

»Was verkaufen Sie denn? Gartenzwerge in verschiedenen Größen?« Er musste über seinen albernen Scherz schmunzeln.

»Unter anderem«, bestätigte Paula jedoch völlig ungerührt. »Und dazu noch Pflanzen in allen Varianten. Mir gehört der Blumenladen um die Ecke.«

»Aha.« Mehr fiel ihm dazu nicht ein. Dann räusperte er sich. »Ich werde gleich morgen veranlassen, dass hier alles repariert wird.«

Paula zuckte mit den Schultern. »Wie Sie meinen. Für die Blumen kommt wohl jede Hilfe zu spät.«

»Wollen Sie sie selbst begraben, oder soll ich ein Bestattungsunternehmen schicken?« Wieder musste Wolf ein Grinsen unterdrücken.

»Ich kümmere mich selbst um meine Pflanzen«, kam es unfreundlich zurück. »Es reicht, wenn Sie den Zaun reparieren lassen.«

»Damit ist ja wohl alles geklärt«, sagte Wolf erleichtert.

»Genau«, bestätigte Paula. Sie drehte sich um, verschwand im Haus und knallte die Tür hinter sich zu.

Wolf ging zu seinem Wagen. Zum Glück sprang der Motor auf Anhieb an. Vorsichtig fuhr er zurück auf die Straße und atmete erleichtert auf, als Paula Rosens Vorgarten aus seinem Blickfeld verschwand.

Gerade als Paula die Tür hinter sich zuschlug, kam ihr ihre Haushaltshilfe entgegen.

»Was war denn da draußen los?«, fragte Hylia. Sie war eine lebhafte Frau mit dunklen Augen und schwarzen Haaren, die bereits seit ihrer Geburt in Deutschland lebte.

»Da ist gerade ein Mann mit seinem Auto in unseren Vorgarten gefahren«, knurrte Paula.

»Du lieber Himmel! Ist es schlimm?«, erkundigte sich Hylia bestürzt.

Paula schüttelte den Kopf. »Ich glaube nicht.«

»Das muss ich mir mal ansehen.« Hylia eilte zur Tür hinaus und verschwand im Garten.

Paula ging in die Küche und schenkte sich Kaffee ein. Sie legte ihre Finger um die Tasse und blickte missmutig aus dem Fenster.

»Schade um den schönen Zaun.« Hylia betrat die Küche. »Du hast dem Typen hoffentlich gesagt, dass er zahlen muss?«

Paula nickte. Während sie den Kaffee in kleinen Schlucken trank, bemerkte sie, dass Hylia zwei Briefe in der Hand hielt.

»Was hast du da?«

»Die Post.« Hylia hielt ihr einen der beiden Umschläge hin. »Dieser Brief ist für dich. Der andere ist von meiner Oma aus der Türkei.« Paula hatte den Absender ihres Briefes gelesen und runzelte die Stirn.

»Brauchst du mich noch?«, fragte Hylia. »Sonst würde ich gern weiter ›Die Super-Hausfrau‹ gucken.« Hylia hatte eine Schwäche für Reality-TV-Sendungen.

»Geh ruhig!« Paula lächelte.

»Na dann, gute Nacht!« Hylia nahm sich beim Hinausgehen ein Stück von der Marzipanschokolade.

Paula winkte ihr nach, füllte ihre Tasse noch einmal auf und setzte sich mit dem Brief an den Küchentisch. Wieder las sie den Absender.

»Ellen Winter«, murmelte sie. »Was für eine schöne Überraschung!«

Neugierig riss sie den Umschlag auf und begann zu lesen.

Betrifft: Einladung zum Klassentreffen
Liebe ehemalige Mitschülerin, lieber ehemaliger Mitschüler,
in diesem Jahr haben wir zwanzigjähriges Abi-Jubiläum!
Aus diesem Grund wollen wir zusammen feiern.

Wann? Am Freitag, dem 2. November, um 19 Uhr
Wo? Im Gasthaus Zum goldenen Lamm *in der Steinstraße*
in Frankfurt

Bitte gib an eine der unten genannten Adressen Bescheid,
ob du kommst.
Wir freuen uns auf dich!
Ellen Winter und Cornelia Kleinschmidt

»Ellen und Conny«, sagte Paula sinnend. Dann sah sie, dass auf der Rückseite des Briefes noch einige handschriftliche Zeilen hinzugefügt worden waren.

Liebe Paula,
Conny und ich hoffen sehr auf ein Wiedersehen mit dir.
Bitte, bitte komme am 2. November!
Viele liebe Grüße,
Ellen

Paula schluckte gerührt. Ellen und Cornelia waren ihre beiden besten Schulfreundinnen gewesen. Zu dritt hatten sie sich durch Latein und Biologie gekämpft, zur Musik der »Neuen Deutschen Welle« getanzt und bei etlichen Tassen Tee über Atomkraft, Jungengeschichten und ähnlich wichtige Themen diskutiert. Sie hatten sich stets gut verstanden, auch wenn ihre Charaktere und ihre Herkunft sehr verschieden waren.

Während die schüchterne Paula in der Schule nur schwer Freundinnen fand, war Ellen von Anfang an sehr beliebt gewesen. Selbstbewusst, intelligent und gutaussehend hatte sie immer genau gewusst, was sie wollte. Sie kam aus wohlhabendem Elternhaus und wurde weitgehend sich selbst überlassen, denn ihre Eltern waren beruflich sehr erfolgreich und deshalb selten zu Hause. Trotz ihrer leicht herrischen und überheblichen Art hatte Ellen das Herz auf dem rechten Fleck. Zum Erstaunen aller waren Ellen und Paula bald unzertrennlich.

In der neunten Klasse stieß Cornelia zu den beiden. Als fünftes Kind eines berühmten Zoologen-Ehepaares war sie mit ihrer Familie bereits in der Welt herumgereist und konnte spannende Geschichten rund um Dschungel, Meer und Wüste erzählen. Ellen und Paula nahmen Cornelia bereitwillig auf, und obwohl die Freundschaft zu dritt manchmal

Probleme bereitete, hielten die Mädchen bis zum Abitur zusammen.

Leider hatte sich der Kontakt dann verloren. Ellen ging zum Studium nach München, Conny heiratete und zog vorübergehend nach Südafrika, und Paula blieb allein zurück und tröstete sich mit ihren Blumen.

Was wohl aus den beiden Freundinnen geworden war?

Paulas Blick glitt zu den Adressen am unteren Ende des Briefes. Überrascht und erfreut stellte sie fest, dass Cornelia mittlerweile im Frankfurter Raum wohnte. Ellen hatte als Anschrift ein Postfach in Wiesbaden angegeben.

Vielleicht konnten sie sich in Zukunft ja wieder öfter treffen?

Ellen

Der zweite November begann nasskalt und mit dickem Nebel. Trotzdem war Ellen Winter an diesem Morgen sehr früh ins Büro gekommen. Sie hatte schlecht geschlafen, nicht gefrühstückt, und zu allem Überfluss plagten sie auch noch heftige Kopfschmerzen. Erleichtert nahm sie zur Kenntnis, dass in den Räumen der Frankfurter Messegesellschaft noch gähnende Leere herrschte.

Seufzend ließ sie ihren Mantel auf einen Stuhl fallen und rieb sich die schmerzende Stirn. Seit vier Monaten war sie jetzt als stellvertretende Leiterin der Messe-Organisation in Frankfurt tätig. Sie hatte sich – wie sie selbst fand – sehr gut eingearbeitet und war mit Sicherheit die beste und effektivste Mitarbeiterin in ihrer Abteilung.

Trotz Kopfweh lächelte Ellen zufrieden vor sich hin. Die Entscheidung, ihre Stelle in Stuttgart aufzugeben und nach Frankfurt zurückzukehren, war richtig gewesen. Sie fühlte sich wohl in der alten Heimat.

Rasch öffnete sie ein Fenster und ließ die kalte Morgenluft ins Zimmer. Sie liebte die frühen Stunden im Büro und nutzte diese Zeit gern zur Erledigung ihrer Post oder zur Abwicklung kleinerer Aufgaben. Ab zehn Uhr morgens war ihr Terminkalender immer so voll, dass ihr nicht einmal die Zeit blieb, einen Kaffee zu trinken.

Kaffee! Das war eine gute Idee. Schon etwas besser gelaunt

machte sie sich auf den Weg zur Kaffeemaschine in der Büroküche.

Die Maschine war bereits eingeschaltet, wie sie feststellte. Das bedeutete, dass ihr Kollege Dieter Bader auch schon im Büro war.

Ellen strich sich seufzend durch die kurzen roten Haare. Sie hätte gern ein paar Minuten für sich allein gehabt.

»Guten Morgen!«

Ihr Kollege stand in der Tür und schwenkte zum Gruß seine Kaffeetasse. Dann setzte er sich ächzend auf einen der Küchenstühle.

Dieter Bader war schon seit über fünfzehn Jahren bei der Frankfurter Messegesellschaft und betonte seine langjährige Erfahrung bei jeder Gelegenheit. Zu Ellens Missfallen mischte er sich ständig gönnerhaft in ihre Arbeit ein. Bislang hatte sie zwar einen Streit vermeiden können, doch sie wusste, dass es nur eine Frage der Zeit war, bis sie mit ihm aneinandergeraten würde.

Bader gähnte herzhaft. Ellen beobachtete ihn verstohlen und fragte sich, ob dieser Mann jemals schlief. Jedenfalls sah er nicht so aus. Er hatte große Ränder unter den Augen und die schreckliche Angewohnheit, pausenlos an den Nägeln zu kauen oder an seinem Bart herumzuzupfen.

»Nun, Dieter, was gibt es Neues?«, fühlte sie sich gezwungen zu fragen und hoffte, dass er es dienstlich verstehen würde.

Bader rieb sich erschöpft die Augen. »Unser Kleinster bekommt gerade seinen ersten Zahn und hat die ganze Nacht gebrüllt. Helga und ich haben ihn abwechselnd herumgetragen. Gott sei Dank ist er dann gegen fünf Uhr eingeschlafen.«

Er gähnte wieder und nahm einen großen Schluck Kaffee. Ellen musterte seine Tasse, auf der ein großes Familienfoto prangte. Die Gesichter der kleinen Familie waren durch etliche Kaffeeflecken braun eingefärbt. Ihr Kollege war ihrem Blick gefolgt.

»Ein Geschenk meiner Frau«, erklärte er eifrig und tätschelte die Tasse liebevoll. Ellen fragte sich, ob Helga Bader wohl wusste, dass ihr Nachwuchs hier inzwischen kurz vor dem Verschimmeln stand.

Dieter Bader schien ihre Gedanken lesen zu können. »Ich mag die Tasse gar nicht in die Spülmaschine stellen, sonst löst sich das Foto womöglich auf«, erklärte er. »Meine Frau hat schon einen Kratzer auf der Nase.«

Ellen konnte sich ein Grinsen nicht verkneifen.

Wieder gähnte Bader, und Ellen nutzte die Gelegenheit zur Flucht. »Du Armer! Du solltest jetzt erst einmal in Ruhe deinen Kaffee trinken. Wir sprechen uns später.«

»Aber ich habe ein paar Nachrichten für dich –«, begann Dieter.

»Ja danke! Ich melde mich dann«, unterbrach Ellen ihn. Und noch ehe er etwas entgegnen konnte, hatte sie den Raum verlassen.

Aufatmend betrat sie ihr Büro und stellte die Kaffeetasse auf den Schreibtisch. Dann schloss sie das Fenster und ließ sich auf ihren Stuhl fallen. Ärgerlich runzelte sie die Stirn. Auf dem Computer-Bildschirm klebten sechs gelbe Zettel. Ellen schimpfte leise und entfernte die Notizen. Sie hatte Bader schon unzählige Male darauf hingewiesen, dass sie diese Art der Nachrichtenübermittlung hasste. Aber ihr Kollege war unverbesserlich. Er liebte die kleinen selbstklebenden Zettelblöcke und schrieb jede Nachricht fein säuberlich auf.

Ellen zog eine Packung Reinigungstücher aus der Schublade und wischte über den Bildschirm. Dann nahm sie einen Schluck Kaffee und wandte sich den Notizen zu.

Die erste war eine Mitteilung, dass der Vertrag mit einem Catering-Unternehmen wie gewünscht zustande gekommen war. Sie nickte zufrieden.

Auf dem zweiten Zettel stand nur »Anruf Herr König, erbittet Rückruf wegen Wohnungsübergabe«. Ellen runzelte die Stirn. Was wollte der Innenarchitekt von ihr? Das hatte wohl erst einmal Zeit. Vermutlich ging es um ein Detail bei ihrem bevorstehenden Umzug in ein Apartmenthaus in der Frankfurter Innenstadt.

Zettel Nummer drei informierte sie darüber, dass Herr Direktor Wagner für die kommende Landwirtschaftsausstellung immer noch kein Hotelzimmer gefunden hatte. Nun, es wurde immer schwieriger, zu Messezeiten qualitativ hochwertige Unterkünfte für die leitenden Direktoren der Ausstellerfirmen zu finden. Ellen kannte viele der Manager schon aus früheren Tätigkeiten persönlich und wusste, dass diese sich nicht mit einem einfachen Hotelzimmer zufriedengaben. Seufzend beschloss sie, sich des Problems mit den Unterkünften in der nächsten Zeit selbst anzunehmen, und machte sich einen entsprechenden Vermerk in ihren Kalender.

Als sie den vierten gelben Zettel las, hellte sich ihr Gesicht auf. »Frau Cornelia Kleinschmidt bittet darum, vor dem Klassentreffen von dir abgeholt zu werden.«

Natürlich!

An diesem Abend würde endlich das Klassentreffen stattfinden, auf das sie sich schon so lange freute. Lächelnd lehnte sich Ellen in ihrem Stuhl zurück.

Vor zwei Monaten war sie zufällig im Theater ihrer Schulfreundin Conny über den Weg gelaufen. Ellen hatte sie sofort wiedererkannt, denn Conny hatte sich kaum verändert. Noch immer trug sie die Haare zu einem nachlässigen Dutt hochgesteckt, und noch immer blickten ihre braunen Augen fröhlich und ein bisschen verwirrt in die Welt.

Die beiden Freundinnen hatten sich viel zu erzählen gehabt, wobei Conny wie üblich die spannendere und tragischere Geschichte zu bieten hatte. Sie hatte früh geheiratet, in Biologie promoviert und zwei Kinder zur Welt gebracht. Dann war ihr Mann tödlich verunglückt, und seitdem zog sie ihre beiden Kinder allein groß.

Ellens eigene Geschichte vom beruflichen Erfolg und einer kurzen missglückten Ehe war dagegen schnell abgehandelt.

Als sich die Freundinnen an jenem Abend wieder trennten, war die Idee mit dem Klassentreffen beschlossene Sache. Und so hatte Ellen begonnen, das Ereignis zu planen.

Sie nahm einen weiteren Schluck Kaffee und lächelte stolz. Alles würde perfekt werden, denn schließlich hatte sie es selbst organisiert. Natürlich hatte Conny helfen wollen, aber Ellen kannte die Schusseligkeit ihrer Freundin und hatte deshalb die gesamte Abwicklung lieber allein übernommen. Organisation war eindeutig ihre Stärke.

Beim Abstellen der Kaffeetasse fiel ihr Blick auf die beiden übrigen Notizen, und sie zwang sich, sich wieder auf die Arbeit zu konzentrieren.

Zettel Nummer fünf und sechs waren in ihren Augen unwichtig. Die örtliche Presse sowie ein lokaler Radiosender wollten Einzelheiten über eine bevorstehende Messe wissen. Ellen schrieb »Dieter, kannst du das bitte erledigen?« auf die Zettel und setzte nach kurzem Zögern noch »mit der üblichen Erklärung« hinzu. Bei Dieter Bader konnte man nie wissen, was er den Leuten erzählte. Aber an die Empfehlung, nur den passenden Standardtext herauszugeben, würde er sich hoffentlich halten.

Dann ging sie hinüber ins Büro ihres Kollegen. Er war nicht im Zimmer. Ellens Blick fiel zufällig auf das Familienfoto, das auf Baders Schreibtisch stand.

Zwei Kinder grinsten sie an. Das dritte war noch zu klein zum Grinsen und befand sich auf dem Arm seiner Mutter.

Baders Frau blickte stolz lächelnd in die Kamera. Ihre dauergewellten Locken fielen bis auf die Schultern. Wenn man nicht genau hinsah, konnte man Helga Bader für sanft halten. Auf den zweiten Blick allerdings wirkten ihre eng beieinanderstehenden kleinen Augen herrisch.

Ellen blieb für einen Moment nachdenklich vor dem Schreibtisch stehen.

Sie mochte Kinder nicht besonders und hatte es nie vermisst, keine Familie zu besitzen. Dieter Bader jedoch ignorierte ihr Desinteresse und belästigte sie ständig mit ermüdenden Berichten aus seiner heilen Familienwelt.

Und genau deshalb klebte sie jetzt die beiden gelben Notizzettel quer über das Familienfoto mit den grinsenden Kindern.

CONNY

»Mama?«

Cornelia Kleinschmidt stand vor dem Spiegel in ihrem Schlafzimmer und zog es vor, nicht auf den verzweifelten Ruf zu reagieren.

»Mama?«

Dieses Mal wurde die Stimme ihrer Tochter schon etwas lauter, aber es gelang ihr immer noch, sie zu ignorieren.

Kritisch betrachtete sie sich im Spiegel und fragte sich, ob es richtig gewesen war, auf die Verkäuferin in der kleinen Boutique zu hören.

»Das Kleid steht Ihnen wunderbar und umschmeichelt Ihre Figur. Außerdem passt das Grün ausgezeichnet zu Ihren braunen Haaren.«

Cornelia zwinkerte ihrem Spiegelbild zu. Eine »Umschmeichelung« ihrer Figur war leider dringend nötig, denn sie hatte ein paar Kilo zu viel auf den Hüften. Und was die braunen Haare betraf – die waren gefärbt und in Natura leider längst nicht mehr so braun wie früher.

Cornelia drehte sich zur Seite.

Sie freute sich auf das Klassentreffen – auch wenn es bedeutete, dass sie sämtliche ehemalige Klassenkameradinnen an ihrem eigenen schonungslosen Alterungsprozess teilhaben lassen musste.

Hektisch zupfte sie ihr Kleid zurecht. Sie würde vor den anderen unmöglich bestehen können.

»Mama!«

Der Ruf war inzwischen eher ein verzweifelter Schrei und hatte den Hund aufgeweckt, der die Störung mit ärgerlichem Gebell kommentierte. Aber Conny antwortete noch immer nicht. Sie brauchte noch zwei Minuten für sich.

Kritisch drehte sie sich zur anderen Seite und versuchte ein strahlendes Lächeln.

»Erinnerst du dich an mich?«, hauchte sie ihrem Spiegelbild zu. »Ich bin Cornelia Kleinschmidt, geborene Dornfeld.«

Ihr Spiegelbild nickte.

»Was aus mir geworden ist?«, wiederholte Cornelia die imaginäre Frage ihres imaginären Gegenübers. »Tja, ich habe es zu etwas gebracht im Leben … Ich bin Doktor der Biologie und leite den Fachbereich Zoologie hier an der Universität. Ich fahre einen tollen Wagen, wohne in einer schönen Wohnung und habe zwei hübsche, wohlerzogene Kinder …«

Sie wurde durch ein Räuspern an der Tür unterbrochen. Dort stand eines ihrer hübschen, wohlerzogenen Kinder – David, der mit vierzehn gerade seine dunkle Phase hatte und vorzugsweise in schwarzer Kleidung und dunkel gefärbten Haaren durch die Gegend lief.

»Was ist los?«

»Was los ist? Sara brüllt sich die Kehle aus dem Leib, Pepper bellt sich langsam heiser, und du stehst vor dem Spiegel und führst hirnlose Selbstgespräche«, schimpfte ihr Sohn. »So kann ich nicht lernen!«

Conny seufzte.

»Mama!« Ihre zwölfjährige Tochter trat nun ebenfalls ins Schlafzimmer und blieb überrascht stehen, als sie Cornelia erblickte. »Was hast du da an?«

»Ein grünes Kleid«, erwiderte Conny und schaute unsicher in den Spiegel. »Steht es mir nicht?«

»Doch, doch«, versicherte Sara ihr.

»Ein bisschen zu grün vielleicht«, setzte David hinzu. »Schwarz wäre besser.«

»Es ist einfach ...« – Sara suchte nach dem richtigen Wort – »... ungewohnt, dich in einem Kleid zu sehen.«

Ihre Mutter nickte. »Stimmt. Aber heute ist doch mein Klassentreffen. Da habe ich mich ausnahmsweise mal hübsch gemacht.«

»Du bist immer hübsch, Mama!« Sara sah sie liebevoll an.

Sofort wurde Conny misstrauisch. »Was ist eigentlich passiert, dass du mich so laut gerufen hast?«, wollte sie wissen.

Sara blickte beschämt zu Boden. »Mir ist die Dose mit den Heuschrecken runtergefallen, als ich Konstantin füttern wollte.«

Konstantin war eine Eidechse, die schon seit vielen Jahren in einem großen Terrarium im Wohnzimmer der Familie Kleinschmidt lebte. Zu seinen Leibgerichten gehörten lebende Heuschrecken, die Conny zweimal in der Woche frisch aus der Tierhandlung holte. Erst heute hatte sie eine große Packung mitgebracht.

»Du meinst, bei uns im Wohnzimmer hüpfen jetzt fünfzig Heuschrecken herum?« Cornelia war schon auf dem Weg.

»Siebenundvierzig«, korrigierte ihre Tochter sie, während sie hinter Conny herlief. »Drei hat Konstantin schon gefressen.«

»Den Rest erledigt bestimmt der Hund«, ergänzte David, bevor er sich mit geräuschvollem Türenknallen wieder in sein Zimmer verzog. Kurz darauf ertönten aus seinen Boxen laute Bässe.

Cornelia runzelte die Stirn. Um David und seine Musik musste sie sich noch kümmern, bevor sie zum Klassentreffen aufbrach. Ihr Vermieter schätzte es gar nicht, wenn es so laut zuging. Unglücklicherweise wohnte er direkt unter ihr und forderte sie täglich auf, für Ruhe zu sorgen.

Sie seufzte und strich sich eine Haarsträhne aus dem Gesicht. Zuerst musste sie aber die Sache mit den Heuschrecken erledigen.

Im Wohnzimmer erkannte sie, dass ihr Sohn recht gehabt hatte: Pepper, die grauhaarige Promenadenmischung, saß auf dem Teppich und fraß Heuschrecken. Er brauchte sich dazu nicht einmal besonders anzustrengen, was seinem fortgeschrittenen Alter sehr entgegenkam. Die Heuschrecken waren dermaßen verängstigt, dass sie orientierungslos durch die Gegend hüpften und sich leicht einfangen ließen.

Als Pepper Conny erblickte, unterbrach er seine Mahlzeit und kam schwanzwedelnd auf sie zu. Sie streichelte ihm kurz über den Kopf und begann dann, auf Knien die Heuschrecken zu jagen. Pepper, der das Ganze für ein Spiel hielt, leckte ihr begeistert mit der Zunge über das Gesicht.

In diesem Moment klingelte es an der Tür.

»Das wird Herr Schmidt sein. Kannst du das erledigen?«, bat sie ihre Tochter, die inzwischen ebenfalls auf dem Boden herumkroch.

Herr Schmidt war ihr Vermieter. Conny hatte herausgefunden, dass seine Beschwerden wesentlich kürzer ausfielen, wenn sie eines der Kinder hinschickte.

Sara nickte und lief zur Eingangstür.

»Und sei bitte höflich!«, rief Conny ihrer Tochter nach und machte sich wieder an die Verfolgung der Insekten.

Sara öffnete unterdessen die Tür und machte ein überraschtes Gesicht.

Vor ihr stand kein wütender älterer Herr, sondern eine wunderschöne, elegante Dame. Eine bessere Beschreibung fiel Sara in diesem Moment nicht ein. Die Frau hatte kurze rote Haare und war groß und schlank. Sie trug einen todschicken Hosenanzug und Highheels.

»Hallo!«, sagte die wunderschöne Dame und blickte Sara aus grünen Augen freundlich an. Hinter ihrer randlosen Brille war sie dezent geschminkt.

»Hallo«, erwiderte Sara. »Ich dachte, du wärst Herr Schmidt und wolltest dich über den Lärm beschweren.«

Die Frau lächelte. »Ich bin nicht Herr Schmidt, wie du vermutlich schon erkannt hast. Aber der Lärm ist tatsächlich ziemlich schlimm.« Sie deutete auf die Tür zu Davids Zimmer, wo sich die Basstöne inzwischen zu wütenden Explosionen gesteigert hatten.

Sara wurde rot. »Das ist David. Der hört immer so laute Musik.«

»Wer ist da?«, rief Conny aus dem Wohnzimmer.

»Eine Frau, die nicht Herr Schmidt ist, die sich aber trotzdem über den Lärm beschweren will!«, brüllte Sara zurück.

»Mama ist im Wohnzimmer und fängt Heuschrecken«, informierte sie dann die Besucherin.

Das schien die fremde Dame etwas aus der Fassung zu bringen. »Heuschrecken?«

Sara nickte. »Siebenundvierzig Stück, aber vielleicht auch schon ein paar weniger.«

»Pepper, aus!«, erklang nun Connys Stimme aus dem Wohnzimmer. Gleich darauf trat sie in den Hausflur.

»Ellen!« Ihr ärgerliches Gesicht heiterte sich unvermittelt auf. »Was machst du denn schon hier?«

Ellen umarmte sie zur Begrüßung. »Schon? Es ist gleich halb sieben! Du weißt doch, dass wir ein bisschen früher im Lokal sein müssen, um alle in Empfang zu nehmen.«

»Halb sieben?« Conny blickte entsetzt auf die Uhr an ihrem Handgelenk. »Schon wieder kaputt«, murmelte sie entschuldigend.

»Du kannst meine mitnehmen«, bot Sara an und löste das rosafarbene Perlband ihrer Armbanduhr.

»Das ist Sara, meine Tochter«, stellte Conny vor und band sich Saras Uhr um ihr Handgelenk.

»Freut mich! Ich bin Ellen, eine Schulfreundin deiner Mutter.« Ellen lächelte das Mädchen an. Es sah seiner Mutter sehr ähnlich. Die gleichen braunen Augen, der gleiche verträumte Gesichtsausdruck und Hunderte von Sommersprossen im Gesicht und auf den Armen.

Conny räusperte sich. »Ich brauche noch zwei Minuten, okay?«

Damit eilte sie hinaus, kam aber sofort noch einmal zurück. »Setz dich doch so lange ins Wohnzimmer …« Sie unterbrach sich. »Nein, das geht ja nicht, da wimmelt es von Heuschrecken.«

»Vielleicht warte ich in der Küche?«, schlug Ellen vor.

»Gute Idee! Sara, geh bitte mit ihr.« Conny drückte ihrer Tochter im Vorbeigehen einen Kuss auf die Haare und verschwand.

In der Küche wurden Ellen und Sara von Pepper freudig und lautstark begrüßt.

»Pepper!«, rief Sara. »Aus! Das ist Mamas Freundin, und sie hat sich heute auch extra feingemacht. Da darf man nicht schnüffeln!«

Dann wandte sie sich in normalem Tonfall an Ellen. »Ich habe nicht nur einen Hund, sondern auch noch einen Bruder. Das ist der, der so laut Musik hört.«

Ellen nickte.

»Und dann habe ich noch eine Eidechse mit Namen Konstantin. Sie frisst am liebsten Heuschrecken. So welche, wie die, die gerade im Wohnzimmer hüpfen«, plapperte Sara munter weiter. »Und in Mamas Schlafzimmer steht ein Terrarium mit einer Vogelspinne.«

Ellen schauderte. »Eine Vogelspinne?«

»Sie heißt Purzel und hat nur noch sieben Beine. Mama

hat sie aus der Uni mitgebracht. Sie tut nichts. Willst du sie mal sehen?«

»Ich glaube nicht«, erwiderte Ellen und zuckte erschreckt zusammen, als Sara erneut den Hund anschrie: »Pepper, du kriegst gleich dein Abendessen!«

Der Hund bellte erfreut.

»Warum brüllst du eigentlich so?«, fragte Ellen und musste selbst ihre Stimme erheben, um gegen das Gebell des Hundes anzukommen.

»Pepper ist schwerhörig«, klärte Sara sie auf. »Deshalb versteht er uns nur noch, wenn wir sehr laut sprechen.«

Ellen nickte etwas verkrampft und schielte dann verstohlen auf ihre Armbanduhr. Wo blieb Conny?

Cornelia hatte mittlerweile eine kurze, aber heftige Aussprache mit ihrem Sohn hinter sich gebracht.

David hatte ihr versprechen müssen, gut auf seine Schwester aufzupassen. Danach erhielt er strenge Anweisungen zum Ablauf des Abends, zur Zusammensetzung des Speiseplans, zum Verhalten gegenüber jüngeren Schwestern und natürlich zum rücksichtsvollen Umgang mit Musikanlagen.

»Um die Heuschrecken müsst ihr euch auch kümmern. Das schaffe ich jetzt nicht mehr«, hatte Conny ihre Standpauke beendet. »Und wenn etwas passiert, dann ruft mich an. Ich nehme mein Handy mit.«

David hatte entnervt die Augen verdreht und seiner Mutter versichert, dass er schon zurechtkommen würde. »Bleib einfach cool und locker, Mama!«

Jetzt stand Conny wieder in ihrem Schlafzimmer vor dem Spiegel und betrachtete sich kritisch.

Ein paar Locken hatten sich aus dem Haarknoten gelöst und fielen ihr auf die Schulter. Das grüne Kleid war nach oben verrutscht und voller grauer Hundehaare. An ihrem linken

Handgelenk hingen zwei Armbanduhren. Hektisch begann sie, die Haare vom Stoff zu zupfen, und stellte sich dann wieder in Pose auf.

Sie probierte ihr strahlendstes Lächeln – und musste sich eingestehen, dass dieser Gesichtsausdruck eher einem verzweifelten Grinsen glich.

»Hallo, erinnerst du dich an mich?«, hauchte sie ihrem Spiegelbild zu. »Wir haben uns vorhin schon so nett unterhalten, sind dann aber unterbrochen worden.«

Sie legte die Stirn in Falten. »Wo war ich stehengeblieben? Ach ja, ich weiß: Ich bin Cornelia Kleinschmidt, geborene Dornfeld. Mein Mann ist vor sechs Jahren gestorben, und seitdem läuft fast alles schief. Die Arbeit an der Universität wächst mir über den Kopf, mein Vermieter droht mir ständig mit Rausschmiss, mein Auto rostet langsam durch, mein Sohn verwandelt sich in einen Zombie, und meine Tochter tappt von einer Katastrophe in die nächste. Wir wohnen mit einem senilen Hund, einer siebenbeinigen Spinne und einer verfressenen Eidechse zusammen. Und zu allem Überfluss habe ich derzeit auch noch eine Heuschreckenplage im Wohnzimmer und trage zwei Armbanduhren: eine ist kaputt und die andere ganz fürchterlich rosa, was überhaupt nicht zu meinem grünen Kleid passt.«

Sie nahm ihre eigene Uhr ab und legte sie auf die Ablage neben dem Spiegel. Dann holte sie tief Luft.

»Und weißt du was? Trotzdem werde ich jetzt einen schönen Abend haben und mich glänzend amüsieren!«

Damit streckte sie ihrem Gegenüber die Zunge raus, schnappte sich ihre Handtasche und verließ eilig das Zimmer.

I

Connys Vermutung über den Verlauf des Abends war richtig gewesen – jedenfalls, was den ersten Teil betraf. Ellen hatte alle Anwesenden zu Beginn des Treffens mit einer kleinen scharfsinnigen Rede begrüßt und sich dann mit ihr zusammen unter die ehemaligen Mitschülerinnen gemischt.

Als Paula in den Saal trat, hätte Conny vor Freude fast geweint und war ihrer Freundin in die Arme gefallen.

»Paula!«

»Hallo, Conny!« Schüchtern legte Paula den Arm um sie. Aber auch sie konnte ihre Freude über das Wiedersehen nicht verbergen. Ellen erging es ähnlich. »Wie schön, dass wir alle drei wieder zusammen sind!«, rief sie.

»Und noch dazu wohnen wir so nah beieinander«, ergänzte Paula. »Ich war überrascht, als ich eure Adressen gelesen habe. Conny wohnt keine zwanzig Kilometer von mir entfernt.«

»Schon seit zwei Jahren«, gab Conny kleinlaut zu. »Aber bei meinem Alltag mit den Kindern und den Tieren habe ich es einfach nicht auf die Reihe bekommen, mich bei dir zu melden.«

»Das macht doch nichts«, tröstete Paula ihre Freundin. »Wir haben noch genug Zeit, alles nachzuholen.«

Conny musterte Paula liebevoll. »Du hast dich wirklich nicht verändert.«

Paula lächelte. »Du dich auch nicht.«

»Ja, ja!«, platzte Ellen dazwischen. »Jetzt kriegt euch mal wieder ein.« Sie blickte ihre Freundinnen belustigt an. »Sonst brecht ihr noch in Tränen aus, und der erste Skandal des Klassentreffens wäre perfekt.«

»Wenn du etwas wirklich Skandalöses sehen willst, dann musst du dir nur Anne-Kathrin ansehen oder vielmehr das, was aus ihr geworden ist«, murmelte Conny und deutete auf eine üppige Blondine in einem viel zu engen Strickkostüm.

Ellen lachte. »Wir sollten das Thema wechseln. Lästern können wir später noch, wenn keiner mehr zuhört.«

»Wo wohnst du eigentlich, Ellen? Warum hast du nur eine Postfachadresse angegeben?«, wollte Paula wissen.

»Ich arbeite erst seit vier Monaten in Frankfurt und wohne derzeit in einem Wiesbadener Hotel«, antwortete Ellen. »Und zwar so lange, bis mein Loft in der Frankfurter City einzugsbereit ist«, setzte sie hinzu, als sie Paulas entsetztes Gesicht sah.

»Ein Loft?«, wiederholte Paula. »Was ist das?«

»So etwas Ähnliches wie eine Lagerhalle«, klärte Conny sie auf. »Nur schicker und teurer.«

»Du willst in einer Lagerhalle wohnen?«, fragte Paula bestürzt.

»Natürlich nicht«, beruhigte Ellen sie und schaute Conny verärgert an. »Mein Loft ist nichts anderes als ein modernes Apartment, das als Teil eines exklusiven Wohnhauses aus ehemaligen Lagerhallen am Frankfurter Mainufer entsteht.«

»Also doch eine Lagerhalle …«, sagte Paula.

»… und bestimmt auch schick und teuer«, fügte Conny leise hinzu.

Ellen lachte. »In zwei Wochen kann ich einziehen, und dann lade ich euch zu mir ein. Dann werdet ihr selbst feststellen, dass ich weder auf Paletten schlafe, noch meine Kleider in Containern aufbewahre.«

»Heißt das, dass wir uns jetzt wieder öfters sehen werden?«, fragte Paula leise.

»Aber natürlich!«, bestätigte Ellen. »Es ist doch toll, dass wir endlich wieder zusammen sind!«

Bald waren die drei Freundinnen in ein angeregtes Gespräch vertieft. Es drehte sich um Ellens berufliche Erfolge und private Niederlagen, Connys Erlebnisse mit Kind und Hund und Paulas stille Leidenschaft zu allem, was blühte.

»Das waren jetzt drei mal zwanzig Jahre im Schnelldurchlauf«, fasste Conny später schmunzelnd zusammen.

»Ja«, bestätigte Paula. »Aber im Grunde hat sich gar nicht viel verändert. Ich wohne immer noch in der alten Villa ...«

»... und ich versuche immer noch, so perfekt wie möglich zu sein«, ergänzte Ellen.

»Während ich mich nach wie vor mit meiner Familie herumschlage«, fügte Conny hinzu.

»Und alle sind wir Single, oder?«, fragte Paula.

»Stimmt«, bestätigte Conny.

»Aber sagt das hier nicht so laut!«, ermahnte Ellen ihre Freundinnen. »Hier lauern mit Sicherheit einige, die nur darauf warten, uns zu bedauern, weil wir keinen Mann haben.«

Paula musterte die anderen Menschen im Lokal kritisch. »Das sind keine gemeinen Weiber, das sind unsere Mitschülerinnen.«

»Genau!« Ellen seufzte. »Und ein paar von denen sind heute bestimmt nur hier, um ihre erfolgreiche Lebensgeschichte möglichst oft erzählen zu können.«

Conny lachte. »Na ja, das werden wir ja sehen. Kommt, ich bin hungrig.« Sie schob ihre beiden Freundinnen an einen leeren Tisch.

»Das gibt es ja nicht – Ellen, Paula und Conny! So eine Überraschung!«, ertönte eine Stimme, als sie gerade Platz genommen hatten.

Vor dem Tisch stand Ulrike – eine Frau, die früher Klassensprecherin gewesen war und mit der es schon während der Schulzeit häufig Krieg gegeben hatte. Begleitet wurde sie von Anne-Kathrin.

Ellens Begrüßung fiel kühl aus. »Setzt euch doch«, murmelte sie.

Die beiden Frauen ließen sich am Tisch nieder und musterten die drei Freundinnen. Ellen starrte ungeniert zurück. Ulrike sah bemerkenswert gut aus. Sie trug einen grauen Hosenanzug mit Spitzenbluse. Ihre blonde Lockenpracht hüpfte bei jeder Bewegung frech um ihre Schultern.

»Und? Was ist aus euch geworden?«, eröffnete sie das Gespräch und spielte demonstrativ mit ihrem diamantbesetzten Ehering. Ohne eine Antwort abzuwarten, begann sie, von ihrer äußerst glücklichen Ehe zu erzählen.

Anne-Kathrin begleitete den Bericht ihrer Freundin mit ständigem Kopfnicken. Sie trug ihre mittelblonden Haare mit einem rosafarbenen Stirnband streng zurückgekämmt und schien in dem farblich identischen Strickkostüm kaum atmen zu können. Sie trug schwarze Strümpfe und rosafarbene Pumps, war stark geschminkt und wischte sich immer wieder den Schweiß von der Stirn.

Ellen gähnte verstohlen, als Ulrike endlich ihre Geschichte beendet hatte.

»Wie schön für dich«, sagte sie liebenswürdig und vertiefte sich dann demonstrativ in die Speisekarte. Doch nur Conny und Paula verstanden das Signal. Ulrike hingegen sprach unbeeindruckt weiter.

»Jetzt habe ich die ganze Zeit erzählt. Nun seid ihr dran!«

»Womit?« Ellen blickte auf.

»Mit Reden! Los, sagt schon – was ist aus euch geworden? Scheinbar ist nur Conny verheiratet. Ihr beiden anderen tragt ja noch euren Mädchennamen.«

Paula wurde rot und verbarg ihr Gesicht hinter der Speisekarte.

»Ich bin geschieden«, sagte Ellen knapp.

»Ich bin noch ledig«, piepste Paula.

»Ich bin auch nicht mehr verheiratet, sondern verwitwet«, ergänzte Conny. »Mein Mann ist vor sechs Jahren tödlich verunglückt.«

»Echt?« Anne-Kathrin ließ vor Schreck fast ihr Glas fallen. Sie blickte Conny mitleidig aus weit aufgerissenen Augen an.

»Ja, echt«, bestätigte Conny.

»Übrigens ist Paula nicht mehr lange ledig. Sie wird bald heiraten«, verkündete Ellen und sah dabei sehr glaubwürdig aus.

Conny seufzte. Sie hatte geahnt, dass Ellen anfangen würde, falsche Lebensläufe zu erfinden, weil ihr das Verhalten der beiden anderen Frauen auf die Nerven ging. Schon während der Schulzeit hatte Ellen gern geflunkert, wenn sie sich dadurch einen Vorteil erhoffte.

Paula hingegen zuckte zusammen, weil sie sich plötzlich im Mittelpunkt des allgemeinen Interesses wiederfand. Sie sah Ellen entsetzt an.

Beruhigend lächelte Ellen zurück. »Für Conny und mich ist die Nachricht auch ganz neu. Paula hat es uns gerade erst erzählt.«

»Echt?« Anne-Kathrins blaue Augen gingen noch ein Stück weiter auf. Zum Glück kam in diesem Moment die Bedienung, um die Bestellung aufzunehmen. Ulrike und Anne-Kathrin behaupteten beide, keinen Hunger zu haben, und einigten sich schnell darauf, einen Salat zu teilen. Ellen bestellte sich, davon völlig unbeeindruckt, den Vorspeisenteller und eine Pizza, Paula wählte Nudeln in Pilz-Sahne-Sauce, und Conny entschied sich für eine Lasagne.

Anne-Kathrin war die Erste, die nach der Bestellung das Schweigen am Tisch brach. »Jetzt erzähl schon, Paula! Wann ist es so weit?«

Vier Augenpaare richteten sich auf Paula. Diese rutschte unbehaglich hin und her und wünschte sich zur Deckung die Speisekarte zurück. Auf keinen Fall wollte sie Ellens Behauptung widersprechen – doch im Geschichten-Erfinden war sie leider überhaupt nicht so gut wie ihre Freundin.

»Paula?« Ulrike sah sie auffordernd an. »Erzähl doch mal!«

Paula räusperte sich und schob ihre Brille hoch. »Ich habe da jemanden kennengelernt …« Sie fand ihren Anfang ganz gut und dachte fieberhaft über weitere Details nach.

Conny ließ sie nicht im Stich. »Er muss wunderbar sein, ich habe ihn zwar noch nicht kennengelernt, aber sein todschickes Auto parkt vor Paulas Haus.«

»Ja!«, rief Paula, glücklich darüber, dass Conny ihr das richtige Stichwort geliefert hatte. Bei der Erwähnung des Autos war ihr nämlich der Vorfall mit dem Gartenzaun wieder eingefallen.

Sie rückte ihre Brille zurecht. »Er fährt einen Porsche, einen roten natürlich. Ich glaube, es ist das neueste Modell.«

Ulrike schluckte. »Und wie lange kennt ihr euch schon?«

»Es ist jetzt einen Monat her, seit es bei uns so richtig gekracht hat.« Das stimmte sogar. Der Unfall im Vorgarten war vor einem Monat passiert. Paula hatte nie wieder etwas von Roland Wolf gehört, doch seine Versicherung hatte sich sehr großzügig gezeigt und den Schaden schnell reparieren lassen.

»Einen Monat? Echt? Das ist aber kurz«, mischte sich Anne-Kathrin ein.

»Na ja, in unserem Alter sollte man nicht mehr allzu lange

zögern. Wir sind nicht mehr die Jüngsten, und das sieht man uns auch an.« Ellen prostete Ulrike und Anne-Kathrin zu.

Ulrikes Lippen wurden schmal. »Was ist er denn von Beruf, dieser flotte Porsche-Fahrer?«

»Er ist Arzt, Zahnarzt, um genau zu sein.«

Ellen blickte überrascht auf. »Klingt nach meinem Exmann«, sagte sie leise.

»Dein Exmann war auch Arzt?« Ulrikes Aufmerksamkeit wanderte von Paula zu Ellen. Paula lehnte sich aufatmend zurück und hoffte, dass das Verhör für sie zu Ende war.

Ellen nickte.

»Und so jemanden lässt du gehen?«, fragte Anne-Kathrin verständnislos. »Warum?«

»Warum wir uns getrennt haben?« Ellen hatte nicht die geringste Lust, diese Frage mit der ehemaligen Klassensprecherin und deren Freundin zu erörtern.

»Ich habe mich in jemand anderen verliebt.« Auch diese Lüge kam ihr leicht über die Lippen.

Conny grinste, während sich Paula noch immer bemüht unauffällig im Hintergrund hielt.

»In wen denn?« Ulrike beugte sich interessiert vor.

Ellen dachte fieberhaft nach. In ihrem Leben gab es derzeit keinen Mann, zumindest in ihrem Privatleben nicht. Im Büro dagegen schlug sie sich täglich mit ihrem Kollegen herum.

»In einen verheirateten Mann, Vater von drei Kindern«, sagte sie deshalb.

»Echt?« Anne-Kathrin schien nur dieses eine Wort fragen zu können.

»Ja. Er hat wegen mir seine Familie verlassen, und jetzt verbringen wir jede freie Minute miteinander. Er ist sehr romantisch und schreibt mir täglich mehrere kleine Briefchen.« Die er dann stets auf meinen PC-Bildschirm klebt, setzte sie in Gedanken hinzu. Aber dieses Detail gehörte nicht hierher.

»Ich fasse es nicht!« Anne-Kathrin sah sie aufgeregt an. »Da denkt man, dass man zu einem ganz normalen Klassentreffen geht. Und dann stellt sich heraus, dass die langweiligsten Leute die tollsten Geschichten zu erzählen haben.«

»Wir haben deine Geschichte doch noch gar nicht gehört«, entgegnete Ellen spitzzüngig.

Conny hielt es für besser, jetzt einzuschreiten. »Ich lebe übrigens schon länger mit einem wesentlich jüngeren Mann zusammen«, verkündete sie und hoffte, dass ihr Sohn ihr diese Verdrehung der Tatsachen nicht übelnehmen würde. Aber nachdem sich ihre beiden Freundinnen einen imaginären Liebhaber angeschafft hatten, wollte sie darin nicht nachstehen. »Er heißt David und ist wirklich etwas ganz Besonderes.«

Ellen nickte zustimmend. »Er ist Musiker. Ich habe heute Abend schon einige Kostproben zu hören bekommen.«

»Wie nett.« Ulrike betrachtete lange und intensiv ihre perfekt manikürten Nägel. Dann räusperte sie sich und stand auf.

»Da drüben sind Anette und Petra. Die habe ich noch gar nicht begrüßt.« Sie wandte sich an Anne-Kathrin. »Kommst du mit?«

»Aber ich habe doch noch nichts von mir erzählen können«, protestierte Anne-Kathrin.

»Das heben wir uns für nach dem Essen auf«, sagte Ellen gönnerhaft. »Du weißt doch, das Beste kommt immer zum Schluss.«

Nachdem die beiden Frauen abgezogen waren, atmete Paula auf.

»Das hätte ich nicht mehr lange durchgehalten!«

»Wieso?« Conny nahm einen großen Schluck von ihrem Sekt. »Das war doch lustig. Sie haben bekommen, was sie wollten. Drei fantastische Geschichten über drei tolle Frauen.«

»Ich denke, Ulrike hat gemerkt, dass wir sie angelogen haben«, bemerkte Paula.

»Na und? Geschieht ihr recht.« Ellen zuckte mit den Schultern.

»Meine Geschichte war nicht mal richtig erfunden.« Paula nahm sich ebenfalls Sekt. Langsam bekamen ihre Wangen rote Flecken.

»Du meinst, du hast tatsächlich was mit einem Zahnarzt in einem Porsche?« Conny grinste.

Paula schüttelte den Kopf. »Aber zumindest kenne ich einen. Er ist vor einem Monat in meinen Gartenzaun gefahren.«

»Klingt echt nach meinem Exmann. Dem würde so etwas passieren. Wie hieß er denn?«, fragte Ellen neugierig.

»Roland Wolf, oder so ähnlich.«

»Das gibt es doch nicht – das ist er!« Ellen brach in Gelächter aus. »Mein heißgeliebter Ex fährt meiner besten Schulfreundin den Gartenzaun kaputt. Ich hoffe, er hat sich danach gut benommen.«

»Na ja.« Auch Paula grinste. »Es ging so. Besonders freundlich war er nicht.«

»Ja, so ist er nun mal. Gut, dass ich ihn los bin. Du kannst ihn gern haben!« Ellen prostete Paula zu.

Paula schüttelte den Kopf. »Ich will ihn gar nicht.«

»Gerade hast du aber noch gesagt, dass ihr heiraten werdet«, entgegnete Ellen belustigt.

»Irrtum – *du* hast erzählt, dass wir heiraten«, verteidigte sich Paula. »Ich war nur froh, dass mir gleich ein passender Mann eingefallen ist.«

»Wenn du Roland als passenden Mann bezeichnest, solltest du vielleicht wirklich öfter ausgehen!« Ellen zwinkerte Paula zu.

»Und wer ist dein geheimnisvoller Liebhaber mit den drei Kindern?«, fragte Conny Ellen.

Diese runzelte ärgerlich die Stirn. »Den gibt es natürlich nicht.«

»Dafür, dass es ihn nicht gibt, scheint er dir aber ziemlich auf die Nerven zu gehen.« Paula war schon immer eine gute Beobachterin gewesen.

»Im Büro schlage ich mich jeden Tag mit so einem Mann herum. Allerdings ganz ohne Hintergedanken. Allein bei der Vorstellung, wir könnten etwas miteinander haben, wird mir schlecht.« Ellen schüttelte sich.

»Wenn wir schon bei den Geständnissen sind: Mein jugendlicher Liebhaber ist in Wirklichkeit mein Sohn«, sagte Conny.

In diesem Moment klingelte ein Handy. Conny ergriff ihren Lederbeutel und wühlte hektisch darin herum.

»Irgendwo muss es doch sein«, murmelte sie.

»Du solltest dir mal eine neue Handtasche zulegen«, schlug Ellen vor. »Es gibt jetzt Modelle mit vielen Fächern, bei denen man gar nicht mehr lange suchen muss.«

Endlich zog Conny das Gerät heraus und blickte auf das Display.

»Das ist mein jugendlicher Liebhaber«, stellte sie fest und meldete sich. Anschließend sagte sie eine Zeitlang gar nichts mehr, sondern hörte nur zu. Doch plötzlich sprang sie auf und brüllte ins Telefon: »Ihr macht jetzt gar nichts, verstehst du? Keine Experimente mit Fön oder Heizlüfter. Dreh einfach den Hauptwasserhahn ab, und warte, bis ich komme!«

Sie stopfte das Handy zurück in den Beutel und sah ihre Freundinnen entschuldigend an. »Es tut mir leid, aber ich muss nach Hause. Anscheinend haben meine Kinder eine Überschwemmung angerichtet.«

Ellen erhob sich ebenfalls und zog Paula mit sich. »Wir bringen dich.«

»Aber ihr könnt doch nicht einfach die Feier verlassen …«, protestierte Conny.

»… und das Abendessen«, fügte Paula hinzu. Sie war hungrig.

»Die Feier geht auch ohne uns weiter. Und essen können wir später noch.« Ellen legte ihren Arm um Conny. »Aber du brauchst Hilfe. Erstens bist du ohne Auto hier. Zweitens können Paula und ich dir beim Saubermachen helfen. Und drittens ist mir jetzt mehr nach einer Party zu dritt als nach dieser Veranstaltung hier.«

»Party?« Conny lachte bitter. »Du hast wohl nicht zugehört? Meine Kinder haben das Wohnzimmer unter Wasser gesetzt!«

»Ellen, du hast das Ganze hier so perfekt organisiert. Da kannst du nicht einfach gehen!« Paula drehte sich hilflos zu den anderen Tischen um.

»Unsinn!« Ellen schüttelte entschlossen den Kopf. »Meine Aufgabe als Organisatorin ist beendet, und den Rest kann ich am Montag mit dem Wirt regeln. Und jetzt kommt!«

Damit zerrte sie Paula und Conny zur Tür.

Vier Stunden später saßen die drei Frauen um den großen Tisch in Paulas Küche und hielten sich an ihren Teetassen fest.

»Mein Gott, was für ein Abend!«, seufzte Ellen und streckte die Beine aus.

»Ich bin erledigt.« Conny stützte ihren Kopf in die Hände.

»So schlimm ist es doch gar nicht«, versuchte Paula, sie zu trösten.

»Nicht so schlimm?« Conny stöhnte auf. »Obwohl meine Kinder die Wohnung verwüstet haben, indem sie versuchten, die Heuschrecken mit dem Wasserschlauch aus dem Wohnzimmer auf den Balkon zu spülen?«

Ellen lachte. »Ganz schön einfallsreich!«

»Mein Vermieter fand es überhaupt nicht lustig, als das Wasser bei ihm durch die Decke tropfte und es vom Balkon im ersten Stock tote Heuschrecken regnete ...« Conny lächelte gequält. »Ihr habt ja gehört, was er gesagt hat.«

»Ja.« Paula nahm einen Schluck Tee. »Dir ist mit sofortiger Wirkung gekündigt.«

Alle drei schwiegen und dachten an die Ereignisse der letzten Stunden.

Sie hatten Connys Wohnzimmerboden getrocknet, die völlig verzweifelte Sara getröstet, den schuldbewusst dreinblickenden David hart ins Gericht genommen und den wütenden Vermieter so gut wie möglich besänftigt – immer begleitet vom hysterischen Gebell Peppers.

Der alte Hund hatte sich in seiner nächtlichen Ruhe gestört gefühlt und lautstark verlangt, dass all die fremden Menschen seine Wohnung verließen.

Leider wurden Peppers Wünsche nicht erfüllt. Stattdessen wurde er zusammen mit Conny und den Kindern in Ellens Auto verfrachtet und zu Paulas Villa gefahren.

Paula hatte ihrer Freundin ohne zu zögern eine Unterkunft in ihrem Haus angeboten. »In deiner Wohnung könnt ihr nicht bleiben, wenn morgen die Trockengeräte aufgestellt werden.«

»Aber das geht doch nicht so einfach«, hatte Conny eingewendet. »Wie sollen die Kinder von dir aus in die Schule kommen?«

»So wie immer«, hatte Paula knapp geantwortet. »Mit der Straßenbahn. Ich wohne schließlich nahe an einer Haltestelle.«

Und so bezogen David und Sara eines der ehemaligen Krankenschwestern-Zimmer, während Conny auf einem Gästebett in einem kleinen Raum nebenan übernachten würde.

Als die Kinder im Bett lagen, hatte Paula ihre Freundinnen durch die Villa geführt. Ellen und Conny waren beeindruckt.

»Ich habe das Haus gar nicht als so riesig in Erinnerung. Das sind doch mindestens acht Zimmer und fünf Bäder«, zählte Ellen jetzt auf.

»Es sind insgesamt neun Zimmer und sechs Bäder«, korrigierte Paula. »Das Zimmer von Hylia, meiner Haushaltshilfe, konnte ich euch nicht zeigen. Sie besucht gerade Verwandte in Berlin und kommt erst in einer Woche zurück. Sie hat ein Zimmer mit einem eigenen kleinen Bad.«

»Ihr habt ziemlich viele Zimmer mit Bädern«, bemerkte Ellen. »Das ist ja fast wie in einem kleinen Hotel.«

»Ist dir das Haus nicht manchmal ein bisschen zu groß?«, fragte Conny, die froh war, von ihren eigenen Problemen abgelenkt zu werden.

Paula nickte. »Bis vor drei Monaten wohnten ja noch meine Mutter und ihre beiden Krankenschwestern hier.« Sie schluckte. »Aber jetzt ist es wirklich ein wenig zu still und zu friedlich.«

Conny lachte. »Warte, bis meine Kinder und der Hund aufwachen. Solange wir hier wohnen, wirst du weder Ruhe noch Frieden finden.« Als sie Paulas erschrecktes Gesicht sah, fügte sie schnell hinzu: »Aber ich verspreche dir, dass wir nicht länger als nötig hierbleiben werden.«

»Und ich werde euch beide so oft wie möglich besuchen«, ergänzte Ellen. »Ihr glaubt gar nicht, wie sehr ich euch und unsere gemeinsamen Teepartys vermisst habe!«

Ellen erwachte am nächsten Morgen gegen sieben Uhr aus einem kurzen Schlaf. Erleichtert stellte sie fest, dass es Samstag war und sie nicht sofort aufstehen musste. Sie griff zur Fernbedienung auf dem Nachttisch und schaltete den Fernseher ein.

Während der vier Monate im Hotel war Ellen zur Expertin in Sachen Frühstücksfernsehen geworden. Nach den Wirtschaftsnachrichten zur vollen Stunde schaltete sie regelmäßig auf einen der Privatsender um und lauschte, während sie sich in dem kleinen Bad anzog und zurechtmachte, der Werbung für Heizdecken, Heimtrainer oder Porzellanpuppen. Sie hätte zwar niemals eines dieser Produkte bestellt, amüsierte sich jedoch jeden Tag aufs Neue über die Werbung. Allerdings ließ ihre Begeisterung für den Rest des Hotelzimmers allmählich nach. Es wurde Zeit, dass sie endlich in ihre eigenen vier Wände ziehen konnte.

Als sie die neue Stelle in Frankfurt angetreten hatte, war sie davon ausgegangen, nur kurz im Hotel wohnen zu müssen. Dann jedoch hatte sie sich in das Bauprojekt am Mainufer verliebt und es in Kauf genommen, weitere zwei Monate im Hotel verbringen zu müssen. Jetzt aber stand der Innenausbau ihres Apartments kurz vor der Vollendung, und der Umzug war für das übernächste Wochenende geplant.

Verschlafen richtete sich Ellen auf und tastete nach ihrer Brille. Dabei fiel ihr Blick auf das Handy, das regelmäßig aufblinkte. Also befanden sich Nachrichten auf der Mailbox. Sie hatte das Handy am Abend zuvor bewusst im Hotelzimmer gelassen, um beim Klassentreffen ungestört zu sein.

Rasch setzte sie ihre Brille auf, ergriff das Mobiltelefon und startete die Wiedergabe.

Zuerst ertönte eine Nachricht ihrer Mutter, die mit dem vorwurfsvollen Befehl endete: »... und rufe mich bitte noch heute zurück! Dein Vater und ich haben dich seit Ewigkeiten nicht mehr gesprochen.«

Dann folgte die Meldung eines Mannes, den sie auf einer Presse-Party bei der letzten Automobilausstellung kennengelernt hatte und an dessen Aussehen sie sich nicht einmal mehr erinnern konnte. Er lud sie für diesen Morgen zum Frühstück ein. Ellen zuckte mitleidslos mit den Schultern. Pech gehabt – heute früh wollte sie ihre Ruhe haben.

Der letzte Anruf kam von ihrem Innenarchitekten und klang recht dringend. »Frau Winter, hier ist Heinz König. Ich versuche seit gestern, Sie zu erreichen!« Schuldbewusst dachte

Ellen daran, dass sie tatsächlich versäumt hatte, sich bei dem Architekten zurückzumelden.

»Ich muss Ihnen leider mitteilen, dass sich Ihr Einzug um einige Wochen verschieben wird. Wir haben bei der Installation der Küche einen schweren Fehler im Wasserleitungssystem entdeckt. Deswegen müssen diverse Rohre ausgetauscht werden, was leider dazu führt, dass wir einige Wände wieder aufreißen müssen. Es tut mir wirklich leid.« Der Architekt räusperte sich. »Ich melde mich am Montag wieder. Schönes Wochenende!«

Ellen knallte das Handy verärgert auf den Tisch. »Schönes Wochenende«, wiederholte sie. »Der hat gut reden! Er muss ja nicht in einem Hotelzimmer wohnen.«

Ihr Blick fiel auf den Fernseher, und sie biss sich wütend auf die Lippen. Sie schaltete das Gerät aus. Blieb ihr wirklich nichts anderes übrig, als weitere Wochen im Hotel zu verbringen? Es musste doch eine andere Lösung geben!

Auch Paula war an diesem Samstag schon früh aufgewacht. Ihr großer blauer Wecker klingelte jeden Tag um sieben Uhr dreißig, und das Wochenende bildete da keine Ausnahme. Sie musste schließlich auch samstags pünktlich um neun Uhr im Geschäft sein.

Ausgiebig räkelte sie sich in ihrem Bett und erhob sich dann. Bei einem raschen Blick aus dem Fenster stellte sie fest, dass der graue Nebel genau die richtige Kulisse für ein faules Wochenende bieten würde.

Sie schlüpfte in einen ausgebeulten Jogginganzug und machte sich leise singend auf den Weg in die Küche.

Im Flur stolperte sie über ein graues Fellbündel, das sich laut heulend in ihr Wohnzimmer verzog. Gleich darauf stieß sie mit einem Mädchen zusammen, das aufgeregt aus der Küche gestürzt kam und »Pepper!« brüllte.

Die Küche war hell erleuchtet, und ein schwarz gekleideter Junge verstellte gerade ihren Lieblingssender im Radio. Statt der morgendlichen Nachrichten war nun das Hämmern von tiefen Bässen zu hören.

Schlagartig fiel Paula wieder ein, dass sie Übernachtungsgäste hatte.

»Guten Morgen«, sagte sie und lächelte David an.

Immerhin reagierte er mit einem grüßenden Nicken. Oder war das gar kein Gruß, sondern lediglich ein rhythmisches Zucken des Kopfes zum Takt des Schlagzeugs?

»Kaffee ist fertig«, verkündete David zwischen zwei Zuckungen und deutete auf die Maschine.

Die Flüssigkeit in der Kanne war ebenso schwarz und dick wie Davids Haare. Paula schüttelte sich. Sie hasste starken Kaffee. Um die Stimmung jedoch nicht gleich zu verderben, schenkte sie sich eine halbe Tasse ein.

»Wie nett von dir, danke!«, sagte sie und probierte tapfer einen Schluck. Der Kaffee schmeckte genauso schrecklich, wie er aussah.

In diesem Augenblick kam Sara mit Pepper in die Küche. »Hallo, Paula!«, grüßte sie fröhlich.

»Warum seid ihr so früh wach?«, erkundigte sich Paula hustend und goss sich hastig ein Glas Wasser ein.

David zuckte jetzt nicht nur mit dem Kopf, sondern auch mit den Schultern. »Wir sind immer so früh wach. Einer geht mit dem Hund raus, und der andere macht Frühstück.«

Erst jetzt sah Paula, dass der große Küchentisch bereits gedeckt war. Ihr bestes Zwiebelmuster-Service stand bunt gemischt mit Holzbrettchen und dem billigen Bistro-Besteck zwischen Butter, Honig, Marmelade und einer geöffneten Dose Hundefutter.

»Wo ist eure Mutter?«, fragte sie und ließ sich auf einen Stuhl sinken.

»Die schläft noch.« Auch Sara setzte sich und griff nach der Dose mit dem Hundefutter. Sie schaufelte mit dem Zuckerlöffel den rosa-grauen Fleischbrei auf eine Untertasse mit Zwiebelmuster.

Noch ehe Paula protestieren konnte, stellte sie Pepper den kleinen Teller vor die Füße. Der Hund begann, genüsslich zu fressen, und leckte zum Schluss das Muster blank.

Wieder musste sich Paula schütteln. Die beiden Kinder bemerkten ihr Unbehagen jedoch nicht und machten sich hungrig über das Frühstück her. David stapelte Butter und Marmelade auf ein Stück Weißbrot. Als er zum zweiten Mal mit dem fettigen Buttermesser in das Glas mit der Konfitüre stippen wollte, schaltete sich Paula ein.

»Dazu nimmt man einen Löffel«, sagte sie sanft und wollte sich erheben, um einen frischen Löffel zu holen.

Doch David war schneller. »Schon okay«, murmelte er und nahm den Zuckerlöffel aus der Dose mit dem Hundefutter. Noch ehe Paula es verhindern konnte, hatte er ihn in das Marmeladenglas getaucht und löffelte den Aufstrich auf sein Brot.

»Aber das war der Löffel vom Hundefutter«, protestierte Paula schwach.

»Ist schon klar.« David grinste und hielt ihn Pepper hin, der ihn genüsslich ableckte.

»Jetzt ist er wieder frisch«, verkündete Sara strahlend, als David den Löffel auf den Tisch legte. »Willst du auch Marmelade? Hier!« Sie schob ihn Paula entgegen.

Paula sprang auf. »Ich gehe lieber erst mal duschen«, presste sie hervor und verließ eilig die Küche.

In ihrem Zimmer atmete sie tief durch und nahm sich vor, in ihrem Kleiderschrank einen kleinen Vorrat an Keksen, Tee und Geschirr anzulegen und außerdem einen Wasserkocher in ihr Bad zu stellen. Auf nüchternen Magen würde sie das

Frühstück der Familie Kleinschmidt kein zweites Mal ertragen.

Die Türglocke klingelte, als Conny und Ellen kurz vor zwölf an diesem Samstagmorgen Paulas Blumenladen betraten.

Nach der feuchten Kälte draußen schlug ihnen im Laden warme Luft entgegen – zwar ebenso feucht, aber durchsetzt vom Duft der frischen Blumen.

Im Verkaufsraum standen Vasen und Töpfe unordentlich durcheinander. Die Wände waren in einem warmen Orange-Ton gestrichen und die Regale vollgestopft mit Übertöpfen, Kunstblumen, Kerzen, Servietten und allerlei Figuren aus Ton und Glas.

In einer Ecke prangte ein rotes Sofa, dem man schon aus der Ferne ansah, dass es viel zu weich und unbequem war. Es lagen einige geblümte Kissen und ein alter Teddybär darauf. Ein riesiger alter Eichentisch stand mitten im Raum und diente als Ladentheke. Hinter dem Tisch entdeckten die beiden Frauen ihre Freundin Paula.

»Hallo!« Sie strahlte Ellen und Conny an. »Was verschafft mir die Ehre eures Besuchs?«

»Erstens waren wir neugierig auf dein Geschäft.« Ellen sah sich anerkennend im Laden um. »Du hast dir etwas Tolles aufgebaut, Paula!«

Paula wurde rot.

»Und zweitens sind wir fertig mit meinem vorläufigen Umzug in dein Haus«, ergänzte Conny. »Dank Ellen und ihrem schicken Auto ging es doppelt so schnell. Jetzt wollen wir dich zu einem Kaffee einladen.«

»Sofort?« Paula sah auf die Uhr. »Ich schließe erst gegen zwölf Uhr dreißig.«

»Dann trinken wir den Kaffee hier«, verkündete Ellen und ließ sich auf das unbequeme Sofa fallen.

»Ich habe hier im Laden keinen Kaffee«, entgegnete Paula. »Aber wie wäre es mit einem Tee? Ich habe eine tolle Rotbusch-Apfel-Zimt-Mischung, die müsst ihr unbedingt probieren.«

»Rotbusch-Apfel-Zimt«, wiederholte Conny leise, als Paula in einen Nebenraum verschwunden war. Sie runzelte die Stirn. »Das klingt irgendwie ungenießbar.«

»Ich weiß«, flüsterte Ellen zurück. »Aber es stehen ja genug Blumentöpfe herum, in die du den Tee heimlich kippen kannst ...«

Conny lachte.

Als Paula wenig später das Tablett mit drei Teetassen, Milch und Zucker auf einen kleinen Tisch stellte, hatten es sich ihre Freundinnen auf dem Sofa schon so bequem wie möglich gemacht.

Paula verteilte den Tee, zündete eine Kerze an und setzte sich dann selbst auf einen Stuhl.

»Wo sind deine Kinder?«, fragte sie Conny, die misstrauisch an ihrer Tasse schnüffelte.

»Sie sind beim Pfarrer.«

»Beichten?«, erkundigte sich Paula und dachte an die Überschwemmung in Connys Wohnzimmer und an den Löffel, der beim Frühstück zwischen Hundefutter und Marmeladenglas hin- und hergewandert war.

Conny schüttelte den Kopf. »Wir sind evangelisch. Da muss man nicht beichten.«

»Andernfalls würdest du deine Kinder sicher kaum noch aus dem Beichtstuhl herausbekommen«, bemerkte Ellen.

»Was tun sie denn nun am Samstagmittag beim Pfarrer?«, fragte Paula neugierig.

»Sie bereiten ein Krippenspiel vor. In sieben Wochen ist schließlich Weihnachten.«

»Ich weiß.« Paula lächelte. »Ist das nicht wunderschön? Und ich habe heute eine Lieferung ganz entzückender Weihnachtsengel aus Porzellan bekommen. Wollt ihr sie sehen?« Sie erhob sich.

Ellen hielt sie zurück. »Bleib sitzen. Mir ist heute nicht nach Engeln, auch wenn sie aus Porzellan sind.«

»Und mir ist nicht nach Weihnachten«, ergänzte Conny. »Das erinnert mich nämlich daran, dass ich noch kein einziges Geschenk gekauft habe.«

»Ich liebe Weihnachten«, schwärmte Paula. »Der schöne Adventsschmuck, die feierlichen Lieder, die geheimnisvolle Stimmung, und jetzt auch noch ein Krippenspiel mit Connys Kindern –«

»Welche Rollen haben die beiden denn?«, unterbrach Ellen Paulas begeisterte Aufzählung.

»Sara spielt einen Hirten, und David hat sich tatsächlich für Josef entschieden«, entgegnete Conny.

Ellen lachte. »Der dunkle David mit dem explosiven Musikgeschmack als Vater von Jesus Christus?«

Auch Conny musste schmunzeln. »Komisch, nicht? Er wollte die Rolle unbedingt. Aber nachdem ich letzte Woche die Maria kennengelernt habe, weiß ich auch, wieso …«

»David ist verliebt?« Paula seufzte träumerisch. »Ich wäre auch gern noch mal vierzehn!«

Ellen schüttelte energisch den Kopf. »Bist du verrückt? Mit vierzehn hast du Pickel, einen unterentwickelten Busen und überhaupt kein Selbstvertrauen. Du darfst eigentlich nichts, was Spaß macht. Und der Typ, für den du schwärmst, wohnt genau wie du noch zu Hause bei seinen Eltern und hat weder Auto noch Geld.«

»Busen und Selbstvertrauen habe ich auch jetzt noch nicht«, brummte Paula unzufrieden. »Trotzdem wäre ein Mann nicht schlecht!«

»Wieso?«, fragte Ellen. »Ein Mann bedeutet immer auch eine zusätzliche Komplikation im Leben.«

»Na und?« Conny lachte.

»Dass dich das nicht stört, dachte ich mir«, murmelte Ellen und lehnte sich zurück. »Schließlich hatte ich heute genug Gelegenheit, dein restliches familiäres Chaos kennenzulernen.«

»Ich weiß.« Conny seufzte. »Meine Kinder befinden sich gerade in einem schwierigen Alter.«

»Du hast den Hund, die Spinne und die Eidechse vergessen«, bemerkte Ellen spitz. »Ich dachte nicht, dass ich in meinem Auto mal einen halben Zoo transportieren muss.«

»Du hast noch Glück gehabt. Vor vier Monaten hatte ich vorübergehend ein Rudel Lemminge zu Forschungszwecken zu Hause. Das war dann aber selbst mir zu viel.« Conny nahm vorsichtig einen Schluck aus ihrer Tasse.

»Und? Schmeckt dir der Tee?«, fragte Paula.

Conny hustete. »Sehr gut. Nicht wahr, Ellen?«

»Ja.« Ihre Freundin nickte.

»Du hast doch noch gar nicht probiert«, sagte Paula vorwurfsvoll.

»Es riecht auf jeden Fall schon sehr lecker«, entgegnete Ellen und trank dann tatsächlich etwas Tee. Sie verzog das Gesicht und stellte die Tasse zurück auf den Tisch. Ein schneller Themenwechsel schien angebracht.

»Übrigens hat man mir mitgeteilt, dass ich in zwei Wochen noch immer nicht umziehen kann«, verkündete sie mit beiläufigem Tonfall.

Paula und Conny blickten auf.

»Warum denn nicht?«, wollte Conny wissen.

»Es ist irgendetwas mit den Wasserleitungen. Deshalb müssen sie einen Teil der Wände wieder einreißen.« Ellen seufzte. »Das bedeutet wohl einen Aufschub um mehrere Wochen.«

»Du Arme!« Paula blickte sie mitleidig an.

»Was wirst du denn jetzt tun?«, fragte Conny.

Ellen zuckte mit den Schultern. »Es wird mir vermutlich nichts anderes übrigbleiben, als weiter im Hotel zu wohnen ...«

»... und Weihnachten in einem Hotelzimmer zu feiern?« Paula war entsetzt. »Das geht nicht. Du musst auch zu mir ziehen!«

Ellen schüttelte energisch den Kopf. »Das kommt gar nicht in Frage. Du hast schon genug Gäste am Hals. »Ich werde es auch im Hotel überleben.«

»Aber ich habe doch genug Platz«, beharrte Paula.

»Genau«, ergänzte Conny. »Das ist fast wie im Hotel. Nur eben mit Familienanschluss.«

»Wir werden eine richtig schöne Weihnachtszeit miteinander verbringen«, sagte Paula aufgeregt. »Wir können zusammen Plätzchen backen, Glühwein kochen, basteln ...«

»... und leckeren Rotbusch-Tee trinken«, ergänzte Conny boshaft und prostete Ellen mit ihrer Tasse zu.

Ellen blickte von Conny zu Paula. In ihrer Fantasie sah sie sich zwischen Kindern, Tieren und Adventskränzen mit einer Flasche Glühwein in der Hand – keine sehr angenehme Vorstellung.

Aber dann bemerkte sie, wie begeistert ihre Freundinnen waren, und hörte sich selbst sagen: »Also gut, ihr habt mich überredet. Ich werde vorübergehend auch zu Paula ziehen.«

»Wie schön!« Paula strahlte. »Wann kommst du?«

Ellen dachte nach. »Ich muss das Hotelzimmer fünf Tage vor Auszug kündigen.«

»Fein«, sagte Conny. »Dann kannst du ja schon in etwa einer Woche umziehen. Gepäck hast du ja sicher nicht viel.«

»Wo sind eigentlich deine Möbel?«, fragte Paula.

»Ich habe sie in einem unserer Messelager untergestellt. Dort können sie auch bleiben, bis ich in meine Wohnung ziehe«, erklärte Ellen. »Natürlich werde ich nur mit den nötigsten Sachen zu euch kommen.« Sie runzelte nachdenklich die Stirn. »Allerdings wäre es schön, wenn ich meine Kakteen-Zucht mitbringen könnte.«

»Du züchtest Kakteen?«, fragte Paula ungläubig.

»Ja. Nach meiner Scheidung brauchte ich einfach ein paar Lebewesen in meiner Nähe.«

»Und da hast du dich ausgerechnet für stachelige Pflanzen in vertrockneter Erde entschieden?« Conny schüttelte amüsiert den Kopf.

»Na und?«, verteidigte sich Ellen. »Die Kakteen sind bestimmt nicht das Gefährlichste, was unter Paulas Dach leben wird. Denk doch bloß an deine Vogelspinne oder deine Kinder. Die sind das viel größere Risiko.«

Paula lachte.

»Wo sind die Kakteen denn jetzt?«, wollte Conny wissen.

»Sie stehen bei mir im Büro. Allerdings ist das kein guter Platz. Ständig stolpern meine Kollegen darüber.«

»Bei mir ist genug Platz für alle«, verkündete Paula erneut. »Hylia wird Augen machen, wenn sie aus dem Urlaub zurückkommt!«

»Ich weiß nicht … Ob das gutgeht mit uns allen?«, fragte Ellen skeptisch.

»Es ist ja nur vorübergehend«, beruhigte Paula ihre Freundin. »Ich wette, das wird total lustig.«

2

Ellens Umzug gestaltete sich problemlos.

Die finanzielle Entschädigung des Bauträgers für das Malheur in Ellens Wohnung reichte sie sofort an Paula weiter.

»Das nehmen wir für die Haushaltskasse. Schließlich hast du jetzt ein paar Mäuler mehr zu stopfen.«

Dann machte sie sich an die Einrichtung ihres neuen Zimmers. Da sie nur ihre Kleidung, die Kakteenzucht und ein paar persönliche Dinge mitgenommen hatte, wirkte der Raum fast ebenso leer wie vor Ellens Einzug. Aber das störte Ellen nicht. Sie liebte es schlicht.

Nebenan, in Connys Reich, ging es bedeutend unruhiger und chaotischer zu. Die Kinder belegten weiterhin das ehemalige Krankenschwester-Zimmer, und Conny hauste in der Kammer zwischen dem Raum ihrer Kinder und dem großzügigen Zimmer von Ellen.

An ihrem ersten Morgen im neuen Heim, einem Freitagmorgen, wurde Ellen von dumpfen Bässen geweckt. Stöhnend blickte sie auf ihren Radiowecker. Es war erst sechs Uhr dreißig. Sie drehte sich um und zog sich das Kissen über den Kopf.

Vergeblich.

Die Bässe verstummten zwar ebenso schnell, wie sie begonnen hatten, dafür erklang nun ein markerschütternder Schrei. Ellen zuckte zusammen. Der Schrei verwandelte sich in ein heiseres Jaulen, das schließlich von einem Gitarrensolo abgelöst wurde.

»Pepper, aufwachen!«, ertönte nun Saras Stimme. Sie hatte Mühe, gegen den Lärm anzubrüllen, aber sie schaffte es.

»Pepper!«

Ellen seufzte. Der Hund konnte doch nicht *so* taub sein!

»Pepper!«

Gerade als Ellen begann, sich ernsthaft Sorgen um das Wohl des Hundes zu machen, fing dieser an zu bellen. Wütend fuhr sie aus dem Bett hoch, rauschte aus dem Zimmer und riss die Tür zu Connys Kammer auf.

Ihre Freundin lag im Bett und schnarchte.

»Das kann doch nicht wahr sein«, flüsterte Ellen. Sie überlegte, ob sie Conny wecken sollte, ließ es dann aber bleiben. Schließlich wollte sie nicht gleich am ersten Morgen einen Streit beginnen.

Stattdessen machte sie sich auf den Weg ins Erdgeschoss, um Paula zu suchen, die vermutlich bei diesem Lärm auch längst aufgewacht war.

Aber die Küche war leer.

»Paula?« Ellen schaute ins Wohnzimmer, konnte ihre Freundin jedoch nirgends entdecken.

Im ersten Stock entspann sich offenbar gerade ein Streit darüber, wer zuerst ins Bad musste. Saras und Davids wütende Stimmen waren deutlich zu hören, und auch Pepper mischte kräftig mit.

Bei diesem Lärm konnte Paula doch unmöglich noch schlafen!

Ellen horchte an ihrer Zimmertür.

»... you're my heart ...«, trällerte ihre Freundin in ziemlich falscher Tonlage.

Ellen zuckte zurück. Redete Paula im Schlaf?

Sie klopfte vorsichtig und trat gleich darauf entschlossen ein.

»… you're my soul …«, klang es aus dem Badezimmer. Paula stand im Nachthemd am Waschbecken und füllte einen elektrischen Wasserkocher. Sie wippte im Takt einer Musik, die anscheinend nur sie selbst hören konnte.

»Paula!« Ellen legte ihr die Hand auf die Schulter.

Ihre Freundin zuckte zusammen und ließ vor Schreck den Wasserkocher fallen. Wütend drehte sie sich zu Ellen um und entfernte die Kopfhörer eines MP3-Spielers aus ihren Ohren. »Wie kannst du mich nur so erschrecken? Noch dazu um diese Uhrzeit!«

Jetzt wurde auch Ellen zornig. »Du erschrickst, weil ich dich in normaler Lautstärke angesprochen habe, während über unseren Köpfen gerade ein Dreikampf zwischen Bruder, Schwester und Hund tobt? Ganz zu schweigen von dieser schrecklichen Musik!«

Sie deutete auf die Zimmerdecke.

Paula lächelte entschuldigend. »Ach so, das. Das ist normal. Was meinst du, warum ich diese Kopfhörer trage?«

Ellen setzte sich auf den Badewannenrand. »Wie bitte?«

»Das ist ein ganz normaler Morgen«, wiederholte Paula bereitwillig. »Willkommen in unserer Familie!«

Sie hob den Wasserkocher auf, füllte ihn erneut und drückte auf die Einschalttaste. Dann begann sie, mit einem Gästehandtuch das Wasser vom Boden zu wischen.

»Was machst du da?«, fragte Ellen und hob ihre Füße.

»Ich wische«, kam es knapp zurück.

»Das meine ich nicht.« Ellen deutete auf den Wasserkocher. »Haben wir heute kein warmes Wasser zum Duschen?«

»Doch. Das Wasser ist für meinen Tee.« Paula erhob sich und deutete mit dem nassen Handtuch in ihr Schlafzimmer. Dort standen auf einem kleinen Schrank eine Schachtel mit Teebeuteln, eine Tasse und eine Packung Kekse.

»Warum frühstückst du hier?«

Paula lächelte vielsagend. »Das musst du schon selbst herausfinden. Und nun entschuldige mich.« Damit setzte sie die Kopfhörer wieder auf und schob Ellen zur Tür hinaus.

Das Letzte, was Ellen von ihr hörte, war ein fröhliches »... stay with you together ...«

Stöhnend machte sie sich auf den Weg in die Küche.

Dort hatten David und Sara inzwischen den Tisch gedeckt. Die Kaffeemaschine lief und verbreitete einen unangenehmen Gestank.

Ellen blieb am Kühlschrank stehen.

»Das riecht aber seltsam«, stellte sie fest.

»Kann sein.« Sara nickte. »Wir hatten nicht mehr genug Kaffeepulver. Da habe ich Cola statt Wasser genommen. Meine Mama sagt immer, sie braucht am Morgen Koffein.«

Ellen beschloss, heute auf Kaffee zu verzichten, und öffnete die Kühlschranktür. Sofort zuckte sie zurück. Neben der Dose mit ihrem Frischkornbrei stand eine Packung mit Heuschrecken. Durch die Kälte waren die Tiere zwar in ihren Bewegungen gehemmt, aber ein paar Insekten brachten tatsächlich noch Luftsprünge an den Deckel zustande.

»Wieso haben wir Heuschrecken im Kühlschrank?«, fragte Ellen angewidert und zog die Packung mit spitzen Fingern hervor.

»Damit sie frisch bleiben«, entgegnete David, nahm ihr den Behälter ab und stellte ihn wieder zurück. »Dein Brei soll schließlich auch frisch bleiben.«

»Mein Brei ...«, begann Ellen gereizt, »... mein Brei lebt aber nicht mehr.«

»Das kann man nie wissen«, murmelte David düster. »Schon mal was von Mehlkäfern und Motten im Getreide gehört?«

»Natürlich.« Ellen betrachtete ihre Vorratsdose misstrauisch.

»Jeder Organismus trägt mindestens einen Parasiten in sich«, dozierte David weiter und setzte sich an den Frühstückstisch. »Ich weiß das so genau, weil wir das Thema gerade in Bio haben.«

»Möchtest du einen Kaffee?«, mischte sich Sara ein und stellte die Thermoskanne mit der Kaffee-Cola-Mischung auf den Tisch.

»Äh …, nein danke«, stammelte Ellen. Seufzend suchte sie im Kühlschrank nach einem anderen Getränk und nahm schließlich eine Orange aus dem Gemüsefach. »Ich glaube, ich werde mir einen frischen Saft pressen. Das ist viel gesünder als Kaffee.«

»Johannisbrotmotten«, ließ sich David zwischen zwei Bissen vernehmen.

»Wie bitte?«

»Orangen können von Johannisbrotmotten befallen sein«, belehrte er sie. »Kleine Motten, die ihre Eier in das Fruchtfleisch legen.«

»Das reicht!« Ellen legte die Orange wieder zurück in das Gemüsefach, knallte den Kühlschrank zu und ging zur Tür. »Ich werde mir doch nicht mein Frühstück von euch verderben lassen!«

Sie eilte in Paulas Zimmer und blickte ihre Freundin hilfesuchend an. »Welchen Tee hast du gekocht? Wieder so eine komische Mischung?«

»Nein.« Paula schüttelte den Kopf. »Morgens trinke ich nur Schwarztee.«

»Super. Sind noch Tee und Kekse für mich übrig?«, fragte sie.

Paula nickte grinsend und hielt ihr einladend die Kekspackung hin.

Ellen nahm sich ein paar Plätzchen und schaltete dann den Fernseher ein, der in einer Ecke des Schlafzimmers stand.

»Guckst du eigentlich manchmal morgens den Shopping-Kanal?«

Conny erschien erst, als ihre Kinder schon auf dem Weg zur Schule waren.

Ellen und Paula räumten gerade die Küche auf, als sie hereinkam. Sie trug einen dicken braunen Bademantel und hatte ihre Haare nachlässig hochgesteckt.

»Guten Morgen,« grüßte Conny und gähnte herzhaft.

»Guten Morgen«, antwortete Paula fröhlich. »Hast du gut geschlafen?«

»Ja.« Conny nickte. »Ihr auch?«

»Ich schlafe immer gut«, entgegnete Paula. »Das liegt an meinem Schweizer Alpenkräuterkissen.«

»Ich dachte immer, die Schweizer brauchen alle Alpenkräuter für ihre Hustenbonbons«, sagte Conny belustigt.

Paula lachte. »Ein paar Kräuter haben sie wohl noch für die Kissen übrig ...«

»Falls es euch interessiert: *Ich* habe nicht gut geschlafen«, unterbrach Ellen das Geplänkel ihrer Freundinnen.

»Vielleicht kann dir Paula mal das Kissen leihen?«, schlug Conny vor.

»Ich brauche keine Einschlafhilfe.« Ellen strich sich ärgerlich eine Strähne aus dem Gesicht. »Und ich brauche vor allem kein Heavy-Metal-Konzert mit Hundegebell zum Aufwachen.« Sie blickte Conny anklagend an.

Aber ihre Freundin zuckte nur mit den Schultern. »Das kann so schlimm nicht gewesen sein. Ich habe jedenfalls nichts gehört.«

»Dann bist du wohl schon genauso taub wie dein Hund.«

»Oh ...« Conny hob spöttisch die Augenbrauen. »Da ist aber jemand ein Morgenmuffel!«

»Ich bin kein Morgenmuffel«, verteidigte sich Ellen. »Ich

habe nur etwas gegen Chaos am frühen Morgen. Was du und deine Kinder brauchen, ist ein strukturierter Plan für den Morgen.«

»Was ich nach dem Aufstehen brauche, ist eine Tasse Kaffee«, stöhnte Conny.

Paula musterte ihre Freundinnen. »Wir werden uns doch nicht schon am ersten Morgen streiten«, versuchte sie, die beiden zu beschwichtigen.

»Wir streiten nicht, ich sage Conny nur meine Meinung«, entgegnete Ellen gereizt. Aber als sie Paulas enttäuschte Miene sah, räusperte sie sich. »Deine Kinder sind übrigens schon weg«, sagte sie zu Conny und bemühte sich um einen freundlichen Tonfall.

»Ich weiß.« Conny ließ sich auf einen Küchenstuhl fallen. »Morgens schaffen sie es ganz gut ohne mich.« Sie sah sich auf dem Tisch um. »Gibt es Kaffee?«

»Aber natürlich.« Ellen schenkte ihr eine Tasse aus der Thermoskanne ein und schob sie über den Tisch. »Extra für dich. Lass ihn dir schmecken«, fügte sie boshaft hinzu.

Conny pustete vorsichtig auf den Kaffee. »Der ist aber noch heiß«, sagte sie und stellte die Tasse auf den Tisch zurück. Dann rieb sie sich verschlafen die Augen. »Entschuldigt, ich bin noch nicht vorzeigbar.«

»Das sehen wir«, bestätigte Ellen.

»Hast du heute keine Vorlesungen?«, erkundigte sich Paula.

»Erst um neun.«

Ellen blickte auf ihre Uhr. »Es ist schon gleich acht.«

»Wirklich? Ich muss dringend meine Armbanduhr reparieren lassen.«

»Viel wichtiger wären jetzt erst einmal eine Dusche und etwas zum Anziehen«, schlug Ellen vor.

»Genau«, bestätigte Paula. »Und ein Frühstück. Mit leerem Magen arbeitet es sich nicht gut.«

Müde blickte Conny die beiden Frauen an und lachte dann. »Ihr seid schlimmer als meine Kinder.«

»Dann frühstücke doch mit denen«, brummte Ellen, während sie beobachtete, wie Conny erneut die Kaffeetasse anhob. Gierig trank ihre Freundin den ersten Schluck. »Aber ihr könnt den besseren Kaffee kochen«, sagte sie dann anerkennend und gähnte erneut.

Im Büro besserte sich Ellens Laune leider nicht – ganz im Gegenteil.

Dieter Bader hatte nämlich gehört, dass zwei seiner Kollegen bei Ellens Umzug geholfen hatten. Jetzt lief er mit beleidigtem Gesicht durch die Gegend und redete nur das Nötigste.

Ellen hätte gut und gern mit diesem Zustand leben können, da er ihr weitere Einzelheiten aus Baders Privatleben vorläufig ersparte. Doch leider gehörte Bader zu den Menschen, die jede Unstimmigkeit ganz bald ausdiskutieren mussten. So stand er nach dem Mittagessen vor Ellens Schreibtisch und sah sie anklagend an. »Du hast mich nicht gefragt, ob ich dir beim Umzug helfen soll!«

»Nein«, bestätigte Ellen, während sie fieberhaft überlegte, wie sie auf seine Worte reagieren sollte. Schließlich konnte sie ihm schlecht ins Gesicht sagen, dass sie ihn für unfähig und nervtötend hielt.

»Haben wir für die Kristall-Ausstellung genügend Hotelzimmer?«, fragte sie stattdessen.

»Nein«, kam es kurz zurück.

»Das ist schlecht.« Ellen seufzte und war für einen Moment tatsächlich vom leidigen Thema ihres Umzuges abgelenkt.

Doch ihr Gegenüber blieb hartnäckig. »Ich frage mich, warum?« Bader kratzte sich nachdenklich den Bart.

»Warum das schlecht ist?« Natürlich wusste sie, dass er den Umzug meinte. Aber die Rückfrage verschaffte ihr etwas Zeit.

»Nein.« Er schüttelte den Kopf. »Warum ich dir nicht helfen durfte.«

»Ich … ich …«, stotterte Ellen. »Ich habe mich nicht getraut«, brachte sie schließlich hervor.

»Wieso nicht?« Er musterte sie verständnislos und kaute an seinem rechten Daumennagel.

»Du hast doch schon mit deiner Familie so viel Arbeit. Da kann ich kaum erwarten, dass du deine freie Zeit für mich opferst«, improvisierte Ellen und fand sich recht überzeugend.

Bader riss überrascht den Daumen aus dem Mund. »Das ist aber sehr rücksichtsvoll.« Er blickte schüchtern zu Boden. »Ich hätte es aber sehr gern gemacht. Ich schätze dich sehr.«

Geschmeichelt lächelte Ellen. »Ich werde es wiedergutmachen«, versprach sie. »Du kannst mir dafür heute Nachmittag helfen!«

Ihr war eine Idee gekommen.

Dieter Bader strahlte. »Gern. Worum geht es denn?«

»Ich brauche eine Stellbank für meine Kakteen. Sie sollen nicht alle auf dem Boden stehen. Kannst du mir so etwas zusammenzimmern?«

»Na klar!«

»Gut.« Sie nickte und beglückwünschte sich im Stillen zu ihrer Idee. Sie brauchte tatsächlich eine Kakteenbank. Ein ganz einfaches Modell, das hoffentlich selbst ein Mann wie Dieter Bader bauen konnte. Damit wäre der Frieden im Büro hoffentlich wiederhergestellt.

»Wann soll es losgehen?«, erkundigte sich Bader eifrig.

»Am besten sofort. Wir machen jetzt Schluss und holen im Baumarkt ein paar Bretter. Und weißt du was?« Übermütig nahm sie den schweren Topf mit einem großen Kaktus, der auf ihrem Schreibtisch stand, und drückte ihn dem verdutzten Bader in die Hände.

»Den nehme ich auch mit zu Paula. Du darfst ihn für mich tragen.« Damit ergriff sie ihren Mantel und zog Bader aus dem Büro.

An diesem Freitagmittag ging Paula im Supermarkt einkaufen. Gelangweilt schob sie ihren Wagen durch die Gänge. Sie hasste diese Art von Erledigungen. Aber leider blieb es ihr nicht erspart, solange Hylia im Urlaub war.

Zum Schluss drehte sie eine Runde um den Stand mit den Frischblumen. Viele der abgepackten Rosen ließen schon jetzt die Köpfe hängen. Sie waren viel zu eng gesteckt.

Paula schüttelte seufzend den Kopf. Am liebsten hätte sie alle gekauft, sie aus ihren engen Bottichen befreit und ihnen zu Hause ein würdiges Blumen-Dasein geboten. Aber ihre Freundinnen hätten sie dann wohl für verrückt erklärt.

Nach endlosem Warten an den überfüllten Kassen konnte sie sich wieder auf den Heimweg machen. In der Diele wurde sie stürmisch von Pepper begrüßt. Sie packte die Einkäufe aus und blickte auf die Uhr. Noch eine Stunde, bis sie wieder in den Blumenladen musste. Das würde reichen, um sich schnell etwas Warmes zu kochen.

Im Vorratsschrank inspizierte sie die Auswahl an Fertiggerichten. Nach kurzem Zögern entschied sie sich für eine Tütensuppe. Ein paar Gewürzgurken, ein Stück Brot und zum Nachtisch Marzipankugeln würden das Menü abrunden.

Sie hatte sich gerade mit der Suppe an den Tisch gesetzt, als es klingelte. Paula runzelte die Stirn. Wer kam denn ausgerechnet jetzt?

Es klingelte erneut, dann klopfte es an der Tür, und eine männliche Stimme rief ihren Namen. Paula seufzte ergeben und rückte ihre Brille zurecht. Die Stimme kam ihr vage bekannt vor, also öffnete sie – und blickte direkt in das Gesicht von Roland Wolf.

»Was wollen Sie denn hier?«, fragte sie misstrauisch und warf einen schnellen Blick in ihren Vorgarten. »Parkt Ihr Auto wieder in meinem Blumenbeet?«

»Nein«, kam es ungehalten zurück. »Ich muss mit Ihnen reden. Kann ich reinkommen?«

»Warum?«

Wolf seufzte und bemühte sich, höflich zu bleiben. »Ich brauche eine schriftliche Bestätigung, dass meine Versicherung den Schaden an Ihrem Gartenzaun beglichen hat.«

Widerstrebend trat Paula ein Stück zur Seite und ließ ihn herein. »Ich esse gerade.«

»Dann lassen Sie sich nicht stören.«

Paula ging in die Küche zurück. Wolf schloss die Tür und folgte ihr. Sie trug eine verwaschene Jeans, einen dicken Wollpulli und hatte ihre langen schwarzen Haare zu einem Zopf gebunden. Beim Näherkommen entdeckte er ein paar graue Strähnen. Wolf überlegte, wie alt sie sein mochte. Ungefähr vierzig? Dafür hatte sie sich gut gehalten. Abgesehen von den paar grauen Haaren und dieser verschmierten Brille wirkte sie auf den zweiten Blick durchaus attraktiv. Jetzt rückte sie ihre Brille zurecht und blickte ihn abwartend an.

Er wollte gerade das Schreiben der Versicherung aus der Manteltasche ziehen, als Pepper auf ihn zuschoss und drohend die Zähne fletschte.

»Ruhig, Pepper!«, brüllte Paula, und als sie den verwunderten Blick von Roland Wolf bemerkte, fügte sie erklärend hinzu: »Er ist schwerhörig.«

Sie deutete auf einen Stuhl am Tisch und setzte sich wieder.

Wolf starrte auf ihren Teller. »Sie essen Tütensuppe«, stellte er fest.

Paula sah auf. »Na und? Es ist immerhin eine Festtags-

Tütensuppe«, rechtfertigte sie sich und ärgerte sich im nächsten Moment darüber.

»Die Kombination dieser Suppe zusammen mit den anderen Dingen« – er zeigte auf den Rest ihrer Mahlzeit – »ist aber sehr ungesund.«

Sie blitzte ihn böse an. »Sind Sie gekommen, um sich mit mir über meine Ernährungsgewohnheiten zu unterhalten?«

»Nein. Ich brauche lediglich Ihre Unterschrift.«

»Das sagten Sie schon«, entgegnete Paula spitz und löffelte ihre Suppe.

»Lassen Sie sich ruhig Zeit«, sagte Wolf spöttisch und schielte zu Pepper, der sich zwar beruhigt hatte, aber immer noch leise knurrte.

Paula stand mit einem Stöhnen auf und holte einen Stift. »Wo soll ich unterschreiben?«

»Hier.« Wolf deutete auf das Schreiben. »Danke!« Er faltete das Dokument zusammen und ging zur Tür. »Bleiben Sie sitzen. Ich finde schon allein raus.«

»Das dachte ich mir.«

Er öffnete die Haustür – und blieb überrascht stehen. Vor ihm stand ein bärtiger Mann mit einem riesigen Kaktus.

»Frau Rosen!«, rief Roland Wolf Richtung Küche. »Sie bekommen Besuch von einem Kaktus.«

»Das ist ein Echinocereus rigidissimus«, ertönte eine ihm bekannte Stimme, und gleich darauf tauchte Ellen hinter der Schulter des Mannes auf.

Wolf grinste. »Der Mann oder die Pflanze?«, fragte er.

»Ich heiße Dieter Bader«, sagte der Mann mit dem Kaktus und versuchte so etwas wie eine Verbeugung. Dabei blieb das untere Ende seines Bartes am Kaktus hängen. Verzweifelt bemühte er sich, den Kopf nach oben zu ziehen und sich dadurch aus den Fängen der Pflanze zu befreien.

»Was machst du denn da, Dieter?« Ellen trat zu ihm und zupfte seinen Bart aus den Stacheln. Dann deutete sie mit dem Kopf zu Roland Wolf. »Das ist übrigens mein Exmann.«

»Und ich bin Ellens Arbeitskollege«, erklärte Bader und musterte Roland Wolf neugierig.

Inzwischen war Paula zu der Gruppe getreten und begrüßte den neuen Gast.

»Bist du im Büro schon fertig für heute?«, erkundigte sie sich dann bei Ellen.

»Ja. Ich habe mir den Nachmittag freigenommen und werde jetzt mit Dieter eine Kakteenbank bauen.« Ellen ließ die Tür ins Schloss fallen und zeigte auf ihren Exmann. »Und warum ist der hier?«

»Dasselbe könnte ich dich fragen«, murmelte Wolf.

»Ich wohne vorübergehend hier.« Sie schenkte ihm ein finsteres Lächeln. »Paula ist meine beste Freundin aus Schulzeiten.«

»Was für ein netter Zufall!« Er lächelte ebenso unfreundlich zurück.

»Dein Exmann brauchte noch eine Unterschrift wegen des Unfalls mit dem Gartenzaun«, erklärte Paula. »Aber jetzt ist er fertig und geht.« Sie deutete unmissverständlich zur Tür.

»Kann ich irgendwo den Kaktus abstellen? Der wird nämlich allmählich schwer«, mischte sich Bader in die Unterhaltung ein.

Doch niemand beachtete ihn, denn in diesem Moment öffnete sich die Eingangstür erneut, und Conny kam mit zwei Einkaufstüten beladen herein. Pepper jaulte auf und stürzte sich begeistert auf sie.

»Hallo«, grüßte Conny, irritiert angesichts der vielen Leute. »Ich dachte, ich komme als Erste nach Hause.«

»Sie wohnt auch hier? Wie viele Frauen leben denn noch in diesem Haus?«, fragte Roland Wolf amüsiert.

»Noch eine, nämlich meine Haushälterin. Und wenn man Sara mitrechnet, dann sind es noch zwei«, antwortete Paula ernsthaft. »Allerdings ist sie erst zwölf.«

»Du wohnst mit Kindern zusammen?« Dieter Bader lächelte Ellen erfreut an.

»Im Grunde sind es keine Kinder, sondern lärmende Lebensmittelvergifter, denen eine starke Hand fehlt«, entgegnete sie mit einem Seitenblick auf Conny.

»Ich müsste jetzt wirklich mal den Kaktus abstellen.« Dieter Bader kämpfte noch immer mit seinem stacheligen Problem. Vor Anstrengung stand ihm bereits der Schweiß auf der Stirn.

Paula wollte ihm gerade zur Hilfe eilen, als es erneut klingelte.

Conny, die der Tür am nächsten stand, öffnete. Sie sah sich ihren Kindern und einem Mann mit Schal und Turban gegenüber, der die Hände auf die Schultern ihrer Tochter gelegt hatte. Sara und David trugen weite Umhänge und hatten falsche Bärte angeklebt.

»Da ist Mama ja schon«, plapperte Sara munter drauflos und hielt verblüfft inne, als sie die vielen Menschen im Flur bemerkte.

Conny zog ihre Tochter zu sich heran. Der Mann mit dem Turban lächelte entschuldigend und trat dann hinter den Kindern ein.

»Verzeihen Sie, dass ich Sie so überfalle«, sagte er an alle gerichtet und schloss die Tür.

»Das macht nichts, langsam gewöhne ich mich an den Menschenauflauf«, murmelte Paula. »Allerdings ist Ihre Verkleidung viel origineller als die meiner übrigen Gäste.«

»Ich bin Johannes Müller – der neue Gemeindepfarrer«, stellte sich der Mann vor.

»Ein Inder kann Pfarrer werden?«, fragte Dieter Bader mit großen Augen.

Johannes Müller lachte und wirkte dabei sehr sympathisch. »Ich spiele einen der Heiligen Drei Könige«, stellte er richtig.

Conny nickte. »Sara hat schon viel von Ihnen erzählt. Ich habe Sie gleich am Schal erkannt.«

Wieder lachte der Pfarrer. »Das ist eine dumme Angewohnheit. Ich trage zu jeder Jahreszeit einen Schal oder ein Halstuch.«

»Es freut mich, Sie endlich persönlich kennenzulernen«, entgegnete Conny liebenswürdig. »Ich bin Cornelia Kleinschmidt, die Mutter von David und Sara.«

»Ihre Kinder engagieren sich sehr für das Krippenspiel«, schwärmte der Pfarrer. »Besonders David ist eine echte Stütze.«

Conny grinste David an. »Vermutlich in erster Linie für die Maria.«

»Nein.« Johannes Müller schüttelte den Kopf. »Er ist für alle eine große Hilfe.«

»Ich kann den Kaktus nicht mehr halten ...«, wimmerte Bader.

»Ich würde mir wirklich gern die spannende Geschichte über das Krippenspiel anhören und danach Ellens Freund mit dem Kaktus helfen, aber leider habe ich noch einen Termin.« Roland Wolf nickte Paula grüßend zu und wand sich an Bader vorbei zur Tür. Dabei streifte er jedoch dessen Schulter. Diese Berührung reichte aus, um Baders Arme endgültig ermatten zu lassen. Der Kaktustopf fiel klirrend zu Boden.

Ellen schrie auf und beugte sich über die Scherben, Roland Wolf schüttelte sich die Blumenerde von den Schuhen, während Dieter Bader immer wieder »Tut mir leid! Tut mir leid!« stammelte.

Hylia Karagöz kam genau in dem Moment vor Paulas Villa an, als drinnen der Kaktustopf zu Bruch ging. Die Zugreise war anstrengend gewesen, und nun freute sie sich auf einen ruhigen Nachmittag. Überhaupt – sosehr sie die Besuche bei ihrer türkischen Verwandtschaft auch genoss, kam sie gern heim, denn die Tage mit ihrer Familie waren meist laut und hektisch.

Hylia blickte auf die Uhr. Wenn sie Glück hatte, würde Paula noch zu Hause sein, und sie konnten eine Tasse Tee zusammen trinken. Sie stellte den Koffer an der Haustür ab und kramte in ihrer Handtasche nach dem Schlüssel. Erstaunt hielt sie inne, als sie von drinnen laute Stimmen und heiseres Hundegebell vernahm. Sie öffnete die Tür und prallte entsetzt zurück.

Das Treppenhaus, das sonst immer so gepflegt und einladend wirkte, war voller Menschen. Gleich vor ihr standen ein Inder und zwei bärtige Kinder, die sich ihr nun zuwandten. Eine Frau, zwei Einkaufstüten zu ihren Füßen, versuchte, einen hysterischen Hund zu beruhigen, der einen riesigen Kaktus anbellte. Über diesen Kaktus, der auf dem Boden lag, beugte sich eine weitere, sehr elegant wirkende Frau und murmelte besorgt: »Hoffentlich überlebt er das.« Daneben wimmerte ein Mann leise vor sich hin. Er hatte das rechte Hosenbein hochgezogen und schaute ängstlich zu, wie ein anderer Mann ihm vorsichtig Stacheln aus dem Schienbein zog.

»Stellen Sie sich nicht so an!«, schnauzte der Stachelzieher. »Ich bin schließlich Arzt.«

»Zahnarzt«, ergänzte eine bekannte Stimme.

Hylia atmete erleichtert auf. Paula war offensichtlich gesund und munter. Sie stand in der Küchentür und hatte wohl Mühe, sich das Lachen zu verbeißen.

»Was ist denn hier los?«, fragte Hylia, und alle verstummten. Sogar der Hund hörte auf zu bellen.

»Hylia!« Paula eilte auf ihre Haushälterin zu und umarmte sie. »Ich habe dich erst heute Abend erwartet. Wenn ich das gewusst hätte –«

»Was dann?«, unterbrach Hylia ihre Chefin belustigt. »Hättest du dieses Durcheinander von Mensch, Pflanze und Tier noch schnell beseitigt?«

»Na ja, zumindest teilweise«, gab Paula zu.

Dann drehte sie sich um. »Alle, die nicht hier wohnen, sollten jetzt lieber gehen!«, befahl sie. Zu Hylias Überraschung setzten sich daraufhin nur der Inder und der Stachelzieher in Bewegung.

»Ich melde mich telefonisch bei Ihnen. Wir brauchen Ihren Rat bei einem Gemeindeprojekt«, sagte der Inder zu der Frau mit den Einkaufstüten.

»Ich hoffe für dich, dass er mehr Schmerzen verträgt als diese paar harmlosen Pikser«, sagte der Stachelzieher zu der eleganten Frau mit dem Kaktus und dann, zu Paula gewandt: »Danke für die Unterschrift!« Dann verließen beide Männer das Haus.

»Ich sollte vielleicht auch gehen.« Der Mann mit dem hochgeschlagenen Hosenbein kratzte sich verlegen am Bart.

»Du bleibst!« Die elegante Frau mit der randlosen Brille richtete sich auf.

Hylia schüttelte verständnislos den Kopf. »Wieso gehen die nicht auch?«

»Sie wohnen vorübergehend hier.« Paula wirkte ein wenig verlegen.

»Sie wohnen hier?«, wiederholte Hylia schwach und sah sich ihre neuen Hausgenossen der Reihe nach an.

Die beiden Kinder nickten. Die Frau mit den Einkaufstüten brachte sogar ein Lächeln zustande. »Mein Name ist Cornelia Kleinschmidt. Ich bin eine Schulfreundin von Paula und wohne hier mit meinen Kindern. Aber nur so lange, bis wir eine passende Wohnung gefunden haben …«

»Und ich bin Ellen Winter, auch eine alte Freundin von Paula«, ergänzte die elegante Rothaarige. »Ich brauchte ebenfalls eine vorübergehende Bleibe.«

Hylias Augen wanderten zu dem bärtigen Mann. »Was ist mit dem?«, fragte sie Paula.

»Der wohnt nicht hier, der hilft nur beim Einzug«, schaltete sich Ellen ein.

»Und der Inder und der Arzt?«

»Zahnarzt«, verbesserte Paula. »Das ist der Mann, der mir den Gartenzaun kaputtgefahren hat.«

»Deshalb kam er mir so bekannt vor.« Hylia runzelte die Stirn.

»Der Inder ist in Wirklichkeit unser Pfarrer und bereitet das diesjährige Krippenspiel vor«, erklärte Conny. Dann nahm sie ihre beiden Kinder an die Hand und zog sie die Treppe hinauf. »Ich glaube, ihr solltet euch erst einmal umziehen.«

»Und wir räumen den Kaktus weg und kümmern uns dann um die Kakteenbank.« Ellen blickte Dieter Bader auffordernd an. Dieser nickte nur und rollte sein Hosenbein hinunter.

Hylia schüttelte fassungslos den Kopf. »Ich brauche jetzt einen Kaffee«, murmelte sie und ging in die Küche. Paula und Pepper folgten ihr.

»Zu wem gehört der Hund?«, fragte Hylia, als sich Pepper zu ihren Füßen niederließ.

»Zu Conny und den Kindern. Er ist schwerhörig, deshalb musst du sehr laut mit ihm sprechen.« Paula füllte die Kaffeemaschine und setzte sich dann zu ihrer Haushälterin an den Küchentisch.

»Haben deine Freundinnen keine Männer?«, wollte Hylia wissen.

»Conny ist verwitwet, Ellen geschieden«, antwortete Paula knapp. Pepper knabberte an seinem Bauchfell. Hylia sah den Hund misstrauisch an. »Hat er Flöhe?«

Paula zuckte mit den Schultern. »Ich glaube nicht. Die anderen Tiere übrigens auch nicht.«

»Du meinst, es gibt noch mehr Tiere in unserem Haus?«

»Es gibt noch eine Eidechse, eine Vogelspinne und jede Menge tiefgekühlte Heuschrecken.«

»Vogelspinne?«, wiederholte Hylia. »Ich hasse alles, was acht Beine hat.«

Paula grinste. »Diese hier hat nur sieben, du kannst also ganz beruhigt sein.« Dann schaute sie auf ihre Uhr. »Das war eine ganz schön ereignisreiche Mittagspause«, bemerkte sie. »In zwanzig Minuten muss ich im Geschäft sein.«

Hylia sah immer noch mitgenommen aus. Sie schüttelte den Kopf und seufzte schließlich laut.

»Was ist mit dir?«, fragte Paula teilnahmsvoll. »Deine Reise war sicher anstrengend, oder?«

Die junge Frau lachte zum ersten Mal. »Natürlich war meine Reise anstrengend. Aber das war nichts gegen das, was ich gerade hier erlebt habe. Kaum bin ich aus dem Haus, eröffnest du ein Auffanglager für verkrachte Existenzen, stachelige Pflanzen und behinderte Tiere. Eines sage ich dir, Paula ...« Ihre schwarzen Augen funkelten amüsiert. »Ich lasse dich nie wieder so lange allein!«

3

Conny erwachte mitten in der Nacht. Sie hatte normalerweise einen sehr festen Schlaf, aber irgendetwas im Haus raschelte, und sie war sofort alarmiert. Vierzehn Jahre als Mutter hatten sie gelehrt, jedem verdächtigen Geräusch sofort nachzugehen – besonders nachts. Sie stieg aus dem Bett und zog sich den braunen Bademantel über.

Im Zimmer ihrer Kinder war alles ruhig. Sogar der Hund schlief friedlich. Beruhigt schloss Conny die Tür wieder. Sie wollte gerade in ihr Bett zurückkehren, als sie das Geräusch erneut hörte.

Es kam aus dem Erdgeschoss.

Conny runzelte die Stirn. Sie hatte nicht die geringste Lust, einen Einbrecher auf frischer Tat zu ertappen. Andererseits würde sie sowieso keine Ruhe finden, wenn ein Stockwerk tiefer merkwürdige Dinge vor sich gingen. Also fasste sie sich ein Herz und schlich leise die Treppe hinunter. Sie blieb überrascht stehen, als aus der Küche das Brodeln des Wasserkochers drang. Vorsichtig spähte sie durch die Küchentür.

»Ellen«, stellte sie erleichtert fest und betrat die Küche.

Ihre Freundin zuckte zusammen. »Hast du mich erschreckt!«

»Und du mich erst«, entgegnete Conny. »Ich dachte schon, es sind Einbrecher unterwegs.«

»Ein mitternächtlicher Dieb, der Lust auf eine Tasse Tee

hat?« Ellen hängte zwei Teebeutel in eine Kanne und goss das heiße Wasser darüber.

»Nicht nur das.« Conny deutete auf den Küchentisch. »Offensichtlich hat er auch Hunger auf Chips, Schokoladenkekse und Gummibärchen.«

Ellen war ihrem Blick gefolgt. »Das brauche ich jetzt einfach«, murmelte sie und setzte sich seufzend. Sie trug einen cremefarbenen Seidenpyjama und hatte sich einen seidenen Schal um die Schultern geworfen, der farblich genau zu ihrem Schlafanzug passte.

»Was ist los?« Conny ließ sich ebenfalls am Tisch nieder.

»Was los ist?«, stöhnte Ellen. »Ich habe heute Nachmittag drei Stunden mit einem umständlichen Trottel zugebracht. Und das Schlimmste daran ist, dass ich jetzt nicht einmal eine ordentliche Kakteenbank habe, sondern ein windschiefes Gestell, das vermutlich zusammenbricht, sobald ich mir die Haare föne.«

Sie rieb sich die Augen.

Conny lachte. »Du bist selbst schuld. Warum hast du ihn auch um Hilfe gebeten?«

Ellen verdrehte die Augen zum Himmel. »Weil ich viel zu nett für diese Welt bin, deshalb! Ich dachte, ich hätte etwas bei ihm gutzumachen, und er freut sich darüber.«

»Als er ging, sah er aber nicht besonders glücklich aus«, bemerkte Conny.

»Das lag daran, dass seine eifersüchtige Frau ihn per Handy nach Hause beordert hat, nachdem sie von unseren Kollegen erfahren hatte, wo er sich herumtreibt. Vermutlich glaubte sie, ich würde zwischen meinen Kakteen über ihn herfallen!«

Die Frauen brachen in Gelächter aus.

»Was macht ihr denn hier?«, erklang eine verschlafene Stimme von der Tür her. Paula schlurfte gähnend in die Küche. Sie trug ein rotweiß kariertes, bodenlanges Flanell-Nachthemd und rote Wollsocken.

»Paula!« Conny drehte sich zu ihrer Freundin um und winkte sie an den Tisch. »Ellen beichtet mir gerade ihr geheimes Verhältnis zum Kaktus-Mann.«

»Und das ohne mich?« Paula drohte scherzhaft mit dem Finger und setzte sich. Erfreut betrachtete sie die Tüten mit den Naschereien. »Ist das für jetzt?«, erkundigte sie sich hoffnungsvoll.

Ellen nickte. »Der Tee ist auch fertig.«

»Da habe ich etwas Besseres zu bieten.« Conny erhob sich. »Ich habe heute einen sehr guten südafrikanischen Weißwein gekauft.« Sie ging zum Kühlschrank und holte die Flasche heraus. »Hier – zur Feier des Tages.«

»Das wird ja eine richtige Mitternachtsparty!« Paula war begeistert.

»Ja, fast wie bei Hanni und Nanni«, grinste Ellen. »Nur, dass wir schon etwas ältere Mädchen sind und uns nicht mit Pfirsichkonserven und Thunfischbroten begnügen müssen.«

Paula eilte ins Esszimmer und kam mit drei Weingläsern und einem Korkenzieher zurück. »Dann kann es ja losgehen!« Sie entkorkte die Flasche und schenkte allen ein. Dann zündete sie noch zwei Kerzen an, die auf dem Küchentisch standen.

»Zum Wohl!« Ellen erhob ihr Glas. »Auf unsere erste Mitternachtsparty!«

Die Freundinnen prosteten sich zu.

»Hm – der ist aber gut«, lobte Paula, nachdem sie getrunken hatte. Dann fiel ihr Blick auf die Teekanne. »Was machen wir mit dem Tee?«

»Den kann ich morgen mit ins Büro nehmen«, sagte Ellen. »Kalter, gesüßter Schwarztee ist sehr gut für die Konzentration.« Sie holte die Kanne an den Tisch. Paula öffnete die Tüten mit den Chips und den Süßigkeiten. »Ich habe Hunger.«

»Das Abendessen war aber doch sehr reichlich und gut«, bemerkte Conny und dachte an den schmackhaften Eintopf, den Hylia serviert hatte. Sogar ihre Kinder hatten kräftig zugelangt und sich ausnahmsweise einmal friedlich benommen.

»Ja, Hylia kocht sehr lecker«, bestätigte Ellen. »Sie hat den Schock über die wundersame Vermehrung ihrer Hausbewohner offenbar schnell überwunden.«

Paula nickte und nahm sich eine Handvoll Chips. »Ich glaube, sie ist insgeheim ganz froh darüber, dass wieder mehr Leben im Haus ist. So wie ich ja auch.«

Ellen lächelte. »Heute Mittag war es aber etwas zu viel ›Leben im Haus‹, oder?«

»Das waren ›Drei Männer zu viel im Haus‹«, bestätigte Conny.

Paula schüttelte den Kopf. »Es waren nur die falschen Männer«, sagte sie nachdenklich und langte erneut in die Chipstüte.

»Ein trotteliger Familienvater, ein wirklichkeitsfremder Pfarrer und ein geschiedener Vollidiot«, zählte Ellen auf und griff nach der Zuckerdose.

»Hast du einen frischen Zuckerlöffel genommen?«, erkundigte sich Paula schnell.

Ellen nickte. »Warum?«

»Ach, nur so.« Paula nahm noch einen Schluck Wein.

»Ich finde den Pfarrer gar nicht so wirklichkeitsfremd«, bemerkte Conny. »Er sieht doch recht sympathisch aus.«

»Das sagst du nur, weil er deine Kinder mag«, entgegnete Ellen schnippisch. »Als Liebhaber taugen Pfarrer nichts.«

»Aber er ist doch evangelisch«, protestierte Conny.

»Na und?« Ellen lächelte. »Wie viel Zeit bleibt dir mit einem Mann, der dreimal täglich in die Kirche muss?«

»Du musst es ja wissen«, knurrte Conny verstimmt und nahm sich von den Schokoladenkeksen.

»Ich will dir nur eine Enttäuschung ersparen.« Ellen lehnte sich zurück und betrachtete ihre Freundinnen kritisch. »Seien wir doch mal ehrlich: Wir sind schon zu alt, um noch lange zu warten, bis der Richtige vorbeikommt.«

»Und was sollen wir deiner Meinung nach tun? Wir können wohl kaum Dutzende von Männern hier zu uns einladen und dann den Richtigen herauspicken«, entgegnete Conny.

Paula kicherte. »So etwas in der Art haben wir ja heute schon gemacht ...«

»... und haben alle drei Männer mehr oder weniger schnell wieder in die Flucht geschlagen«, ergänzte Ellen.

»Wir können sie ja kaum darum bitten, auch hier bei uns zu wohnen«, bemerkte Conny.

»Zwei Zimmer sind noch frei«, überlegte Paula laut. »Wir könnten zum Beispiel eine Männerpension eröffnen.«

Ellen, die gerade an ihrem Weinglas genippt hatte, verschluckte sich. »Was hast du gesagt?«, fragte sie hustend.

»Wir könnten eine Männerpension eröffnen«, wiederholte Paula bereitwillig.

»Mit Sicherheit melden sich dann nur zwielichtige Gestalten, die eine billige Unterkunft suchen«, warf Conny kritisch ein.

»Nicht unbedingt«, sagte Ellen nachdenklich.

Paula und Conny sahen ihre Freundin erstaunt an.

»Wie meinst du das?«, fragte Conny.

»Ich habe eine glänzende Idee, wie wir uns die richtigen Gäste besorgen könnten. Allesamt erfolgreiche Manager, gutaussehend, gebildet, und natürlich Singles.«

»Und wie soll das gehen? Solche Männer laufen nicht unbedingt mit einem Schild um den Hals durch die Gegend und suchen ein Zimmer.« Conny schüttelte skeptisch den Kopf.

Aber Ellen redete schon weiter. »Ihr glaubt gar nicht, wie viele Firmenbosse zu Messezeiten hier in Frankfurt vergeblich eine Unterkunft suchen. Gerade heute hatte ich das Problem wieder auf dem Tisch. In einer Woche beginnt die Kristall-Messe, und noch immer habe ich nicht alle Aussteller unterbringen können.«

»Findest du nicht, dass dieses Haus schon jetzt ziemlich voll ist?«, erkundigte sich Conny vorsichtig.

»Die Männer verlassen das Haus recht früh am Morgen und kommen erst abends zurück. Dann erwarten wir sie hier im Esszimmer mit einem schönen Glas Wein, bei Kerzenschein und geistreicher Konversation.«

Paula kicherte und nahm sich vor Aufregung gleich fünf Schokoladenkekse. »Klingt spannend.«

»Ihr habt nur drei Dinge vergessen.« Conny war noch nicht überzeugt. »Erstens – gibt Paula überhaupt die Schlafzimmer für die Gäste her?«

»Natürlich.« Paula nickte. »Das ist eine gute Gelegenheit, sich endlich von ein paar Sachen meiner Eltern zu trennen. Außerdem kenne ich einen netten Schreiner, der den einen oder anderen kleinen Umbau vornehmen kann.«

»Die Zimmer sind perfekt für zahlende Gäste«, ergänzte Ellen und dachte an die großen, geschmackvoll eingerichteten Räume, die ihr schon beim ersten Rundgang durch die Villa aufgefallen waren. »Übernachtung in einer alten Frankfurter Jugendstilvilla, Frühstück und angenehme Gesellschaft inklusive.«

»Damit wären wir bei Punkt zwei meiner Liste: die angenehme Gesellschaft.« Conny blieb skeptisch. »Was ist mit den Kindern und den Tieren? Wir können sie ja schlecht wegsperren, solange wir Gäste haben.«

»Dann musst du dafür sorgen, dass sich dein Nachwuchs und dein kleiner Privatzoo richtig benehmen. Das kann ja wohl nicht so schwierig sein.«

»Hast du eine Ahnung!«, brummte Conny.

»Hylia wird das viel größere Problem sein«, prophezeite Paula. »Sie wird uns den Kopf abreißen, wenn sie auch noch für zahlende Gäste zuständig sein soll.«

»Sie muss ja schon uns alle verkraften«, pflichtete Conny ihr bei.

»Wir werden ganz schön Überzeugungsarbeit leisten müssen«, sagte Paula düster.

»Ach was, ich werde ihr eine Gehaltserhöhung spendieren«, widersprach Ellen. Als Paula protestieren wollte, fügte sie hinzu: »Die ist sowieso fällig, nachdem wir uns hier im Laufe einer Woche ständig vermehrt haben.«

Conny kaute nachdenklich auf einigen Gummibärchen herum. »Jetzt kommen wir zu meinem dritten Problem: Wie will Ellen garantieren, dass ihre Messebesucher Singles sind?«

»Das ist nicht schwer«, beruhigte Ellen ihre Freundin. »Die meisten Direktoren kenne ich persönlich. Ich weiß sehr genau, welcher von ihnen noch zu haben ist. Diesen Punkt könnt ihr beruhigt mir überlassen.« Sie lächelte siegessicher.

»Mir ist gerade noch ein vierter Punkt eingefallen, den wir bedenken müssen«, nuschelte Conny mit vollem Mund.

Ellen blickte leidvoll zum Himmel. »Was denn noch?«

Conny schluckte hastig die Gummibärchen hinunter. »Wir sind hier nur zu Gast und werden nicht ewig bei Paula wohnen. Was passiert dann mit der Männerpension?«

»Die kann wieder schließen. Bis zu unserem Auszug haben wir längst einen Mann fürs Leben gefunden«, behauptete Ellen zuversichtlich. »Dafür werde ich sorgen!«

»Na, dann ist ja wohl alles klar«, bemerkte Conny spöttisch.

»Es ist also abgemacht?«, fragte Paula und ignorierte Connys Spott.

»Ja!« Ellen nickte.

»Meinetwegen«, sagte Conny nach kurzem Zögern.

»Auf uns!« Ellen hob ihr Glas.

»Auf deine Idee!« Paula stieß mit an.

Beide sahen abwartend zu Conny. Diese seufzte und hob dann ebenfalls ihr Glas. Sie blickte belustigt in die Runde. »Auf einen total verrückten Plan! Wenn nur eine von uns mit dieser Methode Erfolg hat, dann dürft ihr euch als Preis eines meiner Kinder aussuchen.«

Am nächsten Morgen war der Frühstückstisch schon gedeckt, als David und Sara mit Pepper in die Küche kamen.

Hylia stand am Kühlschrank und hielt mit spitzen Fingern die Schachtel mit den Heuschrecken in der Hand.

»Was genau ist das?«, fragte sie, als sie die Kinder erblickte.

»Heuschrecken«, antwortete Sara bereitwillig. »Für Konstantin.«

»Wer oder was ist Konstantin? Und warum frisst er Insekten?«

»Konstantin ist unsere Eidechse. Er lebt oben bei uns im Zimmer.«

»Läuft er frei herum?«

Sara lachte. »Nee. Das ist doch viel zu kalt für ihn. Er wohnt in einem Terrarium.«

»Gut.« Hylia atmete auf und sah wieder auf die Heuschrecken. »Meint ihr nicht, dass wir die Packung auch auf die Terrasse stellen können? Draußen ist es kalt genug.«

»Okay.« Sara nahm Hylia die Heuschrecken ab.

»Kannst du auch sprechen?«, wandte sich Hylia an David, nachdem Sara in Richtung Terrasse verschwunden war. Der Junge nickte und drehte am Radio. Wenig später erklang laute Technomusik. Wortlos setzte sich David an den Tisch und öffnete die Dose mit dem Hundefutter. Pepper stand schwanzwedelnd daneben und wartete ungeduldig auf sein

Frühstück. David löffelte das Hundefutter in seine Teetasse und stellte sie vor den Hund auf den Boden. Sofort begann Pepper zu fressen.

David wischte mit den Fingern das Hundefutter vom Löffel und legte ihn neben das Marmeladenglas. Inzwischen war auch Sara wieder da. Die Geschwister begannen zu essen, ohne weiter auf Hylia zu achten. Die junge Frau stand fassungslos vor dem Frühstückstisch.

»Wo ist eure Mutter?«

»Die schläft noch«, antwortete Sara mit vollem Mund.

»Und wo sind Paula und Ellen?«, setzte Hylia ihr Verhör fort.

»Die frühstücken in Paulas Zimmer«, entgegnete Sara und zog die Stirn kraus. »Warum, weiß ich eigentlich auch nicht.«

»Das werde ich herausfinden«, murmelte Hylia und machte sich auf den Weg zu Paulas Schlafzimmer. Sie klopfte nicht an, sondern öffnete die Tür mit einem Ruck – und blieb überrascht stehen. Paula und Ellen saßen auf dem Boden vor Paulas Bett, tranken Tee und aßen Kekse. In der Zimmerecke lief ein kleiner Fernseher.

»Was macht ihr hier?«, fragte Hylia.

»Tee trinken.« Paula deutete auf die Tassen.

»Essen«, sagte Ellen und hielt einen Keks hoch.

»Fernsehen«, ergänzte Paula grinsend und zeigte auf den Bildschirm, wo eine grell geschminkte Frau gerade aufgeregt die Vorzüge eines Trimmgerätes anpries.

»Im Schlafzimmer wird nicht gegessen. Ihr kommt sofort mit in die Küche!«, befahl Hylia. Ellen wollte protestieren, doch Paula legte ihr die Hand auf den Arm.

»Wir kommen«, sagte sie schnell und fügte dann, mehr zu Ellen gewandt, hinzu: »Schließlich wollen wir die gute Hylia heute nicht ärgern, oder?«

Ellen schob sich schnell noch einen Keks in den Mund folgte dann den anderen in die Küche. David nickte ihnen gleichgültig zu, während Sara sie freundlich begrüßte.

Hylia lächelte zufrieden. »Jetzt fehlt nur noch Conny. Entschuldigt mich bitte.« Sie ging zur Tür hinaus, kam jedoch noch einmal zurück. »Nehmt euch einen neuen Marmeladenlöffel!«, empfahl sie den Freundinnen, bevor sie endgültig weg war.

»Warum?« Ellen betrachtete den Löffel. »Der sieht doch ganz sauber aus.«

Paula schüttelte sich. »Das willst du gar nicht wissen, glaube mir«, murmelte sie. Ellen wollte gerade etwas erwidern, als David ihr überraschend zuvorkam.

»Kann ich irgendwann mal Besuch mitbringen?«, fragte er Paula.

»Natürlich«, erwiderte Paula freundlich.

»Bist du verrückt?«, schimpfte Ellen. »Du weißt doch gar nicht, wie viele Leute er einladen will. Vielleicht hören die alle diese schreckliche Musik.« Sie deutete auf das Radio.

David verdrehte die Augen und musterte Ellen genervt.

»Er will doch nur seine Freundin mitbringen«, platzte Sara heraus und erntete ebenfalls einen bösen Blick von ihrem Bruder.

»Wirklich?« Paula lächelte David an. »Wie heißt sie denn?«

»Karina. Und sie ist nicht meine Freundin«, brummte David unfreundlich.

»Noch nicht«, ergänzte seine Schwester. »Sie ist die Maria im Krippenspiel, und David steht total auf sie!«

»Blöde Kuh!« David sprang auf und rannte beleidigt hinaus. Sara folgte ihm.

Ellen atmete auf. »Kannst du den Sender wechseln?«, fragte sie Paula.

»Gern.« Bereitwillig erhob sich Paula und drehte am Radio herum. Bald darauf erklang deutsche Schlagermusik.

Ellen seufzte. »Wir sollten vielleicht doch lieber zum Shopping-Kanal in dein Schlafzimmer zurückkehren.«

»Das geht nicht. Lass uns lieber hier sitzen bleiben und gute Stimmung verbreiten. Dann schluckt Hylia vielleicht unsere Idee mit der Männerpension«, widersprach Paula.

Unterdessen hatte Hylia Conny geweckt.

»Hast du schon mit Ellen und Paula gesprochen?«, erkundigte sich Conny schlaftrunken.

»Natürlich. Die beiden sitzen am Frühstückstisch.«

»Und was hältst du von unseren Vorstellungen?«, fragte Conny schüchtern und wickelte sich in ihren braunen Bademantel.

Hylia musterte sie von der Seite. »Welche Vorstellung meinst du? Die Tatsache, dass der Hund neuerdings unser Geschirr ableckt? Die grässliche Musik? Oder das morgendliche Picknick von Ellen und Paula vor dem Shopping-Kanal?«

Conny kicherte. »Davon weiß ich gar nichts.«

Hylia runzelte die Stirn. »Welche Vorstellung meinst du dann?«

»Ach, keine besondere«, erwiderte Conny unbestimmt und ging zur Treppe. Hylia folgte ihr. Auf dem unteren Treppenabsatz begegneten sie den Kindern, die sich gerade lautstark beschimpften. Hylia blieb stehen. »Hört auf zu zanken!«, sagte sie in energischem Tonfall. Überrascht unterbrachen Sara und David ihren Streit und blickten fragend zu Conny.

Diese zuckte jedoch nur mit den Schultern. »Ihr habt gehört, was Hylia gesagt hat. Und jetzt macht eure Betten, und putzt die Zähne!« Damit schob sie ihre sprachlosen Kinder die Treppe hinauf.

Kurz darauf betraten Conny und Hylia die Küche. Ellen

führte Hylia zu ihrem Platz, Paula goss ihr Kaffee ein und fragte betont fröhlich, ob sie noch einen Wunsch habe.

»Ich hätte gern einen reichen türkischen Ehemann«, entgegnete Hylia, ziemlich erstaunt über dieses Verwöhnprogramm.

»Wir auch!« Paula atmete auf. Vielleicht wurde diese Unterhaltung ja doch leichter als gedacht!

»Er müsste nicht türkisch sein«, warf Conny ein.

»Obwohl wir natürlich nichts gegen deine Landsleute haben«, setzte Ellen schnell hinzu.

»Hauptsache männlich und reich.« Paula lachte angestrengt.

Hylia hob die Augenbrauen. »Was genau wird das hier?«, fragte sie misstrauisch.

»Ein Hotel für reiche Männer«, antwortete Paula wahrheitsgemäß, noch bevor ihre Freundinnen es verhindern konnten.

»Wie bitte?« Hylia glaubte, sich verhört zu haben.

»Wir eröffnen eine Pension für ledige Manager«, erklärte Paula bereitwillig.

»Eine Pension für reiche Junggesellen? Ihr seid wohl nicht ganz bei Trost!« Hylia schüttelte den Kopf und sah die drei Freundinnen ungläubig an.

»Die Idee ist super«, verteidigte sich Paula.

»Und welche Rolle habt ihr mir dabei zugedacht?«, fragte Hylia belustigt. »Soll ich vielleicht kleine rose Pfeile durch die Gegend schießen oder ein dreigängiges Liebesmenü kochen?«

»Du tust, was du immer machst, aber du wirst besser bezahlt.« Ellen ignorierte Hylias Spott.

»Also wollt ihr euch meine Zustimmung erkaufen.« Die Augen der jungen Türkin blitzten auf. Sie lehnte sich zurück und musterte Conny und Ellen. Dann lachte sie. »Einverstanden. Ich spiele mit. Je eher ihr einen Mann findet, desto schneller seid ihr wieder fort.«

»Dann bist du also dabei?«, rief Paula erfreut.

»Nein«, antwortete Hylia. »Aber es wird bestimmt lustig, euch bei der Männerjagd zu beobachten. Das möchte ich um nichts in der Welt versäumen!«

4

Eineinhalb Wochen später stand die »Privatpension Villa Rosen« kurz vor der Eröffnung. Ellen hatte all ihre Beziehungen in den Stadtämtern spielen lassen und die Genehmigung zum Führen einer Frühstückspension schon nach wenigen Tagen bekommen. Und sie hatte tatsächlich auch schon einige Gäste angeworben.

Paula hatte die Zeit genutzt und einen befreundeten Schreiner engagiert, der in den beiden Schlafzimmern kleinere Reparaturen durchführte. Gleichzeitig ergänzte sie die Einrichtung durch üppig blühende Zimmerpflanzen, die farblich mit den Tagesdecken auf den Betten harmonierten. Als Ellen an einem Mittwochabend in eines der Gästezimmer trat, stellte Paula gerade einen weiteren Blumenkorb auf den Spiegelschrank. Im Hintergrund werkelte der Schreiner.

»Was machst du hier?«, fragte Ellen und blickte sich erstaunt um. Überall grünte und blühte es. Selbst im Badezimmer stand eine große Palme.

»Ich sorge dafür, dass sich unsere Gäste wohl fühlen«, sagte Paula und streichelte sanft über die Blätter der Pflanzen.

»Ist das nicht etwas zu viel Grün?« Ellen schaute sich kritisch um. »Hier sieht es aus wie bei dir im Laden. Da kriegt man Alpträume!«

»Ich mag es«, entgegnete Paula störrisch. »Außerdem sagt

eine Zimmereinrichtung viel über den Charakter des Gastgebers aus.«

»Zum Beispiel?«, fragte Ellen.

»Diese Schale zum Beispiel ist mit weißem Salbei, Petersilie und Basilikum bepflanzt.« Paula deutete auf einen Blumentopf auf der Fensterbank.

»Klingt alles sehr lecker.« Ellen musste schmunzeln.

»Nein, das verstehst du falsch«, beharrte Paula. »Jede dieser Pflanzen hat eine bestimmte Bedeutung: Der weiße Salbei bedeutet Gesundheit, die Petersilie steht für Häuslichkeit, und mit Basilikum wünscht man alles Gute.«

»Mit Basilikum würze ich meine Tomaten«, murmelte Ellen. «Für jeden normalen Gast sieht diese Schale eher aus wie ein kleiner Küchengarten.«

»Na und?«, entgegnete Paula. »Mir gefällt es.«

»Und was ist mit der großen Palme im Bad?«, erkundigte sich Ellen. »Hat die auch eine Bedeutung? Vielleicht so etwas wie: ›Hier pinkelt man nicht im Stehen, sondern setzt sich‹?«

»Sei nicht albern!« Paula betrachtete die Tragetasche in Ellens Hand. »Was hast du da?«, fragte sie, um das Thema zu wechseln.

»Ich habe heute ein neues Geschäft entdeckt. Es heißt ›Très chic‹ und hat wirklich ein außergewöhnliches Sortiment an Wohnaccessoires«, antwortete Ellen und zog eine schwarze Statue aus der Tasche.

»Was soll das darstellen?« Paula betrachtete das Objekt von allen Seiten.

»Es ist ein Selbstbildnis von Britta Birnbaum. Kennst du die Künstlerin etwa nicht?« Ellen stellte die Statue vorsichtig auf dem Tisch ab.

»Das ist nicht ›très chic‹, das ist hässlich«, sagte Paula.

»Es ist nicht hässlich, sondern moderne Kunst«, korrigierte Ellen. »Und es zeigt, dass wir weltoffen und kulturell interessiert sind. Deshalb gehört es unbedingt in einen der beiden Räume. Du weißt schon, falls unsere Gäste von der Einrichtung auf uns schließen …«

»Warum ist Ihnen die Meinung Ihrer Gäste so wichtig?«, mischte sich der Schreiner plötzlich interessiert ein.

»Das geht Sie nichts an!« Ellen musterte den Mann missbilligend. Er trug eine Arbeitshose und ein Jeanshemd. Seine blonden Haare fielen ihm locker ins braungebrannte Gesicht. »Haben Sie nicht im Nebenzimmer noch etwas zu tun?«, fragte sie unfreundlich.

»Nein.« Er grinste. »Außerdem finde ich die Unterhaltung hier viel amüsanter.«

»Wieso hat die Frau so dicke Knie?«, unterbrach Paula den Wortwechsel. »Und wieso hat sie keinen Kopf?«

»Sie wollte nicht nur nach ihrem Gesicht beurteilt werden und hat deshalb auf den Kopf verzichtet.« Ellen betrachtete die Statue kritisch. »Außerdem steht die Figur falsch herum.« Sie stellte das Kunstwerk auf die Füße.

Paula schob ihre Brille auf der Nase zurecht und untersuchte das Selbstbildnis aus neuer Perspektive. Dann blickte sie überrascht auf. »Aber dann sind das gar keine dicken Knie. Dann sind das ziemlich große runde –«

»Ich weiß schon, was du meinst«, fiel Ellen ihr hastig ins Wort.

»Das kannst du hier nicht stehen lassen.« Paula war entsetzt. »Die Männer werden ja das Schlimmste von uns denken!«

»Männer? Wieso nur Männer?«, warf der Schreiner ein.

Ellen beachtete ihn nicht und zerrte Paula ins zweite Gästezimmer. Zufrieden registrierte sie, dass hier längst nicht so viele Blumen standen wie drüben. Aber vielleicht war Paula nur noch nicht fertig mit ihrer Dekoration.

»Wir müssen uns ja nicht unbedingt vor diesem Typen streiten«, erklärte sie Paula.

»Du kannst ja nur nicht ertragen, dass er mir recht gibt«, murmelte Paula.

Ellen atmete tief durch. »Es geht doch gar nicht um das Rechthaben. Es geht darum, wie wir dafür sorgen können, dass sich unsere Gäste bei uns wohl fühlen. Und das können sie nicht, wenn sie sich im Bett zwischen all den Blumen wie aufgebahrt vorkommen.«

»Weil deine Fruchtbarkeitsgöttin ja viel unverfänglicher ist«, entgegnete Paula wütend.

»Was ist denn hier los?« Conny trat ins Zimmer, gefolgt von Pepper.

»Paula hat eines der Gästezimmer in die Bundesgartenschau verwandelt.«

»Ellen will hier kopflose pornographische Kunst ausstellen!«

Conny lachte. »Das muss ich mir ansehen.«

Die drei Frauen gingen ins erste Zimmer zurück. Conny betrachtete die Pflanzen. »Das sieht doch sehr schön aus.« Dann musterte sie die Statue von Britta Birnbaum. »Auch sehr hübsch«, sagte sie.

Pepper begrüßte unterdessen freundlich den Schreiner, der bei der Rückkehr der drei Freundinnen erstaunt aufgeblickt hatte.

»Noch eine Gastgeberin, nehme ich an?«, fragte er.

Conny nickte. »Genau, und wir werden ab morgen hier in den beiden großen Zimmern einsamen Männern ein Zuhause geben.«

Ellen stieß Conny in die Seite. »Das interessiert ihn doch gar nicht«, zischte sie.

Der Schreiner reichte Conny die Hand. »Thomas Heitmann«, stellte er sich vor. Dann wanderte sein Blick zwischen den Frauen hin und her. »Und Sie sind ...?«

»Cornelia Kleinschmidt«, sagte Conny.

»... gerade schwer beschäftigt«, fügte Ellen hinzu und zog ihre Freundinnen zur Tür hinaus.

»Mama?« Aus dem Erdgeschoss war Saras Stimme zu hören. »Ich brauche Hilfe bei den Hausaufgaben!«

»Ich bin hier oben!«, brüllte Conny die Treppe hinunter.

»Was machen wir denn jetzt mit der Dekoration?«, erkundigte sich Paula.

»Also, wenn ihr mich fragt ...« Conny rieb sich nachdenklich die Stirn. »Dekoriert doch ein Zimmer nach Paulas Ideen und eines nach Ellens Vorstellungen. Und dann soll jeder Gast selbst entscheiden, wo er lieber schlafen will. Damit wisst ihr gleich, welchen Typ er bevorzugt.«

»Und was ist mit dir?«, fragte Paula. In diesem Moment kam Sara die Treppe heraufgehüpft. Pepper jaulte vor Begeisterung, als er sie erblickte.

Conny seufzte. »*Meine* Dekoration läuft frei herum. Früher oder später wird es sich nicht vermeiden lassen, dass unser Gast darüber stolpert ...«

Ellen reduzierte die Anzahl der Pflanzen in ›ihrem‹ Zimmer auf ein Mindestmaß und stellte dann die Statue auf einen kleinen Glastisch. Sie trat einen Schritt zurück und begutachtete das Werk. Dann fiel ihr Blick auf das Gemälde über dem Bett – eine Berglandschaft im Sonnenuntergang. Kurz entschlossen hängte Ellen es ab und holte einen Kunstdruck hervor, den sie heute bei *Très Chic* zusammen mit der Statue erstanden hatte. Es gelang ihr jedoch nicht, das Poster aufzuhängen, weil es sich immer wieder einrollte.

Entnervt rief Ellen nach Paula. Sie schrak zusammen, als plötzlich der Schreiner in der Tür stand.

»Paula ist nicht mehr hier oben. Sie wollte in die Küche.«

Ellen seufzte. »Ach je.«

»Wieso? Kann sie nicht kochen?«, erkundigte er sich amüsiert.

»Das meine ich nicht«, entgegnete Ellen. »Jetzt werde ich wohl oder übel Sie um Hilfe bitten müssen.«

»Mich? Ich dachte, das geht mich alles gar nichts an. Ich kenne ja nicht einmal Ihren Namen.«

»Ellen Winter«, knurrte Ellen. »Und jetzt helfen Sie mir bitte!«

Schweigend trat der Schreiner ans Bett und assistierte Ellen beim Aufhängen des Bildes.

»Wer hat das gemalt?«, fragte er nach einer Weile und betrachtete das Durcheinander von Farben und Formen.

»Britta Birnbaum«, antwortete Ellen.

»Die Dame mit den dicken Knien?« Er lachte. »Sind Sie sicher, dass es richtig herum hängt?«

Ellen funkelte ihn an. »Natürlich.«

Als das Bild an der Wand hing, nickte sie zufrieden. »Jetzt fehlen nur noch ein paar Wirtschaftsmagazine, eine nette Schreibmappe und die richtige Beleuchtung.«

Sie bedeutete Heitmann, ihr zu folgen. »Kommen Sie, die Sachen liegen in meinem Zimmer. Sie können mir helfen.«

Der Schreiner folgte ihr. In ihrem Zimmer angekommen, blieb er überrascht stehen.

»Wieso haben Sie so viele Kakteen?«

»Ich liebe Kakteen.«

»Das sieht man«, stellte er fest. »Die machen es hier aber nicht unbedingt gemütlich. Ich wette, *hier* kriegt man Alpträume.«

»Wer hat Sie eigentlich nach Ihrer Meinung gefragt?«

»Keiner.« Heitmann zuckte die Schultern und sah sich im Zimmer um. »Wie können Sie sich hier überhaupt bewegen, ohne ständig gepikst zu werden?«

»Die Kakteen bekommen eine Bank«, entgegnete Ellen und zeigte auf das windschiefe Gestell ihres Kollegen.

Heitmann lachte. »Ich dachte, das sei ein weiteres Kunstwerk von dieser Britta Birnbaum.«

»Nein.« Ellen strich über die Kakteenbank. »Das hat mir ein Bekannter gezimmert.« Sie drückte dem Schreiner eine moderne Leselampe in die Arme und nahm selbst die Zeitschriften und die Briefmappe. Eine Viertelstunde später war ihr Werk vollendet. Zufrieden blickte sich Ellen im Zimmer um.

»Jetzt kann der erste Heiratskandidat kommen, oder?«, ertönte Heitmanns Stimme von der Tür. Der Schreiner hatte sein Werkzeug zusammengepackt. Offenbar wollte er für heute Schluss machen.

»Vergessen Sie das mit dem Hotel für ledige Männer. Das war doch nur ein Scherz.« Ellen ahnte jedoch, dass er ihr das nicht abnehmen würde.

Und richtig: Er grinste amüsiert. »Wenn Sie mich fragen – ich würde dieses Zimmer hier nehmen.«

»Gefällt es Ihnen?«, fragte Ellen überrascht. Vielleicht hatte sie den Handwerker doch unterschätzt.

»Nein.« Er schüttelte den Kopf. »Aber ich könnte Stunden damit zubringen, die dicken Knie von Britta Birnbaum zu bewundern!«

Er winkte zum Abschied und eilte pfeifend die Treppe hinunter.

Ellen folgte ihm langsam. Vor der Küchentür begegnete sie Conny und Paula. Als die Tür hinter dem Schreiner ins Schloss fiel, wandte sich Ellen an ihre Freundinnen.

»Jetzt kommen wir zum wichtigsten Punkt des heutigen Tages«, kündigte sie an.

»Abendessen?«, fragte Paula hoffnungsvoll.

»Nein.« Ellen schüttelte den Kopf. »Bis dahin haben wir noch ein bisschen Zeit. Das reicht, um euch den ersten Kandidaten vorzustellen, der ab morgen hier wohnen wird.«

»Fein! Ich besorge uns etwas zu trinken.« Conny verschwand in der Küche. »So ein kleiner Aperitif kann nicht schaden«, rief sie.

»Ich hole die Unterlagen.« Ellen ging zur Treppe.

Fünf Minuten später saßen die drei Freundinnen am Küchentisch und prosteten sich mit einem Glas Sherry zu. Paula öffnete eine Packung Erdnüsse.

»Lass dich bloß nicht von Hylia erwischen!«, riet Conny ihr. »So kurz vor dem Abendessen noch naschen, das sieht sie bestimmt nicht gern.«

»Wo ist sie überhaupt?«, fragte Ellen.

»Sie putzt die Bäder der Gästezimmer«, antwortete Paula. »Zum Abendessen gibt es heute außerdem nur belegte Brote. Da ist es nicht schlimm, wenn man vorher den Appetit etwas anregt.« Sie griff in die Packung und nahm sich eine Handvoll Nüsse.

Dann sah sie Ellen abwartend an. »Und nun erzähl mal, was uns morgen Abend erwartet.«

»Wir bekommen einen älteren, attraktiven Junggesellen ins Haus.«

»Älter?«, fragte Conny alarmiert. »Wie viel älter?«

»Nun, ein paar Jahre.« Ellen blickte auf ihre Notizen. »Fünfzehn Jahre älter als wir, um genau zu sein.«

»Fünfzehn Jahre?« Conny schüttelte energisch den Kopf. »Der Typ ist also schon fünfundfünfzig Jahre alt?«

»Ja«, bestätigte Ellen. »Aber er hat sich sehr gut gehalten.

Außerdem ist er Alleinerbe einer großen Kristallwarenfabrik …«

»Kristallwaren?«, unterbrach Conny sie erneut. »Welche Art von Kristallwaren? Etwa diese kitschigen Glitzerfigürchen?«

»Ich hatte im Geschäft mal solche Kristallfiguren im Angebot«, mischte sich Paula ein. »Die liefen überhaupt nicht.«

»Kein Wunder«, sagte Conny und griff in die Nusstüte.

»Du hättest die Figuren sehen sollen.« Auch Paula nahm sich Erdnüsse. »Das waren lauter kleine Glasfrösche mit winzigen Musikinstrumenten.«

»Ich will keinen alten Mann mit Glasfröschen«, maulte Conny. »Ihr könnt ihn haben.«

»Er hat keine kleinen Glasfrösche«, entgegnete Ellen gereizt. »Seine Fabrik stellt Kristalllampen her.«

»Wahrscheinlich diese schrecklichen Kronleuchter, die jetzt wieder modern sind?«, fragte Conny und schüttelte den Kopf. »Ich bleibe dabei, ihr könnt ihn haben.«

»Wie heißt er denn?«, erkundigte sich Paula.

»Albert de Buxcel.«

»Das klingt französisch«, warf Conny ein.

»Er ist aber Deutscher. Seine Familie lebt seit vielen Generationen im südlichen Schwarzwald. Albert hat vor zwanzig Jahren die Fabrik von seinen Eltern übernommen und sich vollständig der Arbeit verschrieben. Er ist Single.«

»Woher willst du das wissen?«, fragte Conny kauend.

»Ich habe ihn natürlich gefragt, als ich ihm unser Zimmer angeboten habe.«

»Du hast gefragt, ob er Single ist?« Paula starrte Ellen erstaunt an.

»Nein, so direkt nicht. Ich habe ihm gesagt, dass wir nur Einzelzimmer haben und er deshalb seine Frau oder Freundin zu Hause lassen müsse. Daraufhin hat er mir erzählt, dass es derzeit keine Frau in seinem Leben gibt.«

»Das war sehr schlau.« Paula war beeindruckt. »Was weißt du noch über diesen Albert?«

Ellen überflog ihre Notizen. »Er legt Wert darauf, früh geweckt zu werden.«

»Damit scheidet Conny endgültig aus«, murmelte Paula.

»Außerdem ernährt er sich fettarm und glaubt an die heilende Kraft von Duftölen.«

Conny lachte. »Na, das kann ja heiter werden – ein esoterisch angehauchter älterer Herr mit französischem Namen, das ist genau das, was wir suchen.«

»Jetzt warte doch erst einmal ab!«, erwiderte Ellen.

»Worauf soll ich warten? Darauf, dass meine Kinder seine esoterischen Kristallwaren zerschlagen? Oder auf sein Gesicht, wenn mein Hund strenger riecht als seine Duftöle?«

»Ich würde sagen, bei euch bestehen gute Chancen, dass beides gleichzeitig eintrifft.«

»Wie wollen wir ihn empfangen?«, unterbrach Paula den Streit.

»Ich treffe ihn schon am Mittag auf der Messe und bringe ihn dann später mit zu uns«, antwortete Ellen. »Das ist ja ein weiterer Vorteil unserer Pension, dass wir gleich den Fahrservice zur Messe mit anbieten können.«

»Wie schlau von dir!«, lobte Conny ironisch.

»Ich warte dann hier auf ihn«, überlegte Paula.

»... und ich werde ihn mir erst gar nicht ansehen«, ergänzte Conny. »Einen so alten Mann kann ich meinen Kindern nicht antun.«

»Vielleicht hast du recht«, meinte Ellen nachdenklich. »Ich sollte beim nächsten Gast darauf achten, dass er kinderlieb ist.«

»Ja, tu das bitte!« Conny trank ihren Sherry aus und erhob sich dann. »Für dieses Mal scheide ich freiwillig aus. Ich werde mir das Ganze aus der Distanz angucken und euch gute Ratschläge geben.«

5

Ellen behielt recht: Albert de Buxcel hatte sich für seine fünfundfünfzig Jahre wirklich gut gehalten. Braungebrannt, drahtig und durchtrainiert stand er am nächsten Abend zusammen mit ihr vor der Tür der Villa und betrachtete begeistert die Fassade.

»Das ist echter Jugendstil«, bemerkte er anerkennend.

»Ja.« Ellen lächelte geschmeichelt, so, als hätte sie die Villa selbst gebaut. »Willkommen in der Villa Rosen!«, sagte sie und öffnete die Eingangstür.

Dahinter kam Paula zum Vorschein, die vom Küchenfenster aus die Ankunft des ersten Gastes beobachtet hatte. Sie lächelte unsicher. »Guten Abend«, war alles, was sie herausbrachte.

Albert de Buxcel ergriff Paulas Hand und schüttelte sie herzlich. »Ich bin erfreut, Ellens Geschäftspartnerin kennenzulernen«, sagte er galant.

»Kommen Sie doch herein. Draußen ist es kalt.« Paula hatte ihre Stimme wiedergefunden. Albert nahm seine Reisetasche und folgte Ellen und Paula die Treppe hinauf.

»Sie haben Glück, wir haben noch zwei Zimmer frei«, verkündete Paula mit einem schüchternen Lächeln. »Sie dürfen also eins aussuchen.« Damit öffnete sie die Tür. Aus dem Radiowecker erklang leise Musik, und eine Duftkerze zwischen den Blumen auf dem Glastisch verbreitete heimeliges Licht.

»Ich glaube, ich nehme gleich dieses hier«, sagte Albert begeistert.

Hinter seinem Rücken zwinkerte Paula Ellen triumphierend zu.

»Haben Sie noch mehr Gäste?«, fragte Albert und zeigte auf die anderen Türen im Gang.

»Äh ... nein ...«, entgegnete Ellen zögernd.

»Wir vermieten nur diese beiden Räume«, ergänzte Paula eilig.

Zufrieden nickte Albert. »Wie schön. Ich liebe es ruhig und exklusiv.«

»In einer halben Stunde gibt es Abendessen«, fuhr Paula fort. »Wir erwarten Sie dann im Esszimmer im Erdgeschoss. Es ist die zweite Tür links.« Sie lächelte ihrem Gast noch einmal zu und ging dann zur Treppe. Ellen folgte ihr. Unten zog sie Paula in die Küche. »Das hast du ja hervorragend hinbekommen!«, fauchte sie angriffslustig.

»Wieso?« Paula gab sich betont unschuldig. »Ich kann doch nichts dafür, dass er mein Zimmer besser findet als deines!«

»Du empfängst ihn mit Musik und Kerzenschein. Kein Wunder, dass ihm das gefällt.«

»Die erste Runde geht jedenfalls an mich«, stellte Paula zufrieden fest.

»Paula, es geht hier nicht ums Gewinnen, sondern um den Mann fürs Leben!« Ellen schüttelte den Kopf. In diesem Moment traten Hylia und Conny in die Küche.

»Hallo, da bin ich!« Conny trug noch den Mantel. »Ist unser Gast schon da?«

Ellen nickte. »Er ist in seinem Zimmer.«

»In welchem denn? In der Bundesgartenschau oder im Museum für moderne Kunst?«

»Er hat das Blumenzimmer gewählt«, antwortete Paula stolz.

Conny lächelte und spähte hungrig in die Kochtöpfe. »Was ist das?«, fragte sie misstrauisch.

»Kalbsragout, extra mager«, antwortete Hylia und rührte das Fleisch vorsichtig um.

»Das klingt nicht besonders lecker«, sagte Conny enttäuscht. »Ich werde für mich und Sara Pizza holen. Dann seid ihr auch ungestört.«

»Wo sind die Kinder denn?«, erkundigte sich Ellen, als Conny gegangen war.

»David übernachtet heute bei Freunden, und Sara ist in ihrem Zimmer und übt für das Krippenspiel«, antwortete Hylia.

»Na gut.« Ellen atmete tief durch und ergriff Paulas Arm. »Auf in den Kampf!«

Die Unterhaltung bei Tisch verlief schleppend. Albert de Buxcel mochte ein erfolgreicher Geschäftsmann sein, aber er war ein miserabler Gesprächspartner. Paula langweilte sich bald zu Tode und begann, unzufrieden ihr Fleisch zu zerlegen. Sie mochte kein Kalbfleisch und aß gern ein wenig fetter.

Ellen hielt die Unterhaltung in Gang, aber auch sie kämpfte gegen die Langeweile. Überdies stieg ihr ständig der Duft von Eukalyptus in die Nase, denn Albert hatte darauf bestanden, eine Duftlampe auf dem Esstisch anzuzünden.

»Ich hoffe, Sie haben nichts dagegen. Ich liebe Eukalyptus«, hatte er gesagt und eine Tonschale mit Wasser gefüllt. Dann hatte er die Schale über eine Kerze gehängt und ein paar Tropfen Eukalyptusöl hinzugefügt. »Das regt den Appetit an.«

Ellen fragte sich, ob sie diesen Geruch je wieder aus der Nase bekommen würde. Auf jeden Fall würde sie vermutlich nie wieder an einer verstopften Nase leiden müssen. Sie seufzte.

Albert hingegen nickte anerkennend, als er das Fleisch probierte. »Das Essen ist vorzüglich. Um Ihre Köchin sind Sie wirklich zu beneiden. Nicht nur hübsch, sondern auch in der Küche zu Hause.«

»Ja«, sagte Paula und hoffte, dass Hylia das nicht gehört hatte. Plötzlich stutzte sie. Sara stand stumm an der Tür zum Esszimmer und versuchte aufgeregt, sich bemerkbar zu machen. Auch Ellen konnte Sara sehen und hob missbilligend die Augenbrauen.

Albert, der mit dem Rücken zur Tür saß, räusperte sich. »Ob ich wohl etwas Meersalz bekommen könnte?«, fragte er.

»Aber natürlich.« Ellen erhob sich schnell, eilte zur Tür und zog Sara mit sich hinaus.

»Was ist passiert?«, fragte Ellen.

»Der Mann da hat Purzel eingeschlossen!« Sara deutete auf das Esszimmer.

»Purzel?«, fragte Ellen verwirrt.

»Die Spinne«, klärte Hylia sie auf. Sie stand an der Spülmaschine.

»Wieso sollte Herr de Buxcel die Spinne einschließen?«

»Wie heißt er?« Sara kicherte. Als sie Ellens strafenden Blick sah, wurde sie wieder ernst. »Purzel läuft abends gern eine Runde frei herum. Und seit gestern stehen in einem der Gästezimmer so schöne große Palmen. Da habe ich ihn klettern lassen.«

»Du hast was?« Ellens Knie wurden weich. Sie setzte sich.

»Ich habe ihn vorhin in die Palme im Gästezimmer gesetzt und wollte ihn später wieder abholen. Aber da war das Zimmer plötzlich verschlossen«, beendete Sara kleinlaut ihren Bericht.

»Du meinst also, eure Vogelspinne kriecht gerade durch das Zimmer unseres allerersten Gastes.« Ellen war blass geworden.

»Ja«, bestätigte Sara.

»Du lieber Himmel!« Ellen erhob sich. »Zum Glück haben wir noch einen Schlüssel. Ich werde dir jetzt aufschließen, und du fängst die Spinne wieder ein.«

Sara nickte eifrig.

»Albert wird noch eine Weile unten sein. Es besteht also kaum die Gefahr, dass er etwas bemerkt.« Ellen schob Sara vor sich her in Richtung Tür.

»Ihr solltet trotzdem Paula Bescheid sagen«, riet Hylia. »Dann kann sie wenigstens reagieren, falls er doch plötzlich in sein Zimmer will.«

»Gute Idee.« Ellen ließ Sara los und kehrte ins Esszimmer zurück. »Paula, kommst du kurz mit in die Küche? Wir finden das Meersalz nicht.«

Paula blickte erstaunt von ihrem Ragout auf. Sie wusste, dass es in ihrem Haushalt kein Meersalz gab, hatte jedoch keine Ahnung, warum Ellen das vor dem Gast nicht zugeben wollte.

»Ich komme.« Sie erhob sich. In der Küche berichtete Ellen ihr kurz von dem unfreiwilligen Ausflug der Spinne.

»Du musst auf jeden Fall verhindern, dass er plötzlich in sein Zimmer will«, schärfte sie Paula ein.«Und sag einfach, dass ich dringend telefonieren musste, wenn er nach mir fragt.«

Paula nickte und kehrte dann ins Esszimmer zurück.

»Wir haben leider kein Meersalz mehr«, hörte Ellen sie sagen, während sie mit Sara zusammen die Treppe hinaufschlich. »Aber zu viel Salz ist doch sowieso ungesund, oder?«

Als Ellen die Tür zum Gästezimmer aufschloss, schlug ihr auch hier ein durchdringender Eukalyptusduft entgegen. Albert de Buxcel hatte kleine Schälchen mit Duftöl im Zimmer verteilt.

»Hier stinkt es!« Sara verzog die Nase.

»Ja, und deshalb sollten wir sehen, dass wir schnell wieder fortkommen!« Ellen blickte sich um. »In welche Pflanze hast du die Spinne gesetzt?«

»Hier hinein.« Sara ging zu einer großen Palme und untersuchte die Zweige. »Aber sie ist nicht mehr da.«

»Das darf doch nicht wahr sein!«, schimpfte Ellen leise. »Heißt das, wir müssen jetzt sämtliche Pflanzen in diesem Zimmer durchsuchen?«

»Nein«, antwortete Sara zu ihrer Erleichterung, fügte dann jedoch hinzu: »Nicht nur die Pflanzen. Sie versteckt sich auch gern unter den Möbeln.«

»Das darf doch nicht wahr sein!«, wiederholte Ellen. Trotzdem kniete sie sich neben Sara und begann mit der Suche.

Unterdessen schwitzte Paula im Esszimmer Blut und Wasser. Albert de Buxcel hatte nämlich angeboten, etwas Meersalz aus seinem Zimmer zu holen.

»Ich habe immer eine kleine Reise-Portion dabei. Man weiß ja nie.«

»Genau.« Paula nickte zustimmend, war jedoch nicht ganz bei der Sache. Dann sprang sie plötzlich auf.

»Ich habe auch immer eine kleine Reise-Portion Meersalz in meiner Handtasche«, rief sie, froh, eine Lösung gefunden zu haben. »Ich werde es holen.«

»Wie nett von Ihnen«, sagte Albert.

Im Flur prallte Paula mit Thomas Heitmann zusammen.

»Was willst du denn hier?«, fragte sie verwirrt.

Der Schreiner grüßte freundlich. »Ich habe gestern meinen großen Schraubenzieher bei der Holztruhe liegenlassen und wollte ihn holen.«

»Ich habe ihm schon gesagt, dass das jetzt ausgesprochen ungünstig ist.« Hylia hatte hektische Flecken im Gesicht. »Das Zimmer ist schließlich vermietet.«

»Der Gast sitzt aber doch da am Tisch, oder?« Heitmann schielte an Paula vorbei ins Esszimmer. »Ich werde ihn fragen.«

»Nein!«, rief Paula schnell und fügte leiser hinzu: »Du kannst auch ohne seine Erlaubnis hinaufgehen. Du hast Glück. Ellen Winter ist gerade in seinem Zimmer.«

»Wieso?«

»Sie deckt das Bett auf«, antwortete Hylia geistesgegenwärtig.

Der Schreiner sah die beiden Frauen verwundert an und ging dann langsam die Treppe hinauf. Paula atmete auf.

»Ich brauche etwas Salz auf einem Teller«, sagte sie zu Hylia. »Und wenn du es servierst, sagst du einfach, es sei Meersalz, und du hättest es aus meiner Handtasche.«

Inzwischen hatten Ellen und Sara ihre Suche nach der Spinne auf das Bad ausgedehnt.

»Irgendwo muss sie doch sein!« Ellen kroch auf dem Fliesenboden umher und öffnete den Badezimmerschrank.

»In den Schränken brauchst du nicht nachzusehen«, sagte Sara. »Purzel kann schließlich keine Türen öffnen.«

»Wie beruhigend«, stöhnte Ellen. Dann legte sie plötzlich den Finger auf ihre Lippen. »Still! Da kommt jemand!«

»Scheiße!«, flüsterte Sara.

Unter normalen Umständen hätte Ellen das Kind ermahnt, keine Schimpfwörter zu benutzen. Jetzt aber, so fand sie, waren keine normalen Umstände. Und so zog sie Sara nur hektisch auf die Füße.

»Wir müssen uns verstecken!« Sie deutete auf ein kleines Sofa im Schlafzimmer. Sara verstand sofort. Beide eilten zum Sofa und krochen hinter das Möbelstück. In diesem Moment ging die Tür auf, und Thomas Heitmann trat ein.

»Frau Winter?«, rief er leise und sah sich suchend um.

»Das ist nicht der Mann mit dem komischen Namen«, flüsterte Sara. »Das ist der nette Schreiner.«

»Was will der denn hier?« So würdevoll wie möglich kroch Ellen aus ihrem Versteck hervor.

Erstaunt beobachtete der Schreiner, wie hinter Ellen auch noch Sara zum Vorschein kam.

»Was tun Sie da?«, fragte er. »Und warum riecht das hier so seltsam?«

»Das ist Eukalyptusöl«, antwortete Ellen. »Sehr gesund für die Nase.«

»Haben Sie das hier verteilt?« Kopfschüttelnd betrachtete Heitmann die vier Gefäße am Boden. »Wollen Sie Ihren Gast einpökeln?«

»Nein. Er hat das selbst aufgestellt.«

»Eigentlich sind wir hier, weil wir Purzel suchen«, mischte sich Sara in das Gespräch ein. »Er hat sich irgendwo in diesem Zimmer versteckt.«

»Und was wollen Sie hier?«, erkundigte sich Ellen unfreundlich.

»Ich wollte nur schnell meinen Schraubenzieher holen, den ich gestern hier liegengelassen habe.« Der Schreiner ging vor der Holztruhe auf die Knie und suchte den Boden nach dem Werkzeug ab. »Da ist er ja schon.« Zufrieden steckte er den Schraubenzieher mit dem leuchtend grünen Griff in seine Hosentasche.

»Du bist gut im Finden«, stellte Sara fest. »Du könntest uns helfen, Purzel zu suchen.«

»Aber gern.« Heitmann lächelte Sara freundlich zu. »Das kann nicht so schwer sein, oder? Er ist ja schließlich ziemlich groß.«

Heitmann kroch auf das Bett zu und rief lockend: »Purzel!«

Ellen grinste amüsiert. »Er hat keine Ohren, Sie können sich also das Rufen sparen.«

»Gestern hatte er noch Ohren«, entgegnete er und steckte den Kopf unter das Bett.

Sara kicherte. »Purzel hatte noch nie Ohren.«

»Purzel ist nämlich eine siebenbeinige Vogelspinne«, ergänzte Ellen sanft.

Der Schreiner stieß vor Schreck mit dem Kopf an den Bettpfosten. »Eine Spinne?«, fragte er und rieb sich die schmerzende Stirn. »Ich dachte, wir reden von dem Hund.«

»Leider nicht«, seufzte Ellen. »Das würde die Sache viel einfacher machen.«

»Das schmeckt gar nicht nach Meersalz«, sagte Albert de Buxcel im Esszimmer vorwurfsvoll zu Paula und verzog den Mund.

»Das ist türkisches Meersalz«, entgegnete Hylia, die gerade Wein nachschenkte.

»Das schmeckt besonders normal, fast so normal wie normales Salz«, plapperte Paula nervös vor sich hin.

»Hier!« Hylia reichte ihr ein Weinglas. »Du solltest noch etwas trinken.«

Dankbar nahm Paula einen großen Schluck Weißwein.

»Türkisches Meersalz«, wiederholte Albert verzückt. »Das habe ich ja noch nie probiert. Könnten Sie mir eventuell etwas davon verkaufen?«

»Aber sicher doch!« Hylia lächelte ihren Gast an. »Ich hole Ihnen gleich eine Tüte.«

Damit schwebte sie zur Tür hinaus. In der Küche traf sie auf Conny, die zwei große Kartons mit Pizza auf den Tisch stellte.

»Gut, dass du da bist!« Hylia atmete auf. »Deine Tochter hat ihre Spinne im Gästezimmer verloren. Sie und Ellen sind seit mindestens zehn Minuten oben und suchen nach dem Tier.«

»Ach du lieber Himmel!« Conny lachte. »Weiß Herr de Buxcel von seiner tierischen Gesellschaft?«

»Nein.« Hylia schüttelte den Kopf. »Der sitzt mit Paula im Esszimmer und probiert Salz.«

Als Conny sie verständnislos ansah, schob Hylia sie zur Küche hinaus. »Das erkläre ich dir später. Jetzt musst du erst einmal die Spinne finden.«

»Es kommt schon wieder jemand!«, zischte Ellen, die der Tür am nächsten stand. Sara rannte sofort zum Sofa.

»Da ist nicht genug Platz für drei.« Ellen zog den Schreiner mit sich ins Badezimmer. »Wir gehen in die Wanne!«

Thomas Heitmann sträubte sich. »Aber was ist, wenn Ihr Gast ausgerechnet jetzt zur Toilette will?«

Ellen verdrehte die Augen. »Das überlegen wir uns, wenn es so weit ist.«

Damit öffnete sie den Duschvorhang, wollte in die Wanne treten – und fuhr entsetzt zurück. Die Vogelspinne saß zu ihren Füßen.

Heitmann grinste. »Sie haben Purzel gefunden«, stellte er erfreut fest. Die Schritte vor der Tür wurden lauter.

Ellen blickte sich verzweifelt um.

»Es hilft nichts, wir müssen jetzt da rein«, flüsterte der Schreiner. Vorsichtig trat Ellen neben die Spinne. »Ich hoffe nur, dass Purzel tatsächlich satt ist.«

»Wenn es Ihnen hilft, dürfen Sie sich an mir festhalten«, bot Heitmann an und zog den Duschvorhang zu.

»So weit kommt es noch«, murmelte Ellen, ergriff aber trotzdem seinen Arm, als sich die Spinne bewegte.

»Sara?« Conny trat ins Zimmer, dicht gefolgt von Pepper.
»Mama!« Erleichtert kroch das Mädchen aus seinem Versteck hervor.

»Wo ist Ellen?«

»Die sitzt mit dem Schreiner in der Wanne. Wir haben uns versteckt, weil wir dachten, dass der Mann mit dem komischen Namen kommt.«

»Wieso ist der Schreiner hier?« Conny war verwirrt. »Davon hat Paula gar nichts erzählt.«

»Er wollte seinen Schraubenzieher holen«, erklärte Sara.

»Ellen?« Conny eilte ins Badezimmer.

»Wir sind hier.« Ellen riss den Duschvorhang zur Seite.

»Und Purzel auch.« Heitmann half Ellen aus der Wanne.

»Purzel!« Sara stürzte sich auf ihre Spinne. »Armer Purzel!«

»Armer Purzel?«, wiederholte Ellen, die inzwischen ihre Fassung wiedergefunden hatte. »Armer Purzel? Und was ist mit mir? Ich habe in der Dusche Todesängste ausgestanden.«

»Die Spinne ist doch völlig harmlos«, sagte der Schreiner.

»Ich meinte auch nicht unbedingt die Spinne«, murmelte Ellen. Er ignorierte sie und streichelte den Hund.

»Seid mal leise!« Sara horchte zur Tür. »Da schreit jemand.«

»Das ist Paula«, stellte Ellen fest.

Und richtig, aus dem Erdgeschoss war Paulas Stimme zu hören. »Aber Herr de Buxcel!«, brüllte sie. »Sie können auch die Toilette hier unten benutzen.«

»Ich ziehe mein eigenes Badezimmer vor«, antwortete Albert de Buxcel.

»Das ist doch nicht nötig.« Paula stellte sich in den Türrahmen des Esszimmers und streckte den Kopf ins Treppenhaus. »Wollen Sie wirklich auf Ihre eigene Toilette gehen?«, rief sie laut.

»Warum schreien Sie denn so?«, fragte Albert de Buxcel erschreckt.

»Sie hat vermutlich zu viel getrunken.« Hylia kam aus der Küche, um Paula zu unterstützen. »Dann wird sie immer so laut.«

Misstrauisch musterte Albert seine Gastgeberin.

»Wo wollen Sie denn jetzt schon hin?«, erkundigte sich Hylia mit kräftiger Stimme. »Wir sind doch gerade erst beim zweiten Gang!«

Albert zuckte zusammen. »Ich habe keinen Hunger mehr und gehe jetzt in mein Zimmer.«

»Und der Nachtisch?«, fragte Hylia.

»Auf den verzichte ich heute.«

»Gehen Sie vorsichtig!«, kreischte Paula. »Die Stufen können rutschig sein.«

Kopfschüttelnd stieg der Geschäftsmann die Treppe hinauf, dicht gefolgt von Hylia und Paula. Auf dem letzten Treppenabsatz blieb er überrascht stehen.

Vor seiner Zimmertür standen vier Menschen und ein Hund.

»Guten Abend!« Conny grüßte höflich und stieß ihre Tochter auffordernd in die Seite.

»Guten Abend!«, murmelte Sara gehorsam. Sie hatte die Vogelspinne auf der Hand und beobachtete besorgt Pepper, der kleine Hicks-Geräusche von sich gab. Ellen rieb sich nervös die Hände. Einzig Thomas Heitmann blieb ruhig und gelassen.

»Der Hund hat einen Schluckauf«, bemerkte er.

Albert drehte sich empört zu Paula um. »Sie dulden Tiere in Ihrer Pension?«

»Aber natürlich nicht«, antwortete Paula hastig.

»Die Tiere sind hier nur zu Besuch«, ergänzte Ellen.

»Und was ist mit dem Kind?« Albert de Buxcel starrte Sara an.

»Kinder sind immer so laut. Ich hatte ausdrücklich um eine exklusive und ruhige Privatpension gebeten.«

»Das hier ist auch eine ruhige und exklusive Pension«, entgegnete Ellen gereizt.

»Das Kind ist ebenfalls nur zu Besuch«, erläuterte Conny.

»Und wer sind Sie?« Albert musterte Conny.

»Äh …« Hilfesuchend sah Conny Ellen an.

»Ich glaube, es wird Zeit, dieses Missverständnis aufzuklären«, mischte sich mit einem Mal Heitmann in die Unterhaltung ein. Conny, Ellen, Hylia und Paula hielten den Atem an.

»Mein Name ist Thomas Heitmann, und ich bin der Exmann von Frau Winter.«

Ellen wollte protestieren, aber Thomas sprach schon weiter. »Ellen und ich teilen uns das Sorgerecht für unsere Tochter …« – er deutete auf Sara – »… und für die beiden Tiere.« Pepper hickste wieder.

»Ab heute ist Ellen wieder zuständig«, ergänzte Conny. »Deshalb hat Thomas das Kind und die Tiere gebracht.«

»Und wer sind Sie?«, wiederholte Albert seine Frage an Conny.

»Ich bin das Kindermädchen«, log diese.

Sara grinste, sagte aber nichts.

»Warum haben Sie mir das nie erzählt?«, wandte sich Albert an Ellen.

Sie seufzte. »Das ist eine längere Geschichte. Lassen Sie uns morgen darüber reden.«

»Einverstanden.« Ihr Gast nickte. »Wenn Sie mich jetzt entschuldigen würden – ich möchte mich zurückziehen.«

»Gute Nacht!«, riefen Hylia und Paula gleichzeitig.

»Gute Nacht!«, wiederholte Albert de Buxcel und verschwand hinter seiner Tür.

Wieder hickste Pepper, dieses Mal sehr laut.

»Was hat der Hund denn nur?«, fragte Conny und beugte sich besorgt zu ihm hinunter. »Er stinkt ganz schrecklich nach Hustensaft.«

Mit einem Mal legte Ellen den Kopf in den Nacken und lachte hysterisch. »Ich weiß, was er getrunken hat«, japste sie.

»Der gute Pepper hat die Schalen mit dem Eukalyptusöl in Alberts Zimmer leer gesoffen!«

Die kleine Versammlung im ersten Stock hatte sich aufgelöst. Conny war mit Sara, dem hicksenden Hund und der lauwarmen Pizza leise im Zimmer der Kinder verschwunden. Hylia und Paula räumten das Esszimmer auf.

Ellen stand mit dem Schreiner an der Haustür und drückte ihm dankbar die Hand. »Das war nett von Ihnen«, sagte sie.

»Ich fand das sehr lustig«, entgegnete Thomas Heitmann. »Machen Sie öfter solche Sachen?«

»Eigentlich nicht«, antwortete Ellen. »Aber seit wir hier im Haus zusammenwohnen, geht alles etwas drunter und drüber.«

»Mir gefällt es so lebhaft. Ich komme gern hierher zu Ihnen.« Er lächelte sie an. »Zu Ihnen allen, meine ich natürlich«, setzte er hastig hinzu, als er ihre Verlegenheit bemerkte.

Ellen räusperte sich. »Also dann, gute Nacht!«

Sie sah ihm nach, während er durch den Garten zu seinem kleinen Transporter ging.

»Ellen?« Paula stand auf einmal hinter ihr.

Ellen drehte sich um. »Hm?«

»Willst du auch noch einen Tee?«

»Nein. Ich brauche etwas Stärkeres!« Ellen folgte Paula in die Küche. »Wo sind die anderen?«

»Hylia ist schon oben. Ich habe sie gebeten, Conny zu uns runterzuschicken, wenn sie und Sara mit dem Essen fertig sind.«

»Ich hoffe, Sara ist jetzt vorsichtig geworden. Das wäre ja beinahe schiefgegangen!«

»Es war sehr nett von Thomas, dass er uns aus der Patsche geholfen hat«, bemerkte Paula. »Ich dachte schon, dass Albert furchtbar wütend wird, wenn er unseren Schwindel bemerkt. Aber glücklicherweise hat er die Geschichte mit deiner geschiedenen Familie tatsächlich geglaubt.«

Sie stellte zwei Teetassen auf den Tisch und suchte im Schrank nach der Zuckerdose. Kritisch musterte sie den Zuckerlöffel und tauschte ihn dann gegen einen neuen aus.

Ellen beobachtete sie. »Was habt ihr nur immer mit den Löffeln?«, fragte sie neugierig.

Paula wollte gerade antworten, als Conny in die Küche trat und die Tür hinter sich schloss. Erfreut bemerkte Paula, dass sie eine Tafel Schokolade dabeihatte.

Conny ließ sich auf einen Küchenstuhl fallen. »Ich bin bereit, das auf meine Kappe zu nehmen«, verkündete sie düster. »Meine Tochter, meine Spinne, mein Hund – alles meine Schuld!«

Paula setzte sich ebenfalls und schob ihr eine Tasse Tee hin. »So schlimm ist das gar nicht –«, begann sie, wurde aber von Ellen unterbrochen.

»So schlimm ist das gar nicht?«, wiederholte diese zornig. »Wie schlimm hätte es denn noch werden sollen? Ich stand mit einem wildfremden Mann in der Wanne, umzingelt von Conny und ihrer Brut, während du dich hier unten für uns zum Affen gemacht hast!«

»Entschuldigung«, sagte Conny betreten.

Ellen schüttelte den Kopf. »Du verkennst den Ernst der Lage! Wenn wir so weitermachen, kommen wir nie zu einem reichen Mann! Wir haben Glück, dass Albert so gutgläubig ist und nicht gleich die Flucht ergriffen hat.«

»Ich will ihn übrigens nicht«, piepste Paula.

»Was hast du gesagt?«, fragte Ellen irritiert.

»Ich will ihn nicht«, wiederholte Paula schüchtern. »Ich könnte nicht mit einem Mann leben, der auf so Sachen steht wie Eukalyptusöl und Meersalz. Du kannst ihn haben.«

»Ich will ihn auch nicht«, brummte Ellen.

»Dann könntet ihr mir doch im Grunde dankbar sein, dass ich euch den Abend mit ihm verkürzt habe.« Conny war erleichtert, dass sie nicht mehr im Mittelpunkt von Ellens Zorn stand. »Sonst würdet ihr immer noch im Esszimmer sitzen und inzwischen von dem Öl ganz eingenebelt sein.«

»Apropos Essen: Kann ich ein Stück von der Schokolade haben?«, fragte Paula. »Ich bin nicht richtig satt geworden.«

»Ich auch nicht«, seufzte Ellen und erhob sich. »Mal sehen, was der Kühlschrank noch hergibt.«

Sie fand Oliven, Käse und Gewürzgurken. Hungrig griffen Paula und Conny zu.

»Es ist auch noch Wein da«, stellte Ellen erfreut fest und verteilte den Rest der Flasche auf drei Gläser.

»Wir haben heute Abend zumindest ein paar Dinge gelernt«, stellte Paula fest und betrachtete nachdenklich ihr Weinglas.

»Ja.« Conny nickte kauend. »Ich werde meine Kinder und meine Tiere zukünftig jeden Abend einsperren.«

Paula kicherte. »Das brauchst du nicht. Ich mag keine Männer, die weder kinder- noch tierlieb sind.«

»Zumindest könnte Conny versuchen, weitere Katastrophen in dieser Art zu verhindern«, bemerkte Ellen.

»Einverstanden.« Conny nickte. »Ich rede mit den Kindern.«

»Außerdem sollten wir unsere Erwartungen nicht so hoch schrauben«, fuhr Ellen fort. »Der erste Mann ist nicht gleich der Mann fürs Leben.«

»Wie wahr!«, stöhnte Paula.

»Wann kommt denn der nächste Gast?«, erkundigte sich Conny bei Ellen.

»Am Montag«, erklärte diese. »Da beginnt eine längere Tourismus-Tagung in der kleinen Messehalle.«

»Also gut.« Paula lächelte. »Auf ein Neues!«

6

»Frau Professor Kleinschmidt?«

Conny seufzte und drehte sich um, als sie ihren Namen hörte. Es war Freitagmittag, und sie war völlig erledigt. Sie war früher als sonst aufgestanden, um Albert de Buxcel nicht über den Weg zu laufen. Nach einer kleinen Runde mit dem Hund hatte sie ohne Frühstück ihre Tochter zur Haltestelle begleitet und war dann sehr zeitig in der Universität gewesen.

Erstaunt hatte sie festgestellt, wie viel ruhiger es dort am Morgen war. Sie hatte einige Dinge erledigen können, die sie schon lange vor sich herschob. Dummerweise hatte sie darüber vergessen, etwas zu frühstücken. Erst in der zweiten Vorlesung, als das Magenknurren ihre eigene Stimme übertönte, war es ihr wieder eingefallen. Jetzt war sie auf dem Weg in die Mensa und hatte nicht vor, sich von irgendjemandem aufhalten zu lassen.

»Frau Professor Kleinschmidt?«, tönte es erneut. Hinter einer Gruppe von Studenten kam ein Mann zum Vorschein. Von nahem erkannte Conny ihn.

»Herr Müller!«, rief sie erschreckt und eilte auf den Pfarrer zu. »Ist etwas passiert?«

»Nein.« Er schüttelte beruhigend den Kopf.

»Aber warum …«, begann Conny.

Der Pfarrer lächelte. »Warum ich hier bin?«, beendete er

die Frage. »Nun, wenn der Prophet nicht zum Berg kommt, dann kommt der Berg zum Propheten.«

»Ich verstehe nicht …« Conny blickte ihn fragend an.

»Ich habe ein paarmal bei Ihnen angerufen und auf Ihren Anrufbeantworter gesprochen.«

»Oh.« Schuldbewusst dachte Conny daran, dass der Anrufbeantworter noch am Telefon in ihrer alten Wohnung hing. Sie musste sich endlich darum kümmern.

»Ich brauche Ihren Rat und vielleicht auch Ihre Mitarbeit bei einem Projekt mit der hiesigen Studentengemeinde«, fuhr der Pfarrer fort. »Deshalb wollte ich mich mit Ihnen in Verbindung setzen.«

»Ich bin momentan nur am Handy zu erreichen«, erklärte Conny. »Sie wissen ja: Wir wohnen vorübergehend bei meiner Freundin.«

»Stimmt«, entgegnete Johannes Müller. »Sara hat mir so einiges erzählt.«

Conny sah ihn alarmiert an.

Er grinste. »Ich weiß von der Heuschreckenplage, von der entlaufenen Spinne und auch von der Idee mit der Männerfalle.«

»Männerfalle?«, wiederholte Conny erstaunt.

»So hat Sara es genannt. Sie meinte, Sie und Ihre zwei Freundinnen seien auf der Suche nach einem reichen Mann und hätten deshalb zwei Zimmer zu Männerfallen ausgebaut. In ihrer Vorstellung schnappt die Tür zu, wenn der richtige reiche Mann im Zimmer steht.«

»O je!« Conny senkte den Blick.

»Soll ich noch mehr erzählen?«, fragte er, und sie hörte den amüsierten Unterton in seiner Stimme.

»Warum nicht?« Sie zuckte betont lässig mit den Schultern.

»Sara glaubt, dass Ihre türkische Köchin als Erstes einen Mann finden wird, weil sie die Jüngste ist.«

»Aber Hylia spielt doch gar nicht mit ...«, warf Conny ein.

»Kurz danach wird Ihre elegante rothaarige Freundin zuschlagen, weil sie in Saras Augen die Hübscheste ist. Knapp dahinter kommt Ihre Freundin mit dem Blumenladen.«

»Vermutlich, weil sie immer so freundlich ist«, knurrte Conny.

Er lachte. »Stimmt genau.«

»Und dann bin ich an der Reihe?«, fragte Conny seufzend. »Ich scheine ja in den Augen meiner Kinder besonders alt, hässlich und unfreundlich zu sein.«

»Das sind Sie nicht«, widersprach der Pfarrer. »David und Sara lieben Sie!«

»Da bin ich mir leider gar nicht so sicher. Meine Kinder reden anscheinend mehr mit Ihnen als mit mir.«

»Das glaube ich nicht. Vielleicht höre ich einfach besser zu. Aber das ist ja auch mein Beruf.« Er nahm ihren Arm. »Ich habe Hunger. Gibt es hier irgendwo etwas zu essen?«

Froh über den Themenwechsel hängte sich Conny bei ihm ein. »Die Mensa ist dort drüben.«

»Ich habe schon ewig nicht mehr in der Mensa gegessen«, sagte er begeistert.

»Sie Glücklicher!« Conny schüttelte sich leicht. »Aber wir werden schon etwas Passendes finden.«

»Davon bin ich überzeugt«, murmelte er und sah sie verstohlen an.

Ellens Mittagessen an diesem Freitag schmeckte zwar wesentlich besser als Connys Mensa-Essen, dafür jedoch hatte sie die langweiligere Tischgesellschaft.

Gegen vierzehn Uhr saß sie zwischen ihrem Kollegen Dieter und dem Hotelgast Albert in einem kleinen Bistro neben der Messehalle und kaute schlechtgelaunt auf einem Lachsfilet herum.

Albert und Dieter verstanden sich zu ihrer Verwunderung glänzend, seit sich herausgestellt hatte, dass Dieters Frau Helga eine Schwäche für Kristalltiere und Kristalllampen jeglicher Art hatte.

Nun bestritten die beiden Herren den Großteil der Unterhaltung und fachsimpelten über kleine Strass-Steinchen als Geldanlage und die richtige Pflege für glitzernde Miniatur-Elefanten.

Ellen seufzte leise. Gleichgültig ließ sie ihren Blick durch das kleine Bistro gleiten. Jetzt, zu dieser Uhrzeit, war es gut gefüllt mit Ausstellern und Fachbesuchern der Kristall-Messe, die heute zu Ende gehen würde.

In diesem Moment ging die Tür erneut auf, und zu Ellens großem Erstaunen trat Thomas Heitmann ein. Er grüßte kurz in ihre Richtung und wollte sich an einen freien Tisch in die andere Ecke des Bistros setzen, als Albert ihn entdeckte.

»Da ist Ihr Exmann!« Er deutete mit seiner Gabel in Thomas' Richtung.

Bader musste sich umdrehen, um den neuen Gast sehen zu können.

»Nein.« Er schüttelte den Kopf. »Das ist nicht Ellens Exmann. Der sieht ganz anders aus. Viel größer.«

»Äh …«, schaltete sich Ellen ein, kam jedoch nicht weiter, denn Albert hatte den Schreiner bereits zu sich an den Tisch gerufen.

»Ich werde doch wohl wissen, wen ich gestern kennengelernt habe!«, entgegnete er gereizt. »Dieser Herr ist Ellens geschiedener Mann, und er hat gestern Abend ihre gemeinsame kleine Tochter zu Ellen gebracht.«

»Tochter? Ellen hat keine Kinder.«

»Äh …«, versuchte Ellen es erneut.

Dieses Mal wurde sie von Thomas unterbrochen, der die kleine Gesellschaft begrüßte.

»Guten Tag, Herr de Buxcel, hallo, Ellen!« Er berührte ihre Schulter.

»Sehen Sie!«, bemerkte Albert.

»Das ist trotzdem nicht ihr Exmann. Der sieht ganz anders aus«, beharrte Dieter Bader.

Thomas Heitmann beachtete den Einwand nicht. »Und Sie sind ...?«, fragte er.

»Dieter Bader«, kam es zurück. »Ich bin ein Arbeitskollege und habe letzte Woche bei Ellen zu Hause einen völlig anders aussehenden Exmann getroffen.«

»Dieter hat die Kakteen-Bank gezimmert«, erklärte Ellen überflüssigerweise. Sie war froh, ihre Stimme wiedergefunden zu haben.

»Interessant.« Thomas Heitmann musterte Dieter neugierig. »Irgendwie wird mir jetzt manches klarer.«

»Mir aber nicht.« Dieter schüttelte missgestimmt den Kopf. Dieser angebliche Exmann war ihm überhaupt nicht sympathisch.

Thomas Heitmann lächelte souverän. »Ich bin Ellens zweiter Exmann«, erklärte er.

»Schon zweimal verheiratet?«, fragte Bader entrüstet. »Und was hat es mit der Tochter auf sich? Ellen Winter hat keine Kinder, das weiß ich genau.«

»Keine eigenen«, korrigierte Thomas Heitmann schnell. »Ich habe eine Tochter mit in die Ehe gebracht, die Ellen so sehr liebt, dass sie die Kleine adoptiert hat.«

Baders Empörung verwandelte sich schlagartig in Bewunderung. »Das wusste ich gar nicht«, murmelte er und sah Ellen anerkennend an.

»Tja ...«, stammelte Ellen und wurde tatsächlich rot.

»Die gute Ellen erzählt nicht viel über ihre privaten Wohltaten«, sagte Thomas Heitmann und tätschelte erneut ihre Schulter.

Diese Berührung löste Ellen aus ihrer Verlegenheit. »Kann ich dich kurz mal allein sprechen?«, fragte sie und schenkte Thomas Heitmann ein Lächeln. Sie zog den Schreiner mit sich an einen freien Tisch.

»Was tun Sie hier?«, zischte sie wütend, als beide Platz genommen hatten.

»Arbeiten«, antwortete Thomas Heitmann. »Genauer gesagt, Messestände abbauen. Ich bin für einen Geschäftspartner eingesprungen, der krank geworden ist.«

»Von allen Schreinern dieser Welt müssen ausgerechnet Sie heute hier hereinmarschieren und meine Kollegen vollständig verwirren!« Ellen blinzelte ihn zornig an.

»Ich habe niemanden verwirrt, sondern lediglich zum zweiten Mal innerhalb von vierundzwanzig Stunden Ihre Haut gerettet.« Auch Heitmann wurde wütend.

»Mein Kollege denkt jetzt, ich bin zweifach geschieden und habe eine Tochter«, giftete Ellen zurück.

»Und was ist so schlimm daran? Warum legen Sie so viel Wert auf seine Meinung? Sagen Sie mir nicht, Sie haben ein Auge auf diesen Hobbit mit Vollbart geworfen!«

Ellen wollte schon entrüstet den Kopf schütteln, überlegte es sich dann aber anders. »Und wenn es so wäre?«, fragte sie stattdessen.

Er zuckte mit den Schultern. »Das ist Ihre Sache«, erklärte er knapp. »Ich hätte Ihnen allerdings einen besseren Geschmack zugetraut.«

»Das reicht.« Ellen erhob sich. »Ich gehe.«

»Wir sehen uns dann bei Paula«, murmelte der Schreiner.

»Nur, wenn es sich nicht verhindern lässt!« Sie schenkte Albert und Dieter ein strahlendes Lächeln, als sie sich wieder auf ihren Platz setzte. »Jetzt ist alles geklärt«, sagte sie.

»Er sieht aber nicht besonders glücklich aus«, bemerkte Dieter Bader.

»Er mag es trotz unserer Scheidung nicht, wenn ich mich mit anderen Männern treffe«, entgegnete Ellen. »Besonders nicht, wenn es sich um so nette Herren handelt.« Demonstrativ legte sie eine Hand auf Dieters Arm.

Dieser schien nichts gegen die plötzliche Vertraulichkeit zu haben, denn er sah Ellen erfreut an. Dann prostete er ihr mit seinem Glas Mineralwasser zu. »Das Kompliment gebe ich zurück.«

»Schade, dass ich heute schon abreisen muss«, mischte sich jetzt auch Albert de Buxcel wieder in die Unterhaltung ein. »Aber ich verspreche Ihnen, dass ich so bald wie möglich wiederkomme.«

»Wie schön!« Ellen zwang sich zu einem weiteren fröhlichen Lächeln und ließ dann wie zufällig ihre Serviette fallen. Als sie sich danach bückte, blickte sie rasch in die Richtung, wo der Schreiner gesessen hatte.

Aber Heitmann hatte das Bistro offensichtlich schon wieder verlassen, ohne etwas zu bestellen.

Als Ellen am Sonntagabend von einem Besuch bei ihren Eltern nach Hause kam, saßen Conny und Paula vor dem großen Fernseher in Paulas Wohnzimmer und schauten den Wetterbericht.

»Kein Schnee in Sicht«, bemerkte Paula unzufrieden. »Dabei ist bald Weihnachten.«

»Verdammt!«, ließ sich Conny vernehmen.

»Lass mich raten.« Ellen legte ihren Mantel ab und trat ins Wohnzimmer. »Du hast immer noch keine Geschenke gekauft.«

»Stimmt«, bestätigte ihre Freundin.

»Ich habe gestern eine Lieferung mit festlichen Kerzen und Strohsternen bekommen«, warf Paula ein. »Vielleicht kommst du mal vorbei und schaust dir das an?«

»Paula!« Ellen schüttelte den Kopf. »Das ist bestimmt nicht das Richtige.« Sie zog einen kleinen Werbeprospekt aus ihrer Handtasche und gab ihn Conny. »Hier, probiere lieber dieses Geschäft aus.«

»›Très Chic – Geschenke mit Stil‹«, las Conny laut vor und blätterte in dem Katalog. Dann blickte sie auf. »Das ist doch der Laden, wo du die Kunstwerke gekauft hast, die jetzt eines der Gästezimmer verschönern.«

»Genau.«

»Als ob dieses moderne Zeug hübscher ist als meine Geschenkartikel!«, murmelte Paula vorwurfsvoll.

Conny grinste amüsiert. »Ich frage mich, womit ich meine Kinder mehr überraschen kann: mit Strohsternen oder einer nackten Statue.«

»Lieber ein wenig moderne Kunst als gar kein Geschenk«, entgegnete Ellen spitz.

»Also gut, ich werde mir das Geschäft nächste Woche mal ansehen«, lenkte Conny ein.

»Gut.« Ellen war zufrieden. »Nachdem wir das geklärt haben, kann ich euch jetzt noch schnell von unserem nächsten Gast berichten.«

»Warte!« Paula sprang auf und holte eine Packung Salzstangen aus dem Schrank. »Wenn es spannend wird, muss ich immer etwas essen«, erklärte sie und öffnete die Tüte.

»Morgen beginnt ein zehntägiger Tourismus-Kongress«, begann Ellen. »Wir werden im Laufe des Kongresses zwei Gäste haben: Der eine kommt morgen Nachmittag, und der andere erst in der nächsten Woche.«

»Wer ist der erste Gast?«, erkundigte sich Paula kauend.

»Karsten Wehmeier. Er ist der Juniorchef von Wehmeier-Travel.«

»Der große Reiseveranstalter?«, rief Paula. »Die kenne ich. Ich habe schon mehrere Reisen bei denen gebucht.«

»Juniorchef«, wiederholte Conny kritisch und nahm sich Salzstangen. »Wie jung ist Junior denn?«

Ellen wirkte ertappt. »Dreiunddreißig«, sagte sie zögernd.

Paula riss erstaunt die Augen auf. »Das ist doch viel zu jung für uns.«

»Er scheint sehr reif für sein Alter«, verteidigte sich Ellen. »Ich habe neulich mit ihm telefoniert.«

»Super, er kann schon telefonieren. Das spricht natürlich für seine Reife«, murmelte Conny sarkastisch.

»Sei nicht albern!«, wies Ellen sie zurecht. »Eigentlich hatte ich Herrn Wehmeier extra für dich ausgesucht. Er ist mit vier Geschwistern aufgewachsen und noch jung genug, um mit dir und deinem Anhang fertig zu werden.«

»Ich brauche keinen jungen Mann«, protestierte Conny.

»Doch«, widersprach Ellen. »Jüngere Männer haben viel bessere Nerven.«

»Sie haben aber auch noch viel mehr Unternehmungslust und Energie«, brummte Conny.

»Na und?« Ellen zuckte mit den Schultern. »Die kann er dann zum Beispiel dafür einsetzen, etwas mehr Ordnung und Planung in dein Leben zu bringen.«

»Und wenn er damit fertig ist?«, fragte Conny.

Ellen lachte. »Glaube mir, das ist eine Lebensaufgabe!«

»Ich weiß nicht ...«, sagte Conny unschlüssig.

»Schau ihn dir doch einfach mal an«, schlug Paula ihr vor. »Dann kannst du immer noch nein sagen.«

»Also gut.«

»Willkommen in der Villa Rosen!«, sagte Ellen am nächsten Nachmittag zu Karsten Wehmeier.

»Es ist sehr nett von Ihnen, dass Sie mich hergebracht haben«, entgegnete der junge Tourismus-Manager. »Ich bin froh, wenn ich mich erst mal frisch machen kann.« Karsten

Wehmeier war erst vor zwei Stunden auf dem Frankfurter Flughafen gelandet.

»Kein Problem, das habe ich gern getan«, entgegnete Ellen freundlich, während sie die Tür aufschloss. »Es tut mir gut, mal früher aus dem Büro zu kommen. Hylia, unsere Haushaltshilfe, hat bestimmt schon Tee gekocht. Und die Kinder müssten auch schon zu Hause sein.«

»Sie haben Kinder?«, fragte Karsten Wehmeier überrascht.

»Nein.« Ellen schüttelte den Kopf. »Aber eine meiner beiden Freundinnen, mit denen ich diese Pension betreibe, hat zwei Kinder. Zwei ganz entzückende kleine Personen«, log sie und ließ ihren Gast ins Haus.

»Wie schön!« Er wirkte ehrlich begeistert. »Ich mag ein Hotel mit Familienanschluss.«

Ellen lächelte zufrieden. Dieses Mal schien wirklich alles nach Plan zu laufen. Sogar Conny erschien im richtigen Moment am Gartentor. »Hallo!«, rief sie etwas atemlos und trat hinter Ellen und dem Gast ins Haus.

»Da ist ja die Mutter der beiden süßen Mäuse«, begrüßte Ellen ihre Freundin überschwenglich. Conny musterte sie erstaunt.

»Conny, das ist Herr Karsten Wehmeier. Und Herr Wehmeier, diese großartige Frau ist meine Freundin Cornelia Kleinschmidt«, stellte Ellen vor und schloss dabei die Eingangstür. Aus der Küche wurde jetzt Gebell laut, gefolgt von dem Ausruf »Mama!« Dann stürzten Sara und Pepper herbei und begrüßten Conny stürmisch. Auch David erschien in der Diele und lächelte seine Mutter an.

»Da sind ja meine ›beiden süßen Mäuse‹!«, rief Conny mit übertrieben begeisterter Stimme. Sie legte den Arm um ihre Kinder und wandte sich direkt an den Gast. »Sie dürfen sie aber gern David und Sara nennen.«

Der junge Mann lächelte die Kinder an. »Freut mich. Ihr könnt Karsten zu mir sagen.«

»Der Tee ist längst fertig. Wo bleibt ihr alle?«, rief Hylia aus der Küche.

»Möchten Sie Tee und ein Stück Kuchen?«, fragte Ellen Karsten Wehmeier.

»Wenn es nicht zu viele Umstände macht«, antwortete er. »Ich habe tatsächlich etwas Hunger.«

»Kein Problem, dagegen lässt sich etwas tun«, sagte Ellen und schob ihren Gast in Richtung Küche. »Unsere Hylia kann zaubern.«

Die junge Frau stand an der Anrichte und rollte Teig aus. Ihr Gesicht war von der Anstrengung leicht gerötet, und sie hatte kleine Mehlflecken auf der Nase. Ungeduldig wischte sie sich mit dem Handrücken die Locken aus der Stirn.

Karsten Wehmeier blieb bei ihrem Anblick wie angewurzelt stehen.

»Ja«, flüstere er. »Ganz zauberhaft ...«

Unzufrieden legte Ellen wenig später ihre Kuchengabel zur Seite. Es lief überhaupt nicht wie geplant. Zwar benahmen sich die Kinder und der Hund tadellos, und selbst Conny wirkte heute sehr entspannt, aber ihr Gast schien das gar nicht zu bemerken. Karsten Wehmeiers Augen hingen seit dem Moment, als er die Küche betreten hatte, an Hylia.

Ellen musterte Hylia kritisch. Sie musste zugeben, dass sie im Vergleich zu Conny um einiges hübscher und auch ein paar Jahre jünger wirkte. Ihre lebhaften Augen strahlten, während sie mit Karsten Wehmeier über die Schönheiten ihres Landes diskutierte.

Der Tourismus-Manager hatte einige Jahre in der Türkei gearbeitet und bei dieser Gelegenheit Land und Leute kennen- und lieben gelernt – und scheinbar heute in Paulas Küche auch noch die perfekte türkische Frau.

Ellen seufzte.

Conny stieß sie in die Seite. »Warum starrst du denn Hylia so an?«, flüsterte sie. »Es reicht doch schon, wenn unser Gast das tut!«

Auch Conny war Karstens Begeisterung also nicht verborgen geblieben. Aber noch gab Ellen nicht auf. »Conny wird Ihnen jetzt das Zimmer zeigen«, sagte sie zu ihrem Gast und riss diesen damit aus seinen Gedanken.

»Ich bin aber noch nicht fertig mit meinem Kuchen«, beschwerte sich Conny.

»Ich kann auch mit ihm gehen«, bot Hylia an und erhob sich. »Ich muss sowieso noch Wäsche nach oben bringen.«

»Gern!« Wehmeier sprang auf.

Hylia lächelte ihn an. »Kommen Sie. Ich begleite Sie. Wir haben zwei Zimmer, ein schönes mit vielen Blumen und ein ziemlich hässliches mit komischen Kunstwerken.« Ein kritischer Seitenblick traf Ellen. »Sie sind heute der einzige Gast, also haben Sie die Auswahl.«

»Ich nehme das mit den Blumen«, antwortete Karsten Wehmeier prompt. »Ich liebe Blumen.«

»Ich auch.« Hylia schenkte ihm ein weiteres strahlendes Lächeln. Der junge Tourismus-Manager räusperte sich verlegen.

»Haben Sie schon Pläne für das Abendessen?«, wollte Ellen wissen. »Hier gibt es gleich um die Ecke eine sehr gute Pizzeria.«

»Pizza ist immer gut«, sagte Wehmeier.

Ellen nickte zufrieden. »Zufällig will Conny heute Abend dort essen gehen.«

Conny hob erstaunt ihren Kopf.

»Sie könnten sie begleiten«, schlug Ellen vor.

»Toll! Dürfen wir auch mit, Mama?«, fragte Sara begeistert.

»Nein!« Ellen warf den Kindern einen bösen Blick zu.

»Warum nicht?«, wollte David wissen.

»Wir könnten die Pizza doch auch holen«, schlug Sara vor, ehe Ellen etwas erwidern konnte. »Das machen wir sonst auch immer.«

»Das ist eine gute Idee«, sagte der junge Mann und lächelte die Kinder an. »Hier am Küchentisch ist es viel gemütlicher.«

»Prima!«, freute sich Sara. »Bleibst du dann auch hier, Mama, oder willst du trotzdem allein essen gehen?«

Conny biss sich amüsiert auf die Lippen. »Ich denke, ich werde auch hier bleiben, mein Liebling.«

»Dann besorge ich Pizza für alle», beendete Hylia die Diskussion. »Und jetzt entschuldigt uns, ich werde unserem Gast sein Zimmer zeigen.« Gemeinsam gingen die beiden zur Tür hinaus.

»Na toll«, kommentierte Ellen ihren Abgang. »Da haben sich zwei gefunden.«

»Das ist doch ganz süß«, sagte Conny amüsiert und fügte mit einem Seitenblick auf Ellen hinzu: »Wenn auch nicht ganz nach Vorschrift.«

Ellen seufzte.

»Also wirklich, Ellen!« Conny schüttelte den Kopf. »Der Mann wäre doch sowieso viel zu jung für mich gewesen.«

»Du redest, als ob schon alles verloren wäre«, empörte sich Ellen.

»Das ist es auch. Du musst ihn dir doch nur ansehen. Der ist schon hoffnungslos verliebt.« Conny wischte sich mit einer Serviette über den Mund und stellte die Kuchenteller aufeinander.

»Zum Glück muss er morgen früh schon wieder weg«, sagte Ellen.

»Ich dachte, der Kongress dauert zehn Tage?«, wunderte sich Conny.

»Ja, das ist richtig. Aber Herr Wehmeier muss zu einem kurzfristigen Termin nach New York und wird erst nächste Woche wiederkommen.«

»Wie schade.«

»Ich mag ihn«, mischte sich Sara in die Unterhaltung ein.

»Er ist cool«, bestätigte David.

»Siehst du?« Ellen blickte Conny zufrieden an.

»Er steht auf Hylia«, bemerkte David grinsend.

»Und Hylia auf ihn«, ergänzte seine Schwester.

»Siehst du?«, wiederholte Conny belustigt Ellens Worte. »Ich habe es doch gleich gesagt!«

Am nächsten Morgen hatte sich Paula in ihrem Blumenladen gerade einen Tee gekocht und es sich mit ihrer Tasse hinter der Zeitung gemütlich gemacht, als das Telefon klingelte.

Missmutig schob sie den Stuhl zurück und ging zu dem kleinen Ecktisch, wo das altmodische Telefon mit Wählscheibe stand.

»Hier ist das ›Rosenwunder‹, Paula Rosen, was kann ich für Sie tun?«, meldete sie sich.

»Er ist weg!«, verkündete eine Stimme etwas atemlos. Paula erkannte Ellen sofort. Sie wusste auch genau, wer mit »er« gemeint war, denn schließlich hatte sie Karsten Wehmeier beim gemeinsamen Abendessen kennengelernt.

»Hallo, Ellen –«

»Ja, ja«, unterbrach ihre Freundin sie ungeduldig. »Karsten Wehmeier ist heute Morgen abgereist. Und stell dir vor, er hat Hylias Hand beim Abschied viel länger gehalten als die von Conny!«

Paula konnte sich die Abschiedsszene sehr gut ausmalen, denn auch ihr war die Zuneigung ihres Gastes zu Hylia beim abendlichen Pizza-Essen nicht entgangen. Im Gegensatz zu Ellen jedoch störte sie diese Entwicklung nicht. »Hast du mit der Stoppuhr danebengestanden?«, erkundigte sie sich amüsiert.

»Das brauchte ich nicht«, antwortete Ellen. »Ich musste vielmehr dafür sorgen, dass er Hylia loslässt, bevor er ins Taxi steigt.«

»Und Hylia?«

Ellen seufzte. »Hylia tut so, als ob gar nichts wäre. Sie lächelt nur glücklich vor sich hin.«

»Das ist doch schön.«

»Schön?«, wiederholte Ellen gereizt. »Paula, dieser Mann ist nicht für Hylia gedacht, sondern für Conny.«

»Aber er will lieber Hylia, oder?«, entgegnete Paula. »Die zwei haben sich ja gestern Abend sogar eine Pizza geteilt.«

»Das hast du also auch bemerkt?« Ellen schnaufte. »Es war irgendwie unpassend, findest du nicht?«

»Na ja«, widersprach Paula. »Sie haben sie doch ganz ordentlich mit Messer und Gabel geteilt und sie sich nicht gegenseitig von den Lippen geknabbert.«

Ellen musste lachen. »Dann hätten wir ihm auch Hausverbot erteilen müssen.«

»Was sagt Conny eigentlich zu dieser Entwicklung?«, erkundigte sich Paula.

Ellen seufzte. »Sie amüsiert sich über die ganze Geschichte. Ein bisschen mehr Interesse an Karsten hätte sie mir zuliebe schon zeigen können ...«

»Warum denn? Er bemüht sich so offensichtlich um Hylia, dass sie sich nur lächerlich machen würde. Nein, glaube mir, Conny weiß schon, was sie tut.«

»Wirklich? Da bin ich mir nicht so sicher. Sie kriegt ja nicht mal die Sache mit den Weihnachtsgeschenken geregelt.«

Paula lachte. »Dann erinnere sie einfach daran!«, schlug sie vor.

»Das werde ich machen«, versicherte Ellen.

»Fein. Und jetzt muss ich zu den Todesanzeigen in der Zeitung zurückkehren«, sagte Paula.

»Was machst du?« Ellen war entsetzt. »Du liest die Todesanzeigen?«

»Natürlich«, bestätigte Paula. »Die Seiten mit den Geburts-, Hochzeits- und Todesanzeigen lese ich sogar immer zuerst.«

»Um Himmels willen, warum das denn?«

»Reines Berufsinteresse«, erklärte Paula. »Ich muss doch wissen, wer welche Blumen kaufen wird.«

»Paula!«, flüsterte Ellen erschüttert. »Du wirst mir langsam unheimlich!«

7

Conny seufzte. Sie stand am Mittwochmittag vor einem Schaufenster in der Frankfurter Innenstadt und betrachtete kritisch die Auslagen. Ellen hatte sie am Morgen sehr bestimmt dazu aufgefordert, doch mal das neu eröffnete Geschäft *Très Chic* zu besuchen.

»Du wirst für jeden Geschmack etwas finden«, hatte sie geschwärmt. »Die Auswahl ist einfach überwältigend.« Conny seufzte erneut.

Überwältigend war die richtige Beschreibung für das Angebot des exklusiven Ladens. »Überwältigend hässlich und überwältigend teuer«, murmelte sie. Sie hatte gleich geahnt, dass Ellens Empfehlung ihr nicht wirklich weiterhelfen würde.

Trotzdem trat sie jetzt durch die schwere Glastür und wurde von einer strahlenden Verkäuferin in einem weißen Kostüm begrüßt. Die gesamte Möblierung des Ladens war spärlich und ebenfalls in Weiß gehalten. Aus dem Hintergrund erklang leise Harfenmusik.

»Willkommen bei ›Très Chic‹«, zwitscherte die Verkäuferin. »Mein Name ist Monika, und ich bin Ihre Einkaufsberaterin.« Sie verzog ihren perfekt geschminkten Mund zu einem breiten Lächeln.

Conny nickte freundlich zurück, während sie registrierte, dass sogar die Zähne ihrer Einkaufsberaterin strahlend weiß glänzten.

»Wie kann ich Ihnen helfen?«, fragte Monika. »Suchen Sie etwas Bestimmtes?«

»Äh …« Verlegen fuhr sich Conny durch die Haare. »Ich bin auf der Suche nach Weihnachtsgeschenken. Kann ich mich ein wenig umsehen?«

Die Verkäuferin nickte. »Aber natürlich, gern. Wenn Sie eine Frage zu einem unserer Produkte haben, dann wissen Sie ja, wo Sie mich finden.«

Conny bezweifelte, dass sie in diesem Laden irgendwelche Fragen stellen würde, aber sie sagte nur: »Ja, vielen Dank!«, und machte sich dann vorsichtig auf Entdeckungsreise.

Gerade als sie vor einer Sammlung blauer Flaschen in verschiedenen Größen stand, hörte sie eine bekannte Stimme.

»Was um Himmels willen bewahrt man in diesen blauen Flaschen auf?« Johannes Müller stand hinter ihr und betrachtete kopfschüttelnd die Glasbehälter.

»Keine Ahnung«, antwortete Conny. »Vielleicht Blaubeersaft? Oder Tinte?«

Er lachte. »Gut möglich. Hallo, Conny!«

»Hallo, Johannes.« Sie freute sich, ihn wiederzusehen. Das Mittagessen am Freitag in der Kantine war sehr unterhaltsam gewesen. Der Pfarrer war zwar ein zurückhaltender Mann, doch im Laufe des Essens bewies er viel Humor. Deshalb fiel es Conny jetzt leicht, mit ihm ins Gespräch zu kommen. »Was genau sucht ein Pfarrer an einem Mittwochmittag in einem Geschäft wie diesem?«, fragte sie neugierig.

»Das Gleiche könnte ich Sie fragen!«

»Ich bin auf Empfehlung einer Freundin hier«, entgegnete Conny. »Eigentlich wollte ich Weihnachtsgeschenke kaufen. Ich fürchte nur, dass ich hier nichts finde. Und Sie?«

»Unsere Gemeindesekretärin heiratet bald und hat bei ›Très Chic‹ einen Hochzeitstisch eingerichtet«, erklärte er.

Conny schmunzelte. »Wie viel verdient man denn bei Ihnen, dass man sich Sachen aus diesem Laden leisten kann?«

»Nicht viel«, antwortete er. »Aber man kann ja reich heiraten.«

»Soll das jetzt eine Anspielung sein?«

Er zog die Augenbrauen hoch. »Hört es sich denn so an?«

»Ja.«

»Dann ist es auch eine.«

»Vielen Dank«, sagte Conny. »Sie haben Glück, dass hier alles so stilvoll ist, sonst würde ich Ihnen jetzt eine Szene machen.«

»Hässliche Szenen sind in dieser Umgebung streng verboten«, flüsterte er. »Wir wollen doch keinen Ärger mit Monika.«

Conny ließ ihren Blick zur Eingangstür schweifen. »Ich kann sie nirgends mehr entdecken.«

»Das liegt daran, dass ihre weiße Kleidung mit dem Hintergrund verschmilzt. Vermutlich ist das Tarnung, und sie steht schon längst neben uns …«

»O Gott, dann fliegen wir aber bestimmt gleich hier raus«, wisperte Conny.

»Zuerst brauche ich aber noch das Hochzeitsgeschenk«, meinte der Pfarrer und erhob die Stimme. »Monika? Ich brauche Ihre Hilfe.«

Die Einkaufsberaterin eilte herbei. Während Johannes nach kurzem Überlegen ein passendes Geschenk auswählte und dieses bezahlte, beendete Conny ihren Rundgang durch das Geschäft.

»Für die Dame war nichts dabei?«, fragte die Verkäuferin enttäuscht, als sich Conny und Johannes verabschiedeten.

»Nein, leider nicht.« Es gelang Conny sogar, Bedauern in ihre Stimme zu legen. »Aber wenn ich jemals wieder heiraten sollte, werde ich einen Hochzeitstisch bei Ihnen einrichten.«

Gemeinsam mit dem Pfarrer trat sie aus dem Laden.

»Tja …« Johannes blickte auf seine Armbanduhr. »Ich muss leider schon wieder ins Gemeindebüro. Die Pflicht ruft.«

»Ich werde auch nach Hause fahren. Ich will noch die Wohnungsanzeigen durchsehen. Vielleicht ist ja etwas Passendes dabei«, sagte Conny.

»Dann haben Sie noch nichts gefunden?«

»Nein.« Sie schüttelte den Kopf. »Die meisten Vermieter sagen gleich ab, wenn ich am Telefon meine Kinder und die Tiere erwähne.«

»Wie schade«, sagte er.

»Sind Sie mit dem Auto da?«, fragte sie, um das Thema zu wechseln.

»Nein. Ich fahre S-Bahn.«

»Soll ich Sie mitnehmen? Ich parke gleich um die Ecke.«

»Warum nicht?« Dankbar sah er sie an. »Die S-Bahnen sind vor Weihnachten immer so schrecklich voll.«

Conny lachte. »Haben Sie Platzangst? Dann warten Sie lieber, bis Sie mein Auto sehen!«

Auf dem Parkplatz steuerte Conny zielstrebig auf einen weißen VW Golf zu, der schon bessere Zeiten gesehen hatte. Mehrere Aufkleber auf der Rückseite teilten den anderen Verkehrsteilnehmern mit, dass die Fahrerin dieses Wagens auch für Tiere bremste, ihr Herz in Tirol verloren hatte, regelmäßig Blut spendete und den Frankfurter Zoo unterstützte.

Johannes Müller schmunzelte.

Conny schloss die Türen auf. Vorne herrschte ein heilloses Durcheinander. Zwei leere Mineralwasserflaschen und eine Packung Hundefutter waren ins Handschuhfach geklemmt worden. Auf dem Beifahrersitz lagen ein Straßenatlas, eine weitere leere Wasserflasche, eine Tüte Chips, ein Paar Plastikhandschuhe und eine Packung mit Tampons, die Conny hastig in ihrer großen Handtasche verschwinden ließ. Dann räumte sie die übrigen Sachen vom Fahrersitz auf den Boden und wischte Kekskrümel vom Beifahrersitz.

»Wie gemütlich!« Johannes setzte sich vorsichtig hin. »So ganz anders als bei ›Très Chic‹.«

»Aber fast so schlimm wie eine überfüllte S-Bahn vor Weihnachten, oder? Sie müssten mal erleben, wenn das Auto richtig voll ist …« Conny startete den Motor und lenkte den Wagen auf die Straße.

»Noch voller als jetzt?« Er grinste.

Auch Conny musste lachen. »Ob Sie es glauben oder nicht, hier passen noch zwei Kinder und ein Hund rein.«

Er drehte sich zum Rücksitz um. »Stimmt. Hinten ist noch richtig viel Platz.«

»Das liegt daran, dass meine Kinder die Rückbank penibel unter sich aufgeteilt haben und nichts liegen lassen, damit der jeweils andere es sich nicht nehmen kann.«

»Und wo verläuft die Grenze zwischen den beiden verfeindeten Lagern?«

»Genau in der Mitte. Meistens platzieren sie den armen Hund als lebende Mauer zwischen sich.«

»Das würde ich gern mal sehen!«

»Wirklich?« Conny löste ihren Blick von der Straße und musterte Johannes neugierig. »Geht es jetzt nur um das Auto, oder ist es ein Versuch, sich mit mir und meiner Familie zu verabreden?«

»Beides.« Schüchtern lächelte er sie an.

»Okay.« Sie lächelte zurück. »Dann machen wir nach der nächsten Krippenspiel-Probe eine Spazierfahrt.«

»Ich freue mich«, sagte er leise und räusperte sich. »Übrigens würde ich mich wohler fühlen, wenn Sie Ihren Blick wieder auf die Straße richten.«

»Wo sind eigentlich Conny und Hylia?«, fragte Ellen Paula am Sonntagnachmittag. Die beiden Freundinnen saßen im Wohnzimmer. Ellen hatte es sich mit einem Buch in einem alten Sessel gemütlich gemacht, und Paula stand am Sofatisch und räumte einen Karton mit Weihnachtsdekoration aus. Neben dem Karton befand sich ein Teller mit frisch gebackenen Keksen, und im Hintergrund lief Weihnachtsmusik, die Paula mit viel zu tiefer Stimme mitsummte.

Jetzt unterbrach sie ihren Gesang und sagte: »Conny holt die Kinder von der Probe zum Krippenspiel ab, und Hylia ist mit ein paar Freundinnen Schlittschuhlaufen gegangen.«

»Aha.« Ellen vertiefte sich wieder in ihr Buch, und Paula begann erneut zu summen.

»Kannst du mir bitte bei den Lichterketten helfen?«, sagte sie nach einer Weile.

Ellen blickte auf. »Das kommt darauf an, wo du sie hinhängen willst. Ich weigere mich, auf dem Dach oder an der Fassade herumzuklettern.«

»Das sind Ketten für innen«, erklärte Paula. »Ich wollte sie um das Treppengeländer drapieren. In den beiden Gästezimmern kommt je eine Kette ans Fenster. Den Rest verteilen wir auf die übrigen Zimmer.«

»Ich hasse Weihnachtsdekoration«, murmelte Ellen. »Und außerdem helfe ich dir nur, wenn du aufhörst zu singen.« Sie erhob sich aus dem Sessel. Sie waren gerade auf dem Weg ins Treppenhaus, als plötzlich die Eingangstür geöffnet wurde.

Conny, Pfarrer Müller und die Kinder kamen herein. Sie schüttelten sich den Schnee von den Jacken.

»Es schneit!«, stellte Paula begeistert fest. »Wie schön!«

»Nicht wahr?« Conny strahlte. »Ich liebe Spaziergänge im Schnee.«

»Hier riecht es aber gut«, sagte der Pfarrer und begrüßte die beiden Frauen.

»David, Paula und ich haben heute früh Weihnachtsplätzchen gebacken«, sagte Sara stolz. »Du kannst gern welche probieren.« Sie schob den Pfarrer und David in Richtung Küche. »Mama kocht uns bestimmt Tee, und dann machen wir es uns alle am Küchentisch gemütlich und zünden die erste Kerze an. Paula hat einen ganz tollen Adventskranz gebastelt.«

»Ich weiß nicht …« Der Pfarrer drehte sich fragend zu Conny um. »Ist dir das überhaupt recht?«

»Aber natürlich.« Conny hängte die Jacken an den Kleiderhaken. »Ich brauche jetzt dringend etwas Warmes.« Sie folgte ihren Kindern und dem Pfarrer in die Küche.

Ellen zog Paula mit sich ins Wohnzimmer. »Sie duzen sich schon«, wisperte sie aufgeregt.

»Ja.« Paula nickte lächelnd.

»Und jetzt sitzen sie in der Küche und spielen die Heilige Familie«, flüsterte Ellen. »Wohin soll das führen?«

»Keine Ahnung. Aber wenn es Conny glücklich macht, ist es doch schön.«

»Conny soll nicht nur glücklich werden, sondern auch reich und geachtet.«

»Ein Pfarrer ist sehr geachtet«, bemerkte Paula.

»Der Pfarrer vielleicht. Seine Frau allerdings darf sich bestimmt nur um den Blumenschmuck in der Kirche kümmern, langweilige Wohltätigkeitsbasare veranstalten und zu Weihnachten alle einsamen Gemeindemitglieder einladen.«

»Conny würde bestimmt noch ganz andere Dinge hinbekommen«, sagte Paula nachdenklich. »Und mit dem richtigen Mann an der Seite sind sicher auch Kirchenschmuck, Flohmärkte oder Weihnachtsfeiern gut zu ertragen.«

»Ich weiß nicht.« Ellen schüttelte unzufrieden den Kopf. »Conny als Pfarrersfrau? Sie verschläft doch ständig und würde zu spät zum Morgengottesdienst kommen.«

Die Freundinnen zuckten zusammen, als hinter ihnen plötzlich die Stimme von Johannes Müller ertönte. Er räusperte sich. »Ich unterbreche ja nur ungern Ihre interessante Unterhaltung, aber Conny wüsste gern, ob Sie auch einen Tee wollen.«

»Äh … nein danke.« Paula tastete verlegen an ihrer Brille herum. »Ich muss dringend …« Verzweifelt suchte sie nach einer Tätigkeit.

»… dekorieren«, kam Ellen ihr zur Hilfe und deutete auf den Karton auf dem Tisch. »Wir wollen das Haus schmücken. Schließlich ist heute der erste Advent.«

»Also gut, dann nicht.« Der Pfarrer lächelte vergnügt und wandte sich zur Tür. Dann drehte er sich noch einmal um. »Übrigens: Für Blumenschmuck, Basare und Weihnachtsfeiern gibt es bei uns ehrenamtliches Personal. Aber die Idee mit Conny als Pfarrersfrau gefällt mir!« Er zwinkerte Ellen und Paula zu und verließ dann das Wohnzimmer.

»O Gott!« Ellen raufte sich die Haare. »Jetzt haben wir ihn förmlich in ihre Arme getrieben!«

Als die beiden zwei Stunden später mit dem Schmücken fertig waren und in die Küche kamen, war der Pfarrer gegangen.

Conny saß mit den Kindern am Tisch. Die erste Kerze am großen Adventskranz brannte, und aus dem Radio war leise Weihnachtsmusik zu hören.

Sara hatte sich ein Buch geholt und las, während David Kopfhörer trug und den lautlosen Rhythmus seiner eigenen Musik mit zuckenden Bewegungen begleitete.

»Was hört er da?«, erkundigte sich Ellen.

»Irgendetwas Schreckliches«, entgegnete Conny.

»Zum Glück müssen wir es nicht mit anhören!«, sagte Paula und nahm sich eine Tasse Tee. Dann setzte sie sich an den Tisch.

»Das mit den Kopfhörern war Hylias Idee. Ich denke, sie hatte genug von Davids morgendlichen Gratis-Konzerten.« Conny nahm sich einen Weihnachtskeks und lehnte sich aufseufzend im Stuhl zurück. »Was für ein schöner Nachmittag! Der erste Advent, draußen schneit es, die Kinder sind friedlich, es riecht nach Weihnachtsplätzchen …«

»…und auf der ganzen Welt herrschen Frieden und Ruhe«, ergänzte Ellen spöttisch. Sie setzte sich ebenfalls und wandte sich an Paula. »Siehst du? Der Pfarrer hat schon Einfluss auf sie. Als Nächstes wird sie das Tischgebet einführen.«

»Wieso das denn?«, fragte Conny.

»In einer Pfarrersfamilie wird zu jeder Gelegenheit gebetet«, behauptete Ellen.

»Das stimmt doch gar nicht. Und außerdem würde das nicht zu Johannes passen.«

»Siehst du?«, wiederholte Ellen triumphierend. »Sie verteidigt ihn schon. Da ist etwas im Busch!«

Erstaunt hob Sara ihren Kopf von dem Buch und kicherte.

Conny sah Ellen böse an. »Das ist doch albern«, meinte sie. Dann wandte sie sich an ihre Tochter. »Der Hund muss mal raus. Ich glaube, du bist an der Reihe.«

Gehorsam erhob sich Sara und rief nach Pepper. Als sie die Küche verlassen hatte, sagte Conny erbost: »Wenn ihr das nächste Mal schlüpfrige Bemerkungen über Johannes und mich machen wollt, dann achtet bitte darauf, dass meine Kinder nicht im Raum sind.«

»Einer ist aber noch da«, murmelte Paula und deutete mit den Augen auf David, der immer noch zuckend am Tisch saß und leise vor sich hin summte.

»Der hört uns nicht«, entgegnete Conny.

»Na gut.« Ellen beugte sich vor. »Dann kannst du uns ja sagen, was da zwischen dir und dem Pfarrer läuft.«

»Ich mag ihn«, antwortete Conny ausweichend. »Und was noch viel wichtiger ist: Er mag meine Kinder.«

»Das ist natürlich in deinem Fall schon fast ein Argument«, sagte Ellen stirnrunzelnd.

Conny funkelte sie ärgerlich an. »Es wird Zeit, dass du dich mit anderen, etwas attraktiveren Männern triffst«, fuhr Ellen hastig fort, bevor ihre Freundin etwas entgegnen konnte.

»Mit so jemandem wie Karsten Wehmeier?«, bemerkte Conny spöttisch.

»Na gut, das war erfolglos«, gab Ellen zu. »Aber es gibt noch viele andere …«

»Und du weißt genau, wer zu mir passt, oder?«, platzte Conny heraus. »Ein reicher, erfolgreicher Mann, der nur darauf wartet, die Verantwortung für einen schwierigen Teenager, ein tollpatschiges Mädchen, einen tauben Hund, eine Eidechse und eine siebenbeinige Spinne zu übernehmen …«

»Du musst ihm ja nicht gleich die geballte Ladung Familie präsentieren. Das kannst du Stück für Stück erledigen, wenn er sich erst einmal in dich verliebt hat.« Ellen goss sich Tee ein.

»Was für eine nette Idee«, murmelte Conny. »Ich frage mich, mit welchem Goldstück aus meiner Bande ich dann anfangen sollte.«

»Vielleicht erst einmal mit dir selbst«, schlug Ellen vor. »Allerdings solltest du vorher noch zum Frisör gehen und deine Handtasche aufräumen!«

»Was genau gefällt dir an meiner Frisur nicht?«, fragte Conny gereizt. »Du bist ja nur neidisch, weil sich deine Haare nicht so schön locken wie meine.«

»Meine Haare sind genau richtig so, wie sie sind«, entgegnete Ellen. »Sie sind gesträhnt, geföhnt und glattgekämmt …«

»… so wie dein ganzes Leben«, ergänzte Conny. »Mit anderen Worten – langweilig.«

»Könnt ihr nicht mal aufhören, euch zu streiten?«, schaltete sich jetzt Paula ein.

»Sie hat recht«, lenkte Ellen überraschend ein und blickte Conny entschuldigend an. »Verzeih mir, wenn ich mich zu sehr in deine Angelegenheiten einmische. Aber schließlich geht es doch darum, nicht irgendeinen dahergelaufenen Typen zu nehmen, sondern einen möglichst erfolgreichen und vermögenden Ehemann zu bekommen.«

»Johannes ist nicht dahergelaufen«, brummte Conny. »Und zum Frisör werde ich auch nicht gehen.«

Paula schüttelte unwillig den Kopf. »Kommt schon, vertragt euch wieder.«

»Also gut.« Conny seufzte und trank ihren Tee aus. Dann blickte sie Paula und Ellen an. »Jetzt könnt ihr mir zeigen, wie ihr den Weihnachtsschmuck verteilt habt!«

Die Freundinnen verließen die Küche. Keine achtete dabei auf David, der augenblicklich aufhörte zu wippen. Die Musik war schon eine ganze Weile nicht mehr gelaufen, ohne dass die Frauen etwas bemerkt hatten. Er hatte ihre gesamte Unterhaltung mit angehört, und das belauschte Gespräch machte ihn sehr nachdenklich.

Wenig später betrat Sara die Küche.

»Gut, dass du kommst!«, begrüßte David seine Schwester. »Setz dich mal hin! Wir haben etwas zu besprechen ...«

»Das sieht wunderschön aus«, lobte Conny nach einem kurzen Rundgang durchs Haus.

Paula ließ sich auf das Sofa im Wohnzimmer fallen und legte die Füße hoch. »Nicht wahr?«, fragte sie zufrieden. »Jetzt haben wir es richtig gemütlich.«

Ellen und Conny setzten sich zu ihr.

»Morgen kommt ein neuer Gast«, sagte Ellen.

Paula nickte.

»Und mein junger Freund Karsten kommt auch wieder«, fügte Conny hinzu. »Ich hätte nicht gedacht, dass du ihn noch einmal hier reinlässt, obwohl er so kläglich versagt hat.«

Paula grinste.

»Natürlich«, sagte Ellen großzügig. »Er hat gebucht, also darf er auch kommen. So viel Professionalität muss sein.«

»Wie heißt der andere Gast?«, fragte Paula.

Ellen räusperte sich. »Toshiro Yamamoto. Er wird wie Wehmeier zwei Nächte bleiben.«

»Yamamoto?«, wiederholte Paula. »Klingt sehr japanisch.«

»Ist es auch«, entgegnete Ellen. »Er wurde gerade zum Europa-Chef der größten japanischen Hotelkette ernannt und wird wohl die nächsten drei Jahre in Deutschland verbringen.«

»Kann er Deutsch?«, erkundigte sich Conny.

Ellen schüttelte den Kopf.

»Kannst du Japanisch?«, fragte Paula.

»Nein.«

»Das überrascht mich jetzt aber«, warf Conny ein. »Ich hätte schwören können, dass du mindestens sieben Fremdsprachen beherrschst.«

»Sei nicht albern«, entgegnete Ellen. »Es sind nur vier«, fügte sie leise hinzu.

»Und wie willst du dich mit ihm unterhalten?«, wollte Paula wissen.

Conny lachte. »Vermutlich überspringt sie den kommunikativen Teil und geht gleich zum Angriff über.«

Jetzt musste auch Paula schmunzeln.

Ellen runzelte die Stirn. »Er ist Japaner, also mit Sicherheit ein zurückhaltender Mensch, der seine Gefühle nicht zeigt. Wir müssen sehr behutsam mit ihm umgehen.«

»Dann ist er nichts für dich, sondern eher etwas für Paula«, meinte Conny.

Paula wurde rot. »Woher willst du eigentlich wissen, dass er zu haben ist?«, fragte sie.

»Ich habe seine Biographie in der Fachpresse gelesen«, entgegnete Ellen.

»Ich weiß nicht ...« Paula runzelte die Stirn. »Ein Japaner, der nicht einmal unsere Sprache spricht und in ein paar Jahren sowieso zurück nach Japan geht? Ich glaube, so jemanden möchte ich lieber nicht.«

»Paula!«, ermahnte Conny ihre Freundin. »Du kannst nicht einfach Ellens generalstabsmäßig vorbereitete Planung durcheinanderbringen!«

»Meine Planung ist in der Tat sehr gut«, verteidigte sich Ellen. »Ihr müsstet nur das tun, was ich sage.«

»Das tun wir doch schon die ganze Zeit«, murmelte Paula.

»Mehr oder weniger.« Ellen musterte ihre Freundinnen amüsiert. »Aber ich gebe die Hoffnung nicht auf.«

Conny lachte und erhob sich. »Ich werde mich jetzt erst einmal gemütlich in die Badewanne setzen.«

»Ellen und Paula wollen Mama mit einem reichen Hotelgast verkuppeln«, verkündete David unterdessen in der Küche mit leiser Stimme.

Sara nickte.

»Wie findest du das?«, fragte David.

Sara schüttelte den Kopf.

»Außerdem wollen sie nicht, dass Mama Johannes trifft«, fuhr David vor.

Sara zuckte ratlos mit den Schultern.

»Wir müssen etwas unternehmen!« David sah seine Schwester auffordernd an. Diese runzelte nachdenklich die Stirn.

»Kannst du eigentlich auch mal etwas sagen?«, fauchte David ungeduldig.

»Ich mag Johannes«, flüsterte Sara endlich.

»Ich auch.«

»Dann müssen wir Mama helfen. Sie soll sich in Johannes verlieben.«

»Super Idee«, höhnte ihr Bruder. »Und wie willst du das schaffen?«

»In meinem Feen-Buch schreiben die Ritter den Feen Liebesbriefe.«

»Liebesbriefe?«, wiederholte David verwirrt.

»Ja!« Sara war von ihrer Idee begeistert. »Johannes muss Mama einen Liebesbrief schreiben, so wie in dem Buch.«

»Sara!« David raufte sich die Haare. »Johannes wird Mama niemals einen solchen Brief schreiben.«

»Dann machen wir das«, entgegnete seine Schwester. »Wir schreiben Mama einen Liebesbrief und tun so, als ob er von Johannes stammt. Und dann kann sie gar nicht anders, als sich in ihn zu verlieben. Das wäre doch toll, oder?«

»Sicher. Aber Mama wird etwas merken«, sagte David skeptisch. »Sie kennt doch unsere Handschrift.«

»Dann fragen wir einfach jemand anderen, ob er den Brief für uns schreibt.«

»Und wen? Du kannst auf keinen Fall eine der Frauen aus diesem Haus bitten. Dann fliegt unser Plan sofort auf.«

Sara überlegte. »Was ist mit dem netten Schreiner, der letzte Woche hier war?«, fragte sie.

David nickte. »Thomas? Der ist schwer in Ordnung. Er hat mir sogar beim Bau der Krippe für die Weihnachtsgeschichte geholfen.«

»Hylia hat gesagt, dass er in den nächsten Tagen noch ein paarmal herkommt. Dann kannst du ihn fragen, ob er dir beim Schreiben des Liebesbriefes hilft.«

»Ich?«, empörte sich David. »Warum ich?«

»Ich bin ein Mädchen.«

»Und ich bin kein Ritter aus deinem albernen Feen-Buch.«

Sara stemmte ihre Arme in die Seiten. »Willst du Mama nun helfen oder nicht?«

»Okay.« David seufzte und zuckte resigniert mit den Schultern. »Aber was soll ich dem Schreiner sagen? Ich kann ihm auf keinen Fall die Wahrheit erzählen.«

»Nein«, entgegnete seine Schwester. »Erzählst ihm einfach, dass du einen Liebesbrief an ein Mädchen schreiben willst.«

»Wenn das meine Freunde erfahren …«, seufzte David.

»Das ist doch gerade das Tolle an der Idee«, unterbrach ihn Sara. »Er soll schließlich niemandem etwas verraten.«

»Und wie kommt der Brief zu Mama?«

»Mit der Post?«, überlegte Sara laut.

David lachte. »Liebesbriefe kommen doch nicht mit der Post. Die werden heimlich zugesteckt.«

»Dann werden wir den Brief auch irgendwo verstecken, wo Mama ihn finden kann.«

»Hoffentlich geht das gut.« David war immer noch skeptisch.

»Hast du eine bessere Idee?«, fragte Sara drängend.

»Nein.« Er schüttelte den Kopf und sah seine Schwester zweifelnd an. »Aber das heißt nicht, dass ich wirklich einverstanden bin. Normalerweise enden deine Einfälle nämlich in einer Katastrophe.«

8

Am folgenden Montagmittag erhielten David und Sara bereits die Gelegenheit, ihren Plan mit dem Liebesbrief in die Tat umzusetzen.

»Ist der Schreiner da?«, fragte Sara, als sie aus der Schule kamen.

»Ja.« Hylia stand am Küchentisch, wo sie schon das Abendessen vorbereitete. Sie füllte gekochte Weinblätter mit Reis und fluchte leise vor sich hin, weil ihr die öligen Blätter immer wieder aus der Hand glitten. »Er ist im Keller.«

»Komm!« Sara fasste ihren Bruder am Ärmel und zog ihn mit sich fort.

»Was ist mit euren Hausaufgaben?«, rief Hylia hinter ihnen her. »Und essen müsst ihr auch noch!«

»Später«, kam es zurück.

Sara hatte einen Schreibblock aus ihrer Schultasche gezogen und drängte ihren Bruder zum Treppenhaus.

»Schnell! Wer weiß, wann Mama nach Hause kommt …«

»Gehst du mit?« David nahm ihr das Papier ab.

»Nein. Die Ritter schreiben ihre Liebesbriefe auch ohne die Feen.«

David seufzte und stieg die Kellertreppe hinab.

Thomas Heitmann blickte auf, als David zu ihm trat. »Hallo! Ist die Schule schon aus? Willst du mir ein bisschen helfen?«, begrüßte er den Jungen.

»Hallo, Thomas.« Der Schreiner hatte David schon vor Tagen das »Du« angeboten.

»Was ist los?« Der Schreiner legte seinen Schraubenzieher zur Seite.

»Äh …«, stotterte David. Er hatte nicht die geringste Ahnung, wie er weiter vorgehen sollte, und verwünschte die Idee seiner Schwester nicht zum ersten Mal.

»Kann ich dir bei etwas helfen?«

»Ja.« David nickte erleichtert. »Deswegen bin ich hier.«

»Gut«, sagte der Schreiner. »Dann fass mal hier mit an. Manche Themen bereden sich leichter, wenn man dabei etwas zu tun hat.«

David legte den Schreibblock auf den Boden und trat auf den Wandschrank zu, den der Schreiner gerade aufbaute. Thomas zeigte ihm, wo er festhalten sollte, und begann dann selbst, die Schrauben festzuziehen.

»Worum geht es?«, erkundigte er sich dabei.

»Um eine ziemlich private Sache«, begann David und nahm allen Mut zusammen. »Um einen Liebesbrief.«

»Hast du einen bekommen?«, fragte Thomas, während er weiterschraubte.

»Nein.«

»Willst du einen schreiben?«

»Ja.«

»Dann bist du also verliebt?«

»Nein!«, kam es entrüstet zurück.

»Das verstehe ich nicht.« Der Schreiner ließ sein Werkzeug sinken. »Du willst einen Liebesbrief schreiben, bist aber nicht verliebt?«

»Äh … vielleicht doch«, sagte David unbestimmt.

Thomas grinste. »Wie heißt sie denn?«

»Wer?«

»Die Frau, die den Brief bekommen soll.«

Beinahe hätte David den Namen seiner Mutter genannt, aber gerade noch rechtzeitig fiel ihm ein, dass er nicht die Wahrheit sagen durfte.

»Karina«, sagte er stattdessen und wurde rot. »Sie ist im Krippenspiel die Maria.«

»Schöne Rolle, gerade in dieser Zeit«, entgegnete Thomas Heitmann. Dann sah er auf seine Armbanduhr. »Weißt du was, David? Es ist Zeit für meine Mittagspause. Trinkst du einen Kaffee mit mir?«

David nickte erfreut. Seine Mutter erlaubte ihm nur selten, Kaffee zu trinken.

»Ich habe eine Thermoskanne dabei, und für den Notfall auch immer zwei Becher. Man weiß ja nie, wer vorbeikommt und über die Liebe reden will ...« Er holte die Becher und die Thermoskanne aus seinem Rucksack. Nachdem er eingegossen hatte, setzte er sich zu dem Jungen auf den Boden.

»Du willst also einen Liebesbrief an Karina schreiben«, begann er.

»Ja.«

»Und ich soll dir helfen.«

David nickte. Das ging leichter als erwartet. Er zeigte auf den Schreibblock. »Beim Formulieren und so ...« David zog das Papier zu sich heran. »Hast du einen Stift?«

»Nur einen Bleistift.« Thomas holte den Stift aus seiner Hosentasche.

David runzelte die Stirn. Ein mit Bleistift geschriebener Liebesbrief würde vermutlich nicht so gut ankommen. Aber darauf konnte er jetzt keine Rücksicht mehr nehmen. Er legte den Block auf Thomas' Schoß. »Du schreibst!«

»Ich?«, fragte der Schreiner erstaunt und stellte seine Tasse auf den Boden.

»Ich schreibe es später noch einmal schön ab. Aber jetzt bin ich so nervös, dass ich meine eigene Schrift nicht mehr lesen könnte«, improvisierte David.

»Dann solltest du den Kaffee lieber nicht trinken«, sagte Thomas grinsend, nahm aber Stift und Papier zur Hand und blickte David abwartend an. »Wollen wir anfangen?«

David nickte.

»Liebe Karina ...«, murmelte Thomas und wollte mit dem Schreiben beginnen.

»Halt!«, rief David. »Können wir den Namen nicht irgendwie umgehen?«

Verständnislos sah der Schreiner ihn an. »Warum das denn?«

»Sie ... sie ist doch etwas Besonderes für mich. Ich will sie lieber ... lieber ... ›Engel‹ nennen«, stotterte David.

»Wie wäre es mit ›mein geliebter Engel‹?«, schlug Thomas vor.

»Das ist gut«, murmelte David erleichtert.

»Was möchtest du ihr denn mit dem Brief sagen?«, erkundigte sich der Schreiner, nachdem er die Anrede zu Papier gebracht hatte.

»Na ja, was man halt so sagen will.« David rieb sich nachdenklich das Kinn. »Dass ich sie mag, aber sehr schüchtern bin. Und dass ich sie gern heiraten möchte.«

Thomas ließ überrascht den Stift sinken. »Du bist doch erst vierzehn, oder?«

»Äh ... ja.«

»Und dann denkst du schon ans Heiraten?«

»Na ja ...« David biss sich auf die Lippen. Das mit der Hochzeit war vielleicht doch keine gute Idee gewesen.

Thomas lächelte ihm aufmunternd zu. »Okay, dann musst du ihr das natürlich auch sagen, aber nicht gleich im ersten Brief.«

»Du meinst, ich muss ihr mehr als diesen einen Brief

schreiben?«, fragte David entsetzt. Davon hatte seine Schwester kein Wort gesagt.

»Ich denke schon. Normalerweise nehmen Frauen nämlich nicht gleich einen Heiratsantrag an.«

»Verdammt«, murmelte David. Er hatte doch geahnt, dass die Idee seiner Schwester einen Haken hatte.

»Wir kriegen das schon hin«, beruhigte Thomas ihn. »Wie wäre es, wenn du ihr zuerst einmal schreibst, dass du sie magst?«

»Gute Idee.«

»Also, dann schreiben wir: ›Ich mag dich wirklich sehr und hoffe, du magst mich auch‹«, schlug der Schreiner vor.

»›... und ich wünsche mir, dass wir eine gemeinsame Zukunft haben werden‹«, ergänzte David. »Das ist gut!«

Thomas runzelte die Stirn, schrieb jedoch auf, was David ihm diktierte.

»Und dann sagen wir ihr noch: ›Du siehst einfach toll aus‹«, schlug David vor.

Thomas unterbrach den Brief. »Sieht sie wirklich so gut aus?«

»Wer?«, fragte David zerstreut.

»Na, deine Karina.« Der Schreiner musste lächeln und schrieb weiter.

»O ja«, sagte David und meinte es dieses Mal sogar ernst. »Karina ist echt cool.«

»Willst du noch mehr schreiben?«

»Muss ich?«

»Ich denke, für den Anfang reicht das.« Thomas schmunzelte. »Jetzt fehlt nur noch der Schluss. Wie wäre es mit: ›In Liebe, dein David‹?«

»Ganz schlecht«, entgegnete der Junge. Als ihn der verwunderte Blick des Schreiners traf, fügte er hastig hinzu: »Dann weiß ja jeder, dass ich den Brief geschrieben habe.«

»Aber darum geht es doch, oder?« Thomas schüttelte verständnislos den Kopf.

»Nicht gleich beim ersten Mal. Stell dir vor, jemand aus ihrer Familie kriegt den Brief in die Hand …« Nervös ergriff David den Schraubenzieher und spielte damit herum. Worauf hatte er sich nur eingelassen?

Aber glücklicherweise gab sich Thomas mit seiner Erklärung zufrieden. »Wenn es dir lieber ist, schreiben wir ›in Liebe, dein heimlicher Verehrer‹.«

David atmete auf. »Das gefällt mir besser.«

Nachdem Thomas fertig war, nahm David den Block und stand auf. »Danke für deine Hilfe. Du hast was gut bei mir.«

Auch Thomas erhob sich. »Ich werde bei Gelegenheit darauf zurückkommen.«

Erleichtert verschwand David aus dem Keller. Thomas räumte die Kaffeetassen zur Seite und machte sich wieder an die Arbeit. Allerdings konnte er den Schraubenzieher mit dem grünen Griff nicht mehr finden und griff seufzend nach einem anderen.

»Hier!« David drückte seiner Schwester im Treppenhaus den Schreibblock in die Hand. »Ich hoffe, du weißt, dass es dich was kosten wird, wenn es gelingt!«

»Das werden wir ja sehen«, sagte Sara, während sie den Brief las.

»Das klingt nicht wie in meinem Feen-Buch«, mäkelte sie.

»Ach nein?«, verteidigte sich David. »Dann schreib du doch selbst! Thomas war sowieso schon misstrauisch genug.«

»Er wird sich schon dran gewöhnen«, sagte Sara leichthin und faltete den Brief zusammen.

»Du hast sie ja wohl nicht mehr alle!« David stöhnte auf. »Heißt das wirklich, dass ich noch mehr von diesen Briefen verfassen muss?«

»Du schreibst sie ja nicht selbst.«

»Aber ich mache mich dafür zum kompletten Idioten«, beschwerte sich David. »Ich verfasse schließlich Liebesbriefe an eine erwachsene Frau, noch dazu an meine Mutter.«

»Jetzt krieg dich mal ein«, sagte Sara. »Lass uns lieber überlegen, wie Mama an den Brief kommt.«

»Wir geben ihn ihr«, schlug David vor.

»Wie einfallslos!«

»Wieso?«

»In meinem Feen-Buch werden solche Briefe immer von weißen Tauben überbracht oder mit Pfeil und Bogen direkt ins Schlafzimmer der Angebeteten geschossen«, sagte Sara träumerisch.

Ihr Bruder verdrehte die Augen. »Wie schade, dass wir gerade keine weißen Tauben oder einen Bogenschützen im Haus haben ...«

Erst jetzt bemerkte Sara den Schraubenzieher in der linken Hand ihres Bruders. »Was hast du da?«, fragte sie neugierig.

»Der gehört Thomas. Den habe ich wohl aus Versehen mitgenommen.« David wandte sich zur Kellertreppe um. »Ich muss ihn zurückgeben.«

»Warte!« Sara hielt ihren Bruder fest. »Kann ich ihn mal sehen?«

»Was willst du damit?«, erkundigte sich David, doch er gab seiner Schwester das Werkzeug.

»Schön grün«, stellte diese fest. »Und spitz. Fast so gut wie ein Pfeil.«

»Sara! Der gehört uns nicht!«

»Ich weiß. Wir leihen ihn ja auch nur kurz aus. Wir nageln den Brief nämlich mit dem Schraubenzieher an die Eingangstür«, verkündete sie.

»Super Idee!«, lobte David höhnisch. »Paula wird sich über das Loch tierisch freuen!«

»Paula kriegt das gar nicht mit«, sagte Sara. »Und außerdem bohren wir kein Loch in die Tür, sondern in den Schneemann, der dort hängt.«

Paula hatte am Vortag einen großen, weihnachtlich dekorierten Schneemann aus Styropor an die Eingangstür geklebt.

»Wir müssen uns nur beeilen, denn Mama kann jeden Moment nach Hause kommen.« Sara zog ihren Bruder mit sich. Sie öffnete die Tür, hielt den Zettel an den Bauch des Schneemanns und durchbohrte dann beides mit dem Schraubenzieher.

»So.« Zufrieden betrachtete sie ihr Werk. »Jetzt kann Mama kommen.«

In diesem Moment steckte Hylia den Kopf aus der Küchentür. »Was macht ihr da?«

»Nichts«, sagte David mit unschuldig klingender Stimme.

»Wir schauen, ob Mama kommt«, ergänzte Sara und schloss die Haustür schnell.

»Ihr solltet lieber mit den Hausaufgaben anfangen! Ich rufe euch, wenn es Mittagessen gibt.« Hylias Kopf verschwand wieder.

»Okay«, murmelte Sara. Dann griff sie nach der Schultasche und folgte ihrem Bruder die Treppe hinauf.

Eine Viertelstunde später hatte Hylia die letzten Weinblätter gewickelt und einen Nudelauflauf zum Überbacken in den Ofen gestellt. Sie trocknete sich gerade die Hände ab, als sie durchs Fenster am Gartentor den Briefträger bemerkte. Freundlich winkte sie dem Mann zu und öffnete die Haustür, um die Post in Empfang zu nehmen. Dabei fiel ihr Blick auf den Schraubenzieher am Schneemann.

»Da mag wohl jemand Ihre Weihnachtsdekoration nicht«, scherzte der Briefträger.

Hylia zuckte mit den Schultern und zog das Werkzeug

mit dem Papier aus dem Styropor. »Vermutlich hat der Schreiner den Schraubenzieher im Garten verloren, und der Finder wollte ihn nicht einfach auf dem Boden liegen lassen.« Zerstreut wickelte sie das Blatt Papier um das Werkzeug.

»Sie bekommen in letzter Zeit sehr viel Post.« Der Bote griff in seine Tasche und zog einen großen Stapel Sendungen heraus.

Hylia lachte. »Wir haben uns hier ja auch ganz schön vermehrt.« Sie ergriff die Post.

»Danke.«

»Na dann, bis morgen!« Pfeifend verließ der Briefträger den Vorgarten.

Hylia schloss die Tür und legte im Hausflur drei Stapel Briefe auf die Kommode – einen für Paula, einen für Conny und einen für Ellen. Dabei bemerkte sie, dass ihr der Schraubenzieher mit dem Papier zwischen Ellens Zeitschriften gerutscht war. Gerade, als sie ihn herausziehen wollte, klingelte ihr Küchenwecker.

»Der Auflauf«, murmelte sie und eilte in die Küche zurück.

Kurze Zeit später kamen Ellen und Conny nach Hause. Hylia blickte überrascht auf, als die beiden in die Küche traten. »Bleibst du auch zum Essen hier, Ellen? Wenn ich das gewusst hätte, hätte ich ein paar Nudeln mehr gemacht.«

»Ich hatte einen Termin in der Nähe«, erklärte Ellen. »Und ich würde tatsächlich gern eine Kleinigkeit essen. Der Auflauf sieht lecker aus …«

»… und er riecht sehr gut«, ergänzte Conny. Sie hatte ihre Post in der Hand und überflog stirnrunzelnd die Briefe. »Fast nur Rechnungen«, stöhnte sie dann. »Ich wusste gar nicht, wie teuer ein überflutetes Wohnzimmer werden kann …«

»An deiner Stelle würde ich die Versicherungen erhöhen«,

bemerkte Ellen. »Oder hast du bei denen schon Hausverbot?«

»Natürlich nicht.« Conny stopfte die Post in ihre Handtasche.

»Mama?«, rief Sara. Gleich darauf erschienen sie mit ihrem Bruder in der Küchentür. Sara sah ihre Mutter fragend an. »Hast du zufällig einen Brief bekommen?«

David stieß seine Schwester in die Seite.

»O ja«, sagte Conny zerstreut und dachte an die Rechnungen. »Das wird mich wohl den Nachmittag über beschäftigen.«

Zufrieden hakte sich Sara bei ihrer Mutter ein.

»Das Essen ist fertig!«, verkündete Hylia.

»Kommt Paula heute Mittag auch nach Hause?«, fragte Conny, als alle am Tisch saßen.

»Nein.« Hylia verteilte die Teller mit dem Auflauf. »Sie hat angerufen und gesagt, dass sie zum Großmarkt muss.«

»Wahrscheinlich sind ihr die Weihnachtsservietten und die Christbaumkugeln ausgegangen«, murmelte Ellen.

Conny grinste.

»Heute kommt doch Karsten wieder, oder?«, fragte Sara dazwischen.

Hylia nickte und wurde ein wenig rot. »Er hat auch angerufen und gesagt, dass er gegen drei Uhr hier sein wird.«

»Aha.« Ellen runzelte die Stirn. »Hast du heute eigentlich schon etwas anderes gemacht, außer zu telefonieren?«

Hylia zuckte mit den Schultern. »Du bist ja nur sauer, weil Karsten sich nicht bei dir gemeldet hat.«

»Karsten hätte nicht bei mir anrufen sollen, sondern bei Conny«, entgegnete Ellen gereizt.

»Wieso denn?«, empörte sich Hylia. »Um sie zu fragen, ob sie wieder allein in die Pizzeria gehen will?«

Conny lachte und warnte dann leise: »Hört auf! Das ist

kein Thema, was wir hier und jetzt besprechen sollten!« Sie deutete mit ihrer Gabel auf die Kinder.

»Übrigens sollten wir dem Briefträger bei nächster Gelegenheit mal eine Flasche Wein schenken«, wechselte Hylia das Thema. Dankbar sah Conny sie an.

»Warum?«, wollte Ellen wissen.

»Seit wir hier zu sechst wohnen, schleppt sich der gute Mann ganz schön ab mit unserer Post.«

»Waren meine Magazine heute dabei?«, fragte Ellen.

»Ja.« Hylia nickte. »Sie liegen draußen auf der Kommode.«

In diesem Moment waren aus dem Keller laute Bohrgeräusche zu hören.

»Thomas ist da«, erklärte Hylia.

»Der Schreiner ist auch schon wieder im Haus? Wie nett!« Ellen stöhnte. Eine Begegnung mit Thomas Heitmann stand nicht gerade ganz oben auf ihrer Wunschliste.

»Er arbeitet im Keller, hat aber versprochen, fertig zu sein, bis die Gäste da sind.«

»Wann kommt eigentlich der Japaner?«, fragte Conny.

Ellen blickte auf ihre Uhr. »Er wird am Nachmittag bei mir im Büro sein, weil er vorher noch zwei Termine in der Stadt hat. Deshalb hab ich jetzt nur noch Zeit für eine schnelle Tasse Kaffee. Wollt ihr auch eine?«

»Nein danke«, entgegnete Conny. »Ich muss mich erst um die Post kümmern.«

Sara und David grinsten sich verschwörerisch an.

»Und ich muss noch mal rauf in die Gästezimmer«, ergänzte Hylia. »Auf den Kaffee verzichte ich.« Sie blickte Ellen herausfordernd an. »Ich bin nämlich mit Karsten zum Tee verabredet.«

Als Hylia, Conny und die Kinder die Küche verlassen hatten, schaltete Ellen die Kaffeemaschine ein und ließ sich seufzend wieder auf ihren Stuhl fallen. Dann trommelte sie mit den Fingern auf der Tischplatte herum und runzelte missmutig die Stirn.

Irgendwie lief das Projekt »Männerpension« nicht nach Plan – und wenn etwas nicht planmäßig funktionierte, wurde Ellen nervös. Bislang war in ihrem Leben alles geordnet und organisiert verlaufen. Seit sie jedoch mit ihren Freundinnen zusammenlebte, war alles anders.

»Kopfschmerzen?«

Ellen hob den Kopf. Thomas Heitmann stand in der Küchentür und beobachtete sie. Sein Blick wirkte offen und anteilnehmend. Sie entdeckte keine Spur von Spott und entschloss sich deshalb, ehrlich zu sein. »Es sind wohl eher die Nerven.«

»Auf mich wirken Sie aber nicht nervös«, sagte er und blickte sich suchend in der Küche um.

»Vermissen Sie etwas?«, fragte Ellen.

»Nur ein Werkzeug.« Er zuckte mit den Schultern. »Aber offensichtlich ist es hier nicht.«

»Aha.« Ellen hatte ihm nicht richtig zugehört.

Thomas Heitmann schnupperte genießerisch. »Hier riecht es nach frischem Kaffee.«

»Möchten Sie eine Tasse?«

»Gern. Ich habe zwar gerade Pause gemacht, aber ich bin nicht richtig zum Kaffeetrinken gekommen.«

»Warum nicht?«

»Ach, ich hatte Besuch«, antwortete er ausweichend.

»Im Keller?«, fragte Ellen belustigt. »Eine von Purzels Verwandten?«

»So ähnlich«, bestätigte er grinsend und steuerte auf die Kaffeemaschine zu. »Wo sind die Tassen?«

Ellen deutete auf einen Küchenschrank. »Da oben.«

»Milch und Zucker?«, fragte er, während er zwei Tassen aus dem Schrank nahm.

»Nur Zucker. Und bitte geben Sie mir einen frischen Löffel!«

»Wieso?« Er betrachtete den, der in der Zuckerdose steckte. »Der sieht doch noch ganz gut aus.«

»Keine Ahnung, warum.« Ellen zuckte mit den Schultern. »Aber das macht hier jeder so.«

»Gut.« Er füllte die Tassen und setzte sich dann zu ihr an den Küchentisch. Eine Weile lang schwiegen sie, jeder damit beschäftigt, die Finger an der Tasse zu wärmen.

»Haben Sie heute frei?«, unterbrach Thomas Heitmann als Erster das Schweigen.

»Nein. Ich muss gleich wieder ins Büro.« Sie seufzte. »Ich habe um halb drei Uhr eine Besprechung mit meinem Kollegen. Das ist übrigens der Mann aus dem Restaurant, der jetzt glaubt, ich sei eine Heilige, die zwei geschiedene Ehemänner und eine Adoptivtochter unterstützt.«

»Nur ein Kollege? Ich dachte, das ist auch Ihr Freund«, sagte Thomas Heitmann belustigt.

Ellen schüttelte den Kopf. »Nein. Er ist verheiratet, Vater von drei Kindern und seit neuestem mein größter Fan.«

»Da habe ich wohl mit meinen Lügen etwas übertrieben«, gab Thomas Heitmann zu. »Tut mir leid.«

»Ist schon okay«, hörte sich Ellen zu ihrer eigenen Verwunderung sagen. »Ich bin zur Abwechslung ganz gern mal die Nette.«

»Das steht Ihnen gut. Sie sollten es öfters mal versuchen.«

»Das kann ich mir nicht leisten«, entgegnete Ellen und rührte nachdenklich in ihrem Kaffee.

»Warum nicht?«

»In diesem Haus wohnen vier Frauen: Eine spricht mit ihren Blumen und lebt auch sonst etwas hinter dem Mond, die andere ist schusselig, unordentlich und produziert mit ihrem zwei-, vier- und siebenbeinigen Anhang Katastrophen am laufenden Band, und die Dritte schwebt seit einer Woche auf Wolke sieben …«

»Und die Vierte?«

Ellen lächelte erschöpft. »Die sitzt hier vor Ihnen und versucht, den Laden irgendwie zusammenzuhalten und dabei das gemeinsame Ziel nicht aus den Augen zu verlieren.«

»Und was ist das gemeinsame Ziel?«, fragte Thomas Heitmann interessiert.

»Das geht Sie nichts an, Herr Heitmann.«

»Das habe ich von Ihnen schon öfter gehört.« Er räusperte sich. »Übrigens heiße ich Thomas. Wir können gern ›du‹ sagen.«

»Einverstanden. Das ändert aber nichts an meiner Aussage. Es geht dich nichts an.« Sie trank ihren Kaffee aus und blickte dann abermals auf die Uhr. »Ich muss los«, murmelte sie und erhob sich. An der Tür drehte sie sich noch einmal um. »Danke«, sagte sie zu Thomas, der immer noch am Tisch saß.

»Wir können das gern wiederholen«, entgegnete er lächelnd. »Ich bin die ganze Woche hier.«

»Ich bin aber nicht immer in so redseliger Stimmung«, gab sie zurück.

»Schade«, sagte der Schreiner. »Es gefällt mir.«

Ellen wollte etwas erwidern, überlegte es sich dann aber anders. Stattdessen winkte sie Thomas zum Abschied zu und eilte zur Tür hinaus.

Im Flur griff sie hastig nach ihrem Mantel und klemmte sich den Stapel mit der Post und den Zeitschriften unter den Arm.

Erst im Auto, als sie alles auf dem Beifahrersitz ablegte, entdeckte sie zwischen den Magazinen den Schraubenzieher mit dem Brief. Stirnrunzelnd faltete sie das Schreiben auseinander und las:

Mein geliebter Engel!
Ich mag dich wirklich sehr und hoffe, du magst mich auch. Und ich wünsche mir, dass wir eine gemeinsame Zukunft haben werden.

Du siehst einfach toll aus.

In Liebe, dein heimlicher Verehrer

Verwirrt blickte sie auf. Wer um Himmels willen schrieb einen solchen Liebesbrief?

Kopfschüttelnd stopfte sie das Papier und den Schraubenzieher in ihre Tasche und ließ den Motor an. Vermutlich war es das Beste, die Sache auf sich beruhen zu lassen.

9

Im Büro vergaß Ellen den Brief sehr schnell. Schuld daran war ihr Kollege Dieter, der bereits am Besprechungstisch saß.

»Du bist zehn Minuten zu spät«, bemerkte er vorwurfsvoll und blickte demonstrativ auf seine Uhr.

»Entschuldige bitte.« Sie hasste es, wenn er so dasaß und jede ihrer Bewegungen verfolgte. »Ich wurde aufgehalten.«

»Private Probleme?«, fragte er neugierig, während sie den Mantel an die Garderobe hängte.

»Hm.« Sie setzte sich zu ihm an den Tisch.

»Du kannst jederzeit mit deinen Sorgen zu mir kommen«, bot er eifrig an.

»Haben heute eigentlich alle Männer ihren verständnisvollen Tag?«, erkundigte sich Ellen gereizt.

»Ich will dir doch nur helfen«, entgegnete Dieter beruhigend und legte eine Hand auf Ellens Arm.

Das machte sie erst recht nervös. »Wir sollten anfangen«, sagte sie schnell und zog den Arm zurück. Doch bevor sie weitersprechen konnte, ging die Bürotür auf. »Mister Yamamoto ist da«, verkündete ihre Sekretärin.

Erfreut über die Ablenkung sprang Ellen auf. »Ich komme.«

An der Schwelle zum Vorzimmer blieb sie überrascht stehen.

Mister Yamamoto hatte gepflegte schwarze Haare, eine Nickelbrille und einen perfekt sitzenden Anzug. Das Auffälligste an ihm war jedoch seine geringe Körpergröße. Er reichte Ellen nur bis zur Brust. Als sie auf ihn zuging, verbeugte er sich leicht und sagte etwas auf Japanisch.

»Er spricht kaum Englisch«, wisperte die Sekretärin ihr zu.

»Welcome, Mister Yamamoto«, sagte Ellen und verbeugte sich ebenfalls. »My name is Ellen Winter.«

»Hello, Ellenwinta«, antwortete Mister Yamamoto.

»My name is Dieter Bader. Welcome to Germany!« Ellens Kollege war ihr gefolgt und verbeugte sich nun auch vor dem japanischen Gast.

»Hello, Dietabada«, murmelte Mister Yamamoto zwischen zwei Verbeugungen. Dann rückte er seine Nickelbrille gerade und sah Bader auffordernd an. »Can you show me my room, please?«

»What?« Bader runzelte die Stirn.

»Ich glaube, er möchte zuerst in sein Hotelzimmer«, übersetzte Ellen bereitwillig. Sie erklärte ihrem Gast auf Englisch, dass sie ein Taxi zur Villa Rosen bestellen würde.

Wieder verbeugte sich der Japaner. »Thank you.«

»You are welcome!« Ellen schrieb zur Sicherheit Paulas Adresse auf einen Zettel und überreichte diesen dann ihrer Sekretärin. »Bitte sorgen Sie dafür, dass er im richtigen Taxi sitzt, und bezahlen Sie den Fahrer im Voraus.«

Anschließend eilte sie in ihr Büro zurück. Sie musste dringend mit Paula telefonieren.

Hylia und Karsten Wehmeier saßen bei einer Tasse Tee am Küchentisch, als das Taxi vorfuhr.

Neugierig blickte Hylia aus dem Fenster. »Ich glaube, da kommt unser neuer Hotelgast.«

»Schade«, sagte Wehmeier und wurde rot. »Es war nett, mit Ihnen allein zu sein.«

Hylia lächelte. »Wir können das gern wiederholen.« Dann

erhob sie sich und ging zur Tüt, um den Japaner zu begrüßen. Mister Yamamoto verbeugte sich höflich.

»Welcome«, sagte Hylia. »Ich werde Ihnen jetzt Ihr Zimmer zeigen.«

Ihr Gast verbeugte sich erneut.

»Tja …«, murmelte Hylia hilflos. »So kommen wir wohl nicht weiter.«

Plötzlich stand Wehmeier hinter ihr, legte ihr beruhigend die Hand auf die Schulter und sprach Mister Yamamoto auf Japanisch an. Die beiden Männer unterhielten sich eine Zeitlang.

Schließlich sagte Karsten zu Hylia: »Er möchte gern in sein Zimmer gehen.«

»Das trifft sich gut.« Hylia lächelte. »Ich würde es ihm nämlich auch gern zeigen.«

»Lassen Sie mich das wegen der Sprache übernehmen«, bot Karsten an.

»Nun, eigentlich ist der Zimmerservice meine Aufgabe.«

»Das ist schon okay«, sagte er.

Hylia nickte. »Also gut. Aber dann schulde ich Ihnen etwas.«

»Ich wüsste auch schon, was«, entgegnete der junge Mann und räusperte sich verlegen. »Sie könnten mit mir essen gehen.«

Hylia zögerte für einen kurzen Moment und malte sich Ellens Empörung aus, wenn sie von dieser Verabredung erfuhr.

Wehmeier beobachtete sie abwartend. »Wenn Sie nicht wollen –«, begann er schließlich.

»Nein«, unterbrach sie ihn. »Ich gehe sehr gern mit Ihnen essen!«

Glücklich lächelte er sie an. »Wann passt es Ihnen denn?«

»Jederzeit«, antwortete Hylia.

»Wie wäre es mit übermorgen?«, schlug er vor. »Morgen bin ich leider schon zu einem Geschäftsessen verabredet.«

»Mittwochabend? Einverstanden.« Hylia nickte.

»Schön!« Er strahlte. »Ich freue mich.«

Als die beiden Männer die Treppe hinaufgegangen waren, kehrte Hylia in die Küche zurück. Kurze Zeit später steckte Conny den Kopf durch die Tür.

»Bist du allein?«, fragte sie.

Hylia nickte.

»Gut.« Conny kam herein und schloss die Tür hinter sich. »Hast du unseren japanischen Gast schon gesehen?«

»Ja.«

»Ich bin ihm gerade im Hausflur begegnet«, sagte Conny grinsend. »Ob ihm vom vielen Verbeugen nicht schwindelig wird?« Dann wurde sie wieder ernst. »Aber das ist es nicht, was ich mit dir besprechen wollte. Ich möchte dich um einen Gefallen bitten. Du musst bei Ellen für mich lügen.«

»Was willst du denn vor ihr verbergen?«

»Ich bin Mittwochabend mit Johannes zum Essen verabredet«, sagte Conny und lächelte dabei verträumt.

Hylia war begeistert. »Das ist doch der nette Pfarrer, oder?«

Conny nickte. »Und er ist wirklich mehr als nett ...« Sie wurde rot. »Wir haben uns jetzt schon ein paarmal getroffen und verstehen uns ausgezeichnet.«

»Aber warum darf Ellen nicht wissen, dass du dich mit ihm triffst?«, erkundigte sich Hylia.

»Weil sie der festen Überzeugung ist, dass ich nur mit einem Mann ausgehen darf, den *sie* mir ausgesucht hat.«

»Diese Frau mischt sich zu sehr in das Leben anderer Leute ein«, murmelte Hylia.

»Sie meint es aber nur gut«, verteidigte Conny ihre Freundin.

Hylia schmunzelte. »Dann verstehe ich nicht, dass du nicht den Mut hast, ihr die Wahrheit zu sagen.«

»Das werde ich schon tun«, antwortete Conny. »Aber noch

nicht gleich, wo ich noch gar nicht weiß, wohin die Sache mit Johannes führen wird.«

»Also, dann erzählen wir Ellen einfach, dass wir beide übermorgen Abend zusammen essen gehen. Wir verlassen gemeinsam das Haus und danach trennen wir uns.«

»Und was machst du in der Zeit?«, erkundigte sich Conny.

»Ach ...« Hylia wirkte ein wenig verlegen. »Ich gehe auch essen«, gestand sie dann.

Conny grinste. »Soll ich mal raten, mit wem?« Sie blickte zur Decke.

»Richtig geraten.« Hylia nickte. »Deshalb passt es mir auch ganz gut, wenn Ellen das nicht bemerkt. Was hast du gerade gesagt? Man weiß ja nie, wohin die Sache führen wird.«

»Genau.« Conny runzelte die Stirn. »Aber da ist noch etwas.«

»Trifft sich Paula auch mit einem fremden Mann?«, fragte Hylia belustigt.

»Keine Ahnung.« Conny zuckte mit den Schultern. »Aber gegenüber den Kindern solltest du nichts von meinem Date mit dem Pfarrer erwähnen. Ich weiß nicht, wie sie darauf reagieren werden, und will es erst einmal langsam angehen lassen.«

»Wie kommst du darauf, dass sie etwas dagegen haben könnten, wenn du dich mit einem Mann triffst?«, fragte Hylia.

»Nur so ein Gefühl«, antwortete Conny. »Sie benehmen sich neuerdings irgendwie seltsam.«

Hylia lachte. »Eigentlich benehmen sich deine Kinder immer seltsam, das fällt dir nur nicht mehr auf. Aber wenn du dich wohler dabei fühlst, werde ich dein Date verheimlichen.«

»Danke!« Conny nickte erleichtert.

Paula war schon telefonisch von Ellen vorgewarnt worden, musste aber dennoch schmunzeln, als sich der zierliche Japaner am Abend vor ihr verbeugte.

»Toshiro Yamamoto«, sagte er.

Sie standen im Esszimmer und warteten auf den Rest ihrer Mitbewohner.

»Paula Rosen. Schön, dass Sie hier sind!« Sie streckte ihm die Hand entgegen. Wieder verbeugte sich Toshiro Yamamoto und lächelte sie schüchtern an. Paula zog ihre Hand zurück und rieb sich verlegen den Arm. »Nice to see you«, murmelte sie.

»Yes.« Er nickte.

Paula sah sich nervös um. Wo blieben ihre Freundinnen? Zum Glück waren in diesem Moment Schritte im Treppenhaus zu hören.

»Ellen?«, rief sie.

»Nein«, kam es zurück, und Thomas Heitmann trat ins Zimmer. »Ich bin es. Ich mache Schluss für heute.«

»Thomas!« Paula war selten so froh gewesen, den Schreiner zu sehen. Verwundert betrachtete dieser den Japaner. »Ist das ein Hotelgast?«, erkundigte er sich.

»Ja.« Sie lächelte. »Leider versteht er kein Wort Deutsch und kaum Englisch.«

»Das wird aber eine sehr einseitige Unterhaltung beim Abendessen.« Thomas deutete auf den gedeckten Tisch.

»Du hast recht«, seufzte Paula. Dann hatte sie eine Idee. »Hast du heute Abend schon etwas vor?«, fragte sie freundlich. »Du könntest mit uns zu Abend essen und uns ein bisschen ablenken.«

»Ich weiß nicht …«, entgegnete Thomas unentschlossen.

»Komm schon«, versuchte Paula, ihn zu überreden. »Wir haben wirklich genug zu essen, und auf einen Gast mehr oder weniger kommt es nicht an. Außerdem ist es sowieso mal an der Zeit, dich einzuladen, nachdem du hier im Haus so tolle Arbeit geleistet hast.«

»Also gut«, stimmte er zu. »Dann bleibe ich zum Essen.«

In diesem Moment wurde es laut im Treppenhaus, und Sekunden später traten die restlichen Hausbewohner ins Zimmer. Allen voran Conny und ihre Kinder, gefolgt von Hylia und Karsten, die sehr vertraut miteinander umgingen. Ellen kam als Letzte und verfolgte das Verhalten der beiden jungen Leute argwöhnisch. Ihre Miene hellte sich jedoch ein wenig auf, als sie Thomas Heitmann erblickte.

»Du bist noch bei der Arbeit?«, fragte sie den Schreiner.

»Nein«, antwortete er. »Ich habe schon frei, bleibe aber zum Essen.«

»Hier?« Ellen sah ihn unsicher an.

»Ja, hier«, bestätigte er amüsiert. »Jedenfalls nehme ich an, dass ich nicht allein in der Küche essen muss.«

»Natürlich nicht«, sagte Paula, der nicht entgangen war, dass sich die beiden duzten. Belustigt zwinkerte sie Conny zu.

»Wir haben genug für alle!«, verkündete Hylia und schob einen weiteren Stuhl an den Tisch. »Ich hole noch ein Gedeck und dann das Essen.«

»Ich helfe dir!« Karsten Wehmeier folgte Hylia in die Küche. Überrascht registrierte Paula, dass auch diese beiden schon beim vertraulichen »Du« angekommen waren. Sie schüttelte verstört den Kopf. Diese vielen geplanten und ungeplanten Beziehungen verwirrten sie zunehmend.

»Ich sorge mal ein bisschen für Weihnachtsstimmung«, sagte sie schließlich und zündete die Kerzen auf dem Tisch an. Dann legte sie eine CD mit Weihnachtsliedern ein. Als lautes Glockenläuten aus den Lautsprechern ertönte, sah sich Toshiro Yamamoto erstaunt um. Hylia, die gerade den ersten Gang servierte, kicherte. Ellen verdrehte ihre Augen und wählte das nächste Lied der CD an. »Dann lasst uns mal essen!«, sagte sie betont fröhlich und nahm Platz.

Die Stimmung bei Tisch war zunächst ungewohnt ruhig.

Paula schwieg und beobachtete heimlich ihren japanischen Gast. Dieser hatte seinen Blick auf den Teller gesenkt und untersuchte die gefüllten Weinblätter. Hylia und Karsten warfen sich verliebte Blicke zu und waren nur mit sich selbst beschäftigt. Ellen musterte die beiden misslaunig. David und Sara hatten noch kein Wort gesagt, seit sie dem Schreiner begegnet waren. Thomas hatte David verschwörerisch angelächelt und dann seine ganze Aufmerksamkeit dem Essen zugewandt. Er schien der Einzige zu sein, dem es schmeckte, denn auch Conny wirkte abwesend. Sie blickte ein paarmal nervös in Ellens Richtung und ergriff schließlich das Wort.

»Hylia und ich gehen übermorgen Abend gemeinsam essen«, sagte sie zu ihrer Freundin.

»Ach ja?«, fragte Ellen. »Warum?«

»Äh …«, stotterte Conny, aber Hylia half ihr weiter.

»Wir müssen etwas besprechen, wegen des Krippenspiels«, erklärte sie. »Etwas ziemlich Wichtiges und Zeitaufwendiges.«

»Und was macht dich zur Expertin bei einer Aufführung der Geburt Jesu?«, wollte Ellen wissen.

Hylia zuckte mit den Schultern. »Ich kann gut nähen und werde mich um den Rest der Tierkostüme kümmern.«

»Das kann doch Mama machen«, mischte sich Sara ein. »Das fände der Pfarrer bestimmt ganz toll.«

Conny lachte nervös und fuhr ihrer Tochter über die Haare. »Der Pfarrer ist doch nicht so wichtig, Schatz …«

»Falls ihr noch Hilfe bei den Kulissen braucht, sagt ruhig Bescheid«, meldete sich jetzt Thomas zu Wort. »Wie ihr wisst, stehe ich euch immer mit Rat und Tat zur Seite.« Er grinste vieldeutig in Davids Richtung.

»Wir könnten tatsächlich Hilfe gebrauchen«, sagte Sara.

David warf ihr einen entsetzten Blick zu. Sie würde doch wohl jetzt nichts von den Liebesbriefen erzählen? Zu seiner Erleichterung ging es seiner Schwester aber wohl tatsächlich um das Krippenspiel. »Johannes – das ist unser Pfarrer – hat gesagt, dass wir noch ein paar Holzzäune benötigen.«

»Dann kommt doch morgen Abend zu mir in die Werkstatt, und wir werden sehen, ob ich etwas Passendes habe.«

»Morgen Abend habe ich Nachhilfe«, entgegnete David enttäuscht.

»Macht nichts. Dann verabreden wir uns für übermorgen«, schlug Thomas vor.

»Mittwoch? Dürfen wir, Mama?«, fragte Sara.

»Da bin ich doch mit Hylia unterwegs«, überlegte Conny laut. »Wer soll euch denn dann abholen?«

»Ich kann die Kinder nach Hause bringen«, bot Thomas an.

»Super!« Sara strahlte. »Dann ist das also abgemacht, oder?«

»Einverstanden.« Conny nickte.

»Tja«, ergriff nun Ellen das Wort, »das bedeutet wohl, dass wir am Mittwoch nur zu viert sind: unsere beiden Hotelgäste und wir beide.« Sie blickte zu Paula. Vielleicht waren doch noch nicht alle ihre Pläne zerstört. Mit Paula allein konnte sie sich viel besser um die beiden Männer kümmern.

»Ich werde am Mittwoch leider auch nicht da sein«, erklang da die Stimme von Karsten Wehmeier. »Ich muss zu einem Geschäftstermin.« Offensichtlich hatte Hylia ihn bereits in die Lügengeschichte eingeweiht.

»Da waren es nur noch drei …«, murmelte Thomas zwischen zwei Bissen.

»Hast du vielleicht auch irgendwelche Pläne für Mittwochabend?«, fragte Ellen Paula gereizt.

»Bis jetzt noch nicht«, entgegnete Paula, obwohl sie sich insgeheim wünschte, es wäre so. »Ich bin nur morgen Abend nicht zu Hause.«

»Warum denn nicht?«, wollte Ellen wissen.

»Ich bin zur Eröffnung eines Restaurants in der Innenstadt eingeladen.«

Erstaunt blickte Ellen sie an.

»Ich habe die Räume mit Bonsai-Pflanzen und anderer Blumendekoration ausgestattet«, erklärte Paula. »Das hat den Besitzern so gut gefallen, dass sie mir eine Einladung geschickt haben.«

»Aha.« Ellen kniff die Augen zusammen. »Und um welches Restaurant handelt es sich?«

»Es heißt ›Zum chinesischen Suppentopf‹ und bietet asiatische Küche an«, antwortete Paula.

»Könntest du dein Verhör jetzt beenden?«, mischte sich Conny in das Gespräch ein. »Unsere Gäste bekommen sonst noch Angst.«

Thomas lachte. »Ich finde die Unterhaltung ganz lustig«, sagte er mit einem Seitenblick auf Ellen.

»Ich amüsiere mich auch prächtig«, ergänzte Wehmeier und zwinkerte Hylia zu.

Ellen hatte gar nicht richtig zugehört, sondern die ganze Zeit über nachdenklich die Stirn gerunzelt. Jetzt entspannte sich ihre Miene. »Paula, du könntest eigentlich morgen unseren japanischen Gast mit ins Restaurant nehmen«, schlug sie vor.

Alle Augen wanderten zu Toshiro Yamamoto, der damit beschäftigt war, den Reis aus den Weinblättern zu schälen und die Blätter dann angewidert an den Tellerrand zu schieben.

»Und dafür habe ich stundenlang in der Küche gestanden«, murmelte Hylia.

»Mir schmeckt es«, versicherte ihr Wehmeier lächelnd.

Paula räusperte sich und warf Ellen einen flehenden Blick zu. »Ich will ihn aber nicht mitnehmen«, flüsterte sie.

»Warum nicht?«, fragte Ellen.

»Weil ich nicht weiß, was ich mit ihm reden soll«, erklärte Paula leise.

Toshiro schien zu spüren, dass sich die Aufmerksamkeit der Tischgäste auf ihn gerichtet hatte. Er löste seinen Blick von den Weinblättern und lächelte schüchtern in die Runde.

»Er ist doch ganz nett«, meinte Ellen und nickte freundlich zurück.

»Dann geh du doch mit ihm aus!«, brummte Paula unfreundlich.

»Eigentlich ist er für dich bestimmt«, flüsterte Ellen und hoffte, dass ihre männlichen Gäste sie nicht hörten.

»Ich will ihn aber nicht!« Paula funkelte Ellen ärgerlich an.

Interessiert sah Thomas von seinem Teller auf und ließ seinen Blick zwischen Paula und Ellen hin- und herwandern.

Ellen räusperte sich verlegen. »Dann teilen wir uns eben die Betreuung unseres Gastes.«

»Also gut«, stimmte Paula zögernd zu. »Ich nehme ihn morgen mit ins Restaurant. Aber dann bist du am Mittwoch für ihn zuständig.«

Ellen zuckte mit den Schultern. »Ich denke, das ist nur fair.«

Insgeheim nahm sie sich vor, für den Mittwoch ein geschäftliches Abendessen zu arrangieren und die Betreuung des Japaners ihrem Kollegen Dieter Bader zu überlassen.

»Warum machen hier eigentlich auf einmal alle, was sie wollen?«, fragte Ellen anklagend. »So werden wir nie den richtigen Mann fürs Leben finden!«

Die drei Freundinnen saßen spätabends bei einer Flasche Rotwein am Küchentisch. Thomas war gleich nach dem Essen aufgebrochen. David, Sara und die beiden Hotelgäste waren nur wenig später ins Bett gegangen, und auch Hylia hatte sich schon zurückgezogen.

»Wir machen überhaupt nicht, was wir wollen«, verteidigte sich Paula. »Schließlich nehme ich morgen auf deinen Wunsch hin Toshiro mit ins Restaurant.«

»Ich finde ihn irgendwie anstrengend. Er macht mich mit seiner schüchternen Art ganz verrückt«, sagte Conny.

Paula lachte.

Ellen schüttelte unzufrieden den Kopf. »Ihr seid nicht mit dem nötigen Ernst bei der Sache«, warf sie ihren Freundinnen vor.

»Du musst doch selbst zugeben, dass die bisherigen Gäste nicht unbedingt als Ehemänner taugen«, entgegnete Conny.

»Zumindest nicht für uns«, ergänzte Paula und dachte an Hylia und Karsten Wehmeier. Sie gönnte ihnen das Glück.

Ellen seufzte. »Ihr habt recht«, gab sie zu. »Vielleicht erwarte ich einfach zu schnell zu viel.«

»Das war schon immer dein Problem.« Paula tätschelte ihrer Freundin die Hand. »Aber zum Glück hast du ja uns.«

»Ja«, bestätigte Ellen und musste lachen. »Ihr und euer Anhang sorgt schon dafür, dass der Erfolg etwas länger auf sich warten lässt.«

»Wir sollten uns eine kleine Pause gönnen«, schlug Conny vor. »Schließlich ist bald Weihnachten, und wir haben noch andere Verpflichtungen.« Insgeheim dachte sie an das bevorstehende Abendessen mit dem Pfarrer und lächelte still vor sich hin.

»Hast du etwa immer noch keine Weihnachtsgeschenke gekauft?«, unterbrach Ellen Connys Gedanken.

Für einen Augenblick vergaß diese tatsächlich ihre Verabredung. »Du lieber Himmel, nein!«, gab sie kleinlaut zu.

»Hast du denn bei ›Très Chic‹ nichts Passendes gefunden?« Ellen schüttelte verständnislos den Kopf. »Die haben doch eigentlich für jeden Geschmack etwas, sogar für die hoffnungslosen Fälle.«

»Ich glaube, so hoffnungslos ist es bei mir dann doch noch nicht«, brummte Conny.

»Dann komm doch mal bei mir im Laden vorbei«, schlug Paula vor. »Ich habe heute wunderschöne Kerzen, Strohsterne und Weihnachtstee vom Großmarkt mitgenommen.«

»Ich wusste es!« Conny lachte.

»Oder du besuchst einen der Weihnachtsbasare deines Pfarrers«, empfahl Ellen. »Dort gibt es bestimmt nette Sachen. Selbstgehäkelte Topflappen, Eierwärmer oder Toilettenpapier-Hütchen …«

»An deiner Stelle wäre ich vorsichtig«, entgegnete Conny und prostete Ellen zu. »Schließlich muss ich dein Geschenk auch noch kaufen …«

»Ich finde, wir sollten jetzt erst einmal in Ruhe Weihnachten feiern«, meinte Paula, nachdem sie alle einen Schluck Wein getrunken hatten. Sie blickte ihre Freundinnen abwartend an. Conny lächelte wieder selig vor sich hin und schien Paulas letzten Satz gar nicht gehört zu haben.

Ellen dagegen nickte zustimmend. »Vor dem Fest haben wir sowieso keine Gäste mehr. Die Messen starten erst wieder im neuen Jahr.« Sie musterte Conny erstaunt. »Warum grinst du so komisch?«

»Ich grinse doch gar nicht«, antwortete diese und rieb sich verlegen die Stirn.

»Hast du Kopfschmerzen?«, erkundigte sich Paula mitfühlend.

Conny nickte, dankbar für die Ablenkung.

»Ich habe Kopfschmerztabletten in meiner Handtasche. Möchtest du eine?«, fragte Ellen und holte ihre Tasche aus dem Hausflur.

»Ich weiß nicht«, entgegnete Conny zweifelnd. Schließlich hatte sie gar keine Beschwerden.

»Ein Aspirin kann nie schaden.« Ellen wühlte in der

Tasche herum und begann dann, den Inhalt auf dem Küchentisch auszubreiten. »Irgendwo müssen sie doch sein«, murmelte sie.

»Mir hat neulich jemand gesagt, dass es jetzt Taschen mit vielen Fächern gibt«, bemerkte Conny und schmunzelte.

»Die sind sehr praktisch, weil man gar nicht mehr lange suchen muss«, ergänzte Paula.

Ellen blickte auf. »Normalerweise habe ich eine solche Ordnungshilfe nicht nötig«, entgegnete sie schnippisch und steckte ihren Kopf zurück in die Tasche. Paula und Conny betrachteten fasziniert, was Ellen alles zutage förderte.

»Schickes Handy«, sagte Paula.

»Teures Parfum«, sagte Conny und schnüffelte an einer kleinen Flasche. »Riecht aber verdammt gut.«

»Brillenputztücher!«, rief Paula begeistert. »Darf ich eins haben?«

Ellen nickte, und Paula begann, ihre Brille zu säubern.

»Wozu brauchst du einen Schraubenzieher?«, fragte Conny. Sie zog das Werkzeug zwischen Ellens Brieftasche, einer Packung Taschentücher und einer Haarbürste hervor.

»Hier!« Ellen stellte die Pillendose vor Conny auf den Tisch.

»Lenk nicht ab«, entgegnete Conny, »und sag uns endlich, warum du dieses Werkzeug in deiner Tasche hast.«

»Ich glaube, der gehört Thomas Heitmann«, sagte Paula nachdenklich. »Der grüne Griff ist mir schon mal aufgefallen.«

Ellen wurde rot. Sie erinnerte sich sehr gut daran, dass sie das Werkzeug selbst in ihre Tasche gesteckt hatte. Sie erinnerte sich ebenso gut an den Brief, der dazugehörte.

Hektisch trank sie einen Schluck Wein und dachte angestrengt nach. Konnte es sein, dass der Schreiner den Liebesbrief geschrieben hatte? Galt der Brief ihr? Nein, das war absurd. Sie hatten doch eigentlich nichts miteinander zu tun.

Warum machte sie das trotzdem so nervös?

»Ellen?« Conny beugte sich vor. »Warum hast du einen Schraubenzieher von Thomas Heitmann in deiner Handtasche?«,

»Nimm erst einmal eine Tablette«, schlug Ellen vor. Sie brauchte etwas Zeit, um ihre Gedanken zu ordnen.

»Ich habe keine Kopfschmerzen mehr«, entgegnete Conny fröhlich. »Die sind auf einmal wie weggeblasen.«

»Wie schön für dich!«, sagte Ellen spitz. »Bei mir geht das nicht so schnell.«

»Ich habe nie Kopfschmerzen«, mischte sich Paula ein und setzte ihre Brille wieder auf. »Das liegt daran, dass ich jeden Tag zwei Liter Wasser trinke.«

»Mit oder ohne Kohlensäure?«, erkundigte sich Ellen betont interessiert.

»Mit Kohlensäure«, antwortete Paula. »Aber nur wenig, sonst muss ich ständig aufstoßen.«

»Das ist doch jetzt völlig egal!«, rief Conny und schlug mit der Faust auf den Tisch. »Wir wollen lieber hören, wie der Schraubenzieher in Ellens Tasche gekommen ist.«

»Ach ja!« Paula lachte. »Jetzt wären wir beinahe vom Thema abgekommen.«

»Das wäre aber wirklich schade gewesen«, murmelte Ellen. Sie runzelte die Stirn und dachte fieberhaft nach. »Ich hatte ihn mir ausgeliehen, um damit das Kakteenregal zu reparieren«, erklärte sie schließlich.

»Das ist alles?«, fragte Conny enttäuscht. »Keine heimliche Liebesgeschichte mit dem Schreiner und seinem Schraubenzieher?«

Paula kicherte. »Thomas und Ellen? Das würde nie gutgehen.«

»Nein«, bestätigte Ellen nachdenklich und räumte ihre Tasche wieder ein. »Das würde nie gutgehen.«

Aber warum enttäuschte sie diese Feststellung?

10

Paula und Herr Yamamoto erreichten das Restaurant *Zum chinesischen Suppentopf* am nächsten Abend gegen sieben Uhr. Die Gaststätte lag in einer Seitenstraße der Frankfurter Zeil. Die Fußgängerzone war mit Menschen überfüllt, die hektisch an den festlich geschmückten Schaufenstern vorbeiliefen und in den großen Kaufhäusern nach Weihnachtsgeschenken suchten. Der Schneefall hatte aufgehört, und der wenige Schnee, der noch auf den Straßen lag, taute langsam und hinterließ nasse Pfützen.

Paula und ihr Gast gingen zu Fuß vom Parkhaus zur Gaststätte. Paula nutzte den kurzen Spaziergang, um Toshiro Yamamoto zu erklären, was ihn in den kommenden Stunden erwartete. Sie war sich zwar sicher, dass der Japaner nicht verstand, was sie ihm erzählte, aber sie fühlte sich wohler, wenn sie mit ihm redete.

»Das Restaurant ist völlig neu. Für die Räumlichkeiten wurde ein altes Fachwerkhaus renoviert und umgebaut.«

»Yes.« Toshiro Yamamoto nickte höflich.

»Es gehört jetzt einer jungen Frau, die es von ihrem Vater geschenkt bekommen hat«, plapperte Paula weiter. »Bankier Ganzmann, wenn Ihnen das etwas sagt.«

»Ah, Ganzmann …« Toshiro wirkte interessiert. Der Name des Bankiers war vermutlich in Wirtschaftskreisen bekannt. Oder wollte der Japaner einfach nur freundlich sein?

»Wir werden uns einen netten Abend machen«, fuhr Paula fort, obwohl sie vom Gegenteil überzeugt war.

»Thank you.« Der Japaner blieb stehen und verbeugte sich leicht.

Paula ergriff seinen Arm. »Wir sind ein bisschen spät dran. Kommen Sie, da hinten ist es schon!«

Peinlich berührt schüttelte Toshiro Yamamoto Paulas Hand ab und folgte ihr zum Eingang des Restaurants. Sie gaben ihre Mäntel an der Garderobe ab. Eine junge Frau mit weißer Spitzenschürze bot ihnen zwei Gläser Champagner an und führte sie dann in das Lokal.

Die Einrichtung wirkte elegant und einladend. An den Wänden hingen zahlreiche Bilder mit asiatischen Motiven, die von kleinen silbernen Deckenleuchten angestrahlt wurden. Die weißen Kerzen auf den festlich gedeckten Tischen tauchten den Raum in ein gemütliches weiches Licht.

Der Blickfang aber war ein Regal in Form eines Rundbogens, in dem verschiedene Bonsai-Bäume aufgestellt waren. Weitere Bonsais waren auf filigran gearbeiteten Stufenhockern geschickt zwischen den Tischen verteilt.

»Da sind ja meine Schützlinge.« Paula deutete mit ihrem Glas auf die zarten Bonsai-Pflanzen.

»Ah, Bonsai!« Toshiro lächelte höflich.

»Dort hinten scheint die Bar zu sein«, sagte Paula und zeigte in die entsprechende Richtung. »Ich schlage vor, Sie warten dort auf mich, während ich mal schnell einen Blick auf die Pflanzen werfe. Eigentlich ist es hier drinnen viel zu warm für sie.«

»Thank you.« Zumindest den ersten Teil schien Toshiro verstanden zu haben. Er steuerte auf die Theke zu und ließ Paula allein zurück.

Diese seufzte und leerte dann ihr Glas in einem Zug. Der heutige Abend würde anstrengend werden. Sie hatte keine

Ahnung, wie sie dem zurückhaltenden Japaner näherkommen konnte, denn eine Unterhaltung mit ihm war so gut wie unmöglich. Zerstreut stellte sie das leere Glas auf einen Tisch. Hoffentlich fiel ihr noch etwas ein! Zuerst jedoch musste sie sich um die Pflanzen kümmern. Deshalb lief sie zum ersten Bonsai-Topf und steckte ihre Finger in die Blumenerde.

»Frau Rosen?«

Paula drehte sich um.

Roland Wolf stand im eleganten Anzug mit einem Glas Champagner vor ihr.

»Herr Wolf! Sind Sie auch eingeladen?«

Er nickte. »Ich bin der Familien-Zahnarzt der Gastgeber. Und warum sind Sie hier?«

»Ich habe den Blumenschmuck geliefert.«

»Das haben Sie gut gemacht«, lobte er.

»Ich weiß nicht«, entgegnete sie besorgt und zog ihren Finger aus der Blumenerde. »Ich glaube, den Bonsais gefällt es hier nicht.«

»Warum nicht?«, wollte Wolf wissen. »Sie sehen doch sehr gesund aus.«

»*Noch* sehen sie gesund aus«, korrigierte Paula. »Aber ich glaube, sie brauchen dringend eine kleine Erfrischung.«

Der Arzt grinste amüsiert. »Servieren Sie ihnen Wasser in kleinen silbernen Gießkannen?«

»Natürlich nicht.« Paula hatte seine Belustigung bemerkt und sah ihn streng an. »Aber gegebenenfalls werde ich veranlassen, dass ein Fenster geöffnet wird. Auch Pflanzen sind Lebewesen, um die man sich kümmern muss.« Dann blickte sie auf ihre Uhr. »Ich muss noch vor dem Essen nach den anderen Bonsais sehen.«

»Also gut, dann gehen Sie mal Bonsais streicheln. Ich warte hier auf Sie.« Er lehnte sich gegen eine Säule.

»Das brauchen Sie nicht.« Paulas Augen glitten zur Bar,

wo Toshiro Yamamoto mit seinem Glas Champagner stand. Sie nickte ihm zu, und sofort setzte sich der Japaner in Bewegung. Langsam kam er auf sie zu.

Roland Wolf nippte unterdessen an seinem Glas und musterte Paula. Sie hatte die obligatorischen Jeans gegen ein enggeschnittenes dunkelblaues Kleid getauscht. Ihre Beine waren wohlgeformt, und die schwarzen Lackschuhe mit dem leichten Absatz betonten dies noch. Die Haare trug sie hochgesteckt, einige Locken hatten sich jedoch bereits wieder gelöst und kringelten sich verwegen in Paulas Gesicht.

»Ich bin übrigens in Begleitung hier«, erklärte sie gerade.

»Oh.« Das hatte er nicht erwartet.

»Sind Sie etwa allein?«, fragte sie neugierig.

»Ja«, antwortete er knapp.

»Das ist seltsam«, sagte Paula. »Ellen erzählt uns immer, Sie hätten massenhaft Damenbekanntschaften.«

»Sie müssen nicht alles glauben, was meine Exfrau erzählt«, entgegnete er ärgerlich.

Inzwischen hatte Toshiro Yamamoto die beiden erreicht und verbeugte sich vor Roland Wolf. Überrascht betrachtete ihn der Arzt.

»Das ist Toshiro Yamamoto aus Japan«, stellte Paula ihren Gast vor.

Wolf verbeugte sich ebenfalls. »Mein Name ist Roland Wolf«, sagte er zu dem Japaner. »Nett, Sie kennenzulernen.«

»Er kann kein Deutsch«, unterbrach Paula ihn.

»My name is Roland Wolf«, wiederholte der Arzt auf Englisch.

»Englisch spricht er auch nicht so gut«, ergänzte Paula.

»Das ist interessant.« Er grinste. »Wie unterhalten Sie sich dann?«

»Wir verstehen uns ohne Worte«, entgegnete sie schnippisch und nahm ein Glas Champagner vom Tablett eines Kellners.

»Wo und wie haben Sie diesen Mann kennengelernt?«, fragte Roland Wolf belustigt. »Hat er die Bonsais persönlich hergebracht?«

»Nein. Er ist Gast in unserem Hotel.« Paula leerte auch das zweite Glas mit einem Zug.

»Sie haben ein Hotel?«, fragte der Zahnarzt überrascht.

»Es ist eher eine Pension«, stellte Paula richtig. »Ellen, Conny und ich haben zwei Gästezimmer in meinem Haus hergerichtet.«

»Das wusste ich nicht.«

»Sie sollten öfter mit Ihrer Exfrau telefonieren, dann wüssten Sie Bescheid.« Paula zog den Japaner mit sich zur Bar. »Kommen Sie, Toshiro, wir amüsieren uns jetzt.«

»Viel Spaß!«, rief Roland Wolf ihr nach.

»Den werden wir haben«, flüsterte Paula trotzig.

Eine Stunde später jedoch resignierte sie. Die Gesellschaft von Toshiro war alles andere als spaßig. Das Essen schmeckte zwar köstlich, verlief aber äußerst schweigsam. Der Japaner speiste mit großem Appetit und lächelte nur gelegentlich höflich, wenn er Paulas Blick auf sich spürte.

Schließlich gab sie es auf, sich mit Toshiro unterhalten zu wollen. Stattdessen hing sie ihren Gedanken nach. Die zwei Gläser Champagner hatten sie in eine heitere Stimmung versetzt. Ihre Wangen glühten, und sie fühlte sich warm und beschwingt.

Sie beobachtete die übrigen Gäste und entdeckte Roland Wolf am anderen Ende des Raumes. Er unterhielt sich angeregt mit seiner Tischnachbarin und nippte gelegentlich an einem Glas Wein. Die Flüssigkeit glänzte golden im Kerzenlicht.

Neugierig griff Paula nach der Getränkekarte.

»Möchten Sie noch etwas trinken?«, fragte ein aufmerksamer Kellner, der gerade die Salatteller abräumte.

»Ja.« Paula nickte. »Ich hätte gern das Gleiche wie der Herr dort hinten.« Sie zeigte so deutlich wie möglich auf Roland Wolf. »Sein Wein hat eine schöne Farbe.«

Der Kellner kniff die Augen zusammen. »Das dürfte ein Weißherbst sein.«

»Dann bringen Sie mir ein Glas Weißherbst«, bat Paula und lehnte sich zufrieden zurück.

Als ihr der Wein serviert wurde, glänzte er genauso golden wie bei Roland Wolf. Vorsichtig probierte Paula einen Schluck und verzog das Gesicht.

»Schmeckt er Ihnen nicht?«, wollte der Kellner wissen, der immer noch an ihrem Tisch stand.

»Doch«, beeilte sich Paula zu sagen. »Er ist nur ein bisschen süß.«

»Vielleicht probieren Sie doch lieber einen trockenen Weißwein«, schlug er vor. »Wie wäre es mit einem Sauvignon Blanc?«

»Das klingt gut.« Paula war beeindruckt von dem Wissen des Mannes.

»Soll ich den Weißherbst wieder mitnehmen?«, fragte er.

»Nein, nein«, erwiderte sie hastig. »Ich trinke das aus.« Sie nahm einen weiteren Schluck und sah dem Kellner nach, der mit einem Arm voll Teller in der Küche verschwand. Überraschenderweise schmeckte der zweite Schluck schon besser als der erste.

»Zum Wohl!«, prostete sie Toshiro zu.

»Kampai!«, entgegnete der Japaner höflich und wandte sich danach gleich wieder seinem Essen zu.

»Wie auch immer«, murmelte Paula. »Das mit uns wäre sowieso nie gutgegangen.«

Als der Ober mit dem Weißwein kam, hatte sie ihr Glas geleert.

»Jetzt probieren Sie mal diesen wundervoll leichten Sauvignon Blanc«, empfahl ihr der junge Mann.

Paula nahm gehorsam einen Schluck. »Ich fühle mich allmählich auch wundervoll leicht«, kicherte sie.

»Wir haben ein paar sehr erlesene Weine in unserem Angebot«, bemerkte der Ober dienstbeflissen.

Paula runzelte die Stirn. »Schade, dass ich heute noch fahren muss.«

»An so einem Abend?« Er sah sie bedauernd an. »Warum lassen Sie das Auto nicht stehen? Wir rufen Ihnen später gern ein Taxi.«

»Tja, warum eigentlich nicht?« Paula zögerte.

»Wie ich schon sagte, wir haben ein paar sehr gute Weine im Angebot.« Der Ober hielt ihr die Karte hin.

»Überredet.« Sie nahm die Weinkarte. »Es ist wirklich nicht einzusehen, warum ich mich heute nicht doch noch etwas amüsieren sollte. Welchen edlen Tropfen können Sie mir denn noch empfehlen?«

»Wie wäre es später mit einem Glas Chardonnay aus Kalifornien?«, schlug er vor.

»Gern!«

Der Chardonnay schmeckte hervorragend. Paulas Stimmung stieg. Sie fand zunehmend Gefallen an ihrer selbst inszenierten Weinprobe.

Nach einem Glas Chenin Blanc störte sie die Stille am Tisch überhaupt nicht mehr.

Nach einem Glas Riesling betrachtete sie ihren Tischnachbarn mit wohlwollendem Blick.

Nach einem Glas Chablis stellte sie fest, dass Toshiro eine gewisse Ähnlichkeit mit George Clooney hatte. Nur eben kleiner und irgendwie asiatischer.

Nach einem Glas Pinot Grigio fiel sie ihrem Gegenüber schließlich um den Hals.

»I love you, George!«, flüsterte sie dem Japaner ins Ohr.

Verzweifelt versuchte Toshiro, Paula von sich zu schieben.

Einige Gäste drehten sich zu ihnen um. Paula kicherte ertappt und ließ sich in ihren Stuhl zurückfallen. Toshiro strich sein Hemd zurecht und erhob sich steif.

In diesem Augenblick verkündete eine heitere Stimme aus dem Lautsprecher: »Jetzt ist Karaoke-Zeit!«

Ein Alleinunterhalter hatte während des Essens seine Anlage aufgebaut und strahlte betont fröhlich in die Runde. »Mein Name ist Mister Wunderbar, und für die nächsten paar Stunden möchte ich Sie wunderbar unterhalten!«

»Karaoke!« Paula hob den Kopf. »Das lieben doch alle Japaner, oder? Toshiro, komm mit!« Sie sprang auf, schwankte leicht und ergriff den Arm ihres Gastes.

»No Karaoke!«, zischte der Japaner panisch.

»Yes Karaoke!«, entgegnete Paula energisch. Sie zog ihn mit sich zum Mikrofon.

»Da haben wir ja schon unsere ersten Sänger, meine Damen und Herren!«, kommentierte Mister Wunderbar ihren Auftritt. »Darf ich fragen, wie ihr heißt?«

»Ich bin Paula«, hauchte Paula in das Mikrofon. »Und mein Begleiter heißt Toshiro. Sie dürfen aber auch Toshi sagen …« Sie gluckste albern.

»Paula und Toshi, wie nett«, meinte der Alleinunterhalter. »Was möchtet ihr singen?«

»Äh …« Paula verstummte. Selbst ohne die sechs Gläser Wein hätte sie keine Ahnung gehabt, welche Lieder in Japan zu Karaoke gesungen wurden.

»Jingle Bells«, mischte sich jetzt überraschenderweise Toshiro Yamamoto ein. »I want to sing ›Jingle Bells‹!« Er lächelte angestrengt und versuchte offenbar, die peinliche Situation so gut wie möglich hinter sich zu bringen.

»Oh!« Paula runzelte die Stirn und dachte angestrengt nach. »Ich kann aber den Text des Liedes nicht auswendig.«

Mister Wunderbar lachte gekünstelt. »Die gute Paula kann den Text beim Karaoke-Singen nicht!«, brüllte er in das Mikrofon. »Was machen wir denn da?«

Das Publikum klatschte amüsiert.

Mister Wunderbar legte den Arm um Paulas Schultern. »Wissen Sie was, kleine Frau?«, fragte er und tätschelte ihr gönnerhaft den Arm. »Extra für Sie lassen wir den Text jetzt einfach mal da auf dem Bildschirm mitlaufen!« Er deutete auf einen Monitor, der vor dem Mikrofon aufgebaut war.

»Fein!« Paula nickte. »Dann kann es ja losgehen.«

Mister Wunderbar betätigte ein paar Knöpfe an seinem Computer, und Sekunden später erklangen die ersten Töne von »Jingle Bells«.

Paula hakte sich bei Toshiro unter und schunkelte hin und her. »Dashing through the snow ...«, trällerte sie in schlechtem Englisch und hielt dem Japaner das Mikrofon unter die Nase.

»... in a one-horse open sleigh«, ergänzte Toshiro mit brummiger Stimme.

Gemeinsam kämpften sie sich durch das Weihnachtslied. Toshiro Yamamoto sang die englischen Verse deutlich und korrekt, wenn auch in falscher Tonlage. Paula hingegen traf weder die richtige Melodie, noch schaffte sie es, den Text schnell genug mitzulesen. Außerdem war ihr durch die Schunkelei ziemlich schwindelig geworden. Die Buchstaben auf dem Bildschirm verschwammen vor ihren Augen.

Nach der zweiten Strophe brach sie ab. »Mir wird so komisch«, murmelte sie und klammerte sich an Toshiros Arm.

Um sie herum schwankte alles. Das Mikrofon fiel auf den Boden und verursachte ein hässliches Geräusch in den Lautsprechern.

»No more singing«, verkündete Toshiro erleichtert. Er führte Paula zu ihrem Stuhl zurück.

»Aber das Lied ist doch noch gar nicht zu Ende!«, protestierte Mister Wunderbar. »Kommt schon, ihr beiden, das schafft ihr noch.«

Mister Yamamoto ließ einen Schwall japanischer Sätze ertönen, die nicht besonders freundlich klangen. Paula hingegen lächelte schon wieder und wollte sich erheben. »Okay«, nuschelte sie. »Wir kommen!«

»Nichts da!« Auf einmal wurde sie von zwei Armen zurück in den Stuhl gedrückt. »Sie bleiben hier sitzen!«

»Toshi?« Paula sah auf. »Seit wann kannst du Deutsch, und warum darf ich nicht –«

»Ich bin nicht Ihr Toshi, aber trotzdem werden Sie jetzt tun, was ich sage«, unterbrach Roland Wolf sie.

»Oh, hallo, Roland!« Sie kuschelte sich selig lächelnd in seine Arme.

»Aus dem lustigen Duo von vorhin ist scheinbar ein Trio geworden, meine Damen und Herren«, ertönte es aus den Lautsprechern. Mister Wunderbar kam mit dem Mikrofon auf Paula, Roland und Toshiro zu.

»Wir könnten dreistimmig ›Stille Nacht‹ singen«, schlug Paula vor und richtete sich auf. »Das kann ich sogar auswendig.« Sie schwankte leicht und ergriff Rolands Hand.

»Auf keinen Fall«, widersprach dieser. »Wir gehen jetzt alle nach Hause.«

»Aber hier ist es gerade so lustig«, protestierte Paula. »Nicht wahr, Toshi?« Sie sah den Japaner bittend an. »Wir wollen noch bleiben, oder?«

Der Japaner musterte sie kühl und trat vorsichtshalber

einen Schritt zurück. »No more singing«, wiederholte er eindringlich.

»Wir verabschieden uns jetzt.« Roland Wolf zog Paula mit sich zum Ausgang und bedeutete Toshiro, ihnen zu folgen.

»Na gut.« Widerwillig trabte Paula mit. Plötzlich kicherte sie. »Gehen wir zu dir oder zu mir?«

Roland Wolf seufzte.

»Vielleicht lieber zu dir«, plapperte Paula weiter. »Bei mir ist es momentan sehr voll. Außerdem würde Ellen mich umbringen, wenn sie uns zusammen erwischt.« Sie stellte sich auf Zehenspitzen und flüsterte Wolf ins Ohr: »Ellen kann nämlich ziemlich furchteinflößend sein, weißt du?«

»Und ob.« Roland Wolf legte den Arm um Paula und steuerte auf die Garderobe zu. »Was meinen Sie, warum ich Ihnen hier raushelfe?«

Inzwischen waren sie beim Ausgang angelangt. Roland Wolf zog seine Jacke an und half Paula in ihren Mantel. Toshiro schlüpfte in sein Jackett und stellte sich dann mit ausdruckslosem Gesicht neben Paula.

»Sind Sie mit dem Auto da?«, fragte Roland.

Paula nickte. »Ich parke in der Tiefgarage am Marktplatz«, nuschelte sie.

»Kann er Auto fahren?« Er deutete auf Toshiro und wiederholte seine Frage auf Englisch.

Der Japaner schüttelte den Kopf. »No car in Europe!«, sagte er bestimmt.

»Dann bringe ich Sie nach Hause.« Roland hakte sich bei Paula unter. Gemeinsam mit Toshiro traten sie auf die Straße.

»Das ist nicht mein Auto«, protestierte Paula, als Roland vor seinem Porsche stehen blieb. »Aber irgendwo habe ich diesen Wagen schon einmal gesehen.« Sie kratzte sich nachdenklich am Kopf.

»Dann haben Sie ja jetzt etwas zum Überlegen!« Roland

öffnete die Tür und trat dann einen Schritt zurück. Toshiro kletterte auf die Rückbank. Paula nahm vorne Platz und blickte sich interessiert um.

»Tolles Leder«, sagte sie zu Roland, als dieser den Motor startete und auf die Straße bog. Sie strich mit der Hand über den Sitz. »Das Schwarz glänzt so toll. Du solltest dir aus dem Stoff eine Hose nähen lassen.«

»Ich werde darüber nachdenken.«

»Und es passt so toll zum Rot des Lacks …« Sie unterbrach sich und schlug sich mit der Hand auf die Stirn. »… und jetzt weiß ich auch wieder, woher ich das Auto kenne. Damit hast du meinen Gartenzaun ruiniert!« Sie blinzelte ihn durch ihre Brillengläser vorwurfsvoll an.

»Stimmt.«

Hektisch begann Paula, ihren Gurt zu lösen. »Lass mich sofort hier raus! Ich fahre keinen Meter mehr mit diesem Ding!«

»Paula!« Roland fuhr schnell an den Straßenrand und hielt an. »Seien Sie vernünftig, und bleiben Sie sitzen.«

»Ich laufe!« Ihre Stimme überschlug sich.

»Sie sind betrunken und lassen sich jetzt von mir helfen!«, brüllte er zurück und schnallte sie wieder an.

»Ich bin vielleicht betrunken, aber ich bin eine erwachsene Frau mit freiem Willen, die genau weiß, was sie tut!«, keifte sie und hielt sich mit einem Mal erschreckt die Hand vor den Mund.

»Excuse me«, kam eine höfliche Stimme vom Rücksitz. »This is not my hotel.«

»No.« Roland Wolf drehte sich zu ihm um. »But we are on our way …«

Weiter kam er nicht, denn in diesem Moment flüsterte Paula: »Mir wird schlecht«, und übergab sich auf dem Vordersitz.

Als Roland Wolf vor der Villa parkte, war Paula eingeschlafen. Ihr Kopf war gegen das Autofenster geneigt, und sie schnarchte laut. Etwas ratlos starrte Roland auf die schlummernde Frau.

Er hatte am Straßenrand so gut wie möglich versucht, den Sitz und Paulas Mantel zu säubern. Seine Beifahrer waren ihm dabei allerdings keine große Hilfe gewesen. Paula hatte kaum die Augen aufhalten können und still vor sich hin gejammert. Toshiro hatte die Bescherung widerwillig betrachtet und sich dann auf dem Rücksitz verkrochen.

»I want to go to my room«, forderte Toshiro jetzt und unterbrach damit Rolands Gedanken.

»Yes.« Er griff nach Paulas Handtasche. »Here are the keys.«

»No, I have my own keys.« Der Japaner zeigte ihm seine Zimmerschlüssel.

Roland nickte, stieg aus und ließ Toshiro vorbei.

»Good night and thank you!« Der Japaner verbeugte sich und verschwand fluchtartig im Haus.

»Na, vielen Dank auch!«, murmelte Rolabd und öffnete vorsichtig die Beifahrertür.

»Paula?«, flüsterte er und berührte ihre Schulter.

»Hm?« Sie öffnete langsam die Augen. Ihre Brille war verrutscht.

»Wir sind zu Hause«, sagte er leise.

»Mir ist übel«, stöhnte Paula und setzte sich vorsichtig auf. Dann bemerkte sie die Flecken. »O mein Gott!«, murmelte sie und begrub ihr Gesicht in den Händen.

»Komm schon!« Er half ihr aus dem Auto, hängte sich die Handtasche um und führte sie zum Haus.

»Ich will nicht gesehen werden«, jammerte Paula.

»Dann sei leise, und lass mich das machen«, erwiderte er geduldig.

Sie blieb stehen. »Seit wann duzen wir uns?«, fragte sie alarmiert.

»Damit hast du angefangen. Ich hätte es vermutlich ein bisschen langsamer angehen lassen. Aber du wolltest unbedingt …« Er grinste. »Und dann hast du in mein Auto gekotzt. Ich fand, dass das ein sehr intimes Erlebnis ist und ich ruhig auch zum ›Du‹ wechseln kann.«

»Okay«, ächzte Paula und folgte ihm langsam.

»Wir müssen leise sein. Scheinbar schlafen schon alle«, sagte Roland, als er die Eingangstür aufschloss. Im Haus war es dunkel und ruhig.

»Toshiro!«, wisperte Paula erschreckt. »Wir haben ihn vergessen!«

»Nein«, beruhigte Wolf sie. »Er ist schon in seinem Zimmer.«

Sie atmete auf. »Ellen hätte mich …« Sie schwankte wieder und rieb sich die Stirn.

»Du solltest eine Kopfschmerztablette nehmen und dann schnell schlafen gehen«, riet Roland ihr.

Sie lächelte schwach. »Genau das habe ich jetzt auch vor.«

Er räusperte sich. »Dann kann ich jetzt gehen, oder?«

»Ja. Gute Idee.« Sie hielt ihm erleichtert die Tür auf. »Danke für alles!«

»Gern geschehen«, entgegnete er und trat in den Vorgarten.

Paula folgte ihm vor die Tür und hickste laut. »Kann ich mich irgendwie … irgendwie revanchieren?«, fragte sie. »Ich mein, ich … ich würde dir gern helfen, das Auto sauberzumachen.«

»Das überlasse ich meiner Werkstatt. Zum Glück sind es ja Ledersitze.«

»Hmm.« Sie schien erleichtert.

»Wir könnten aber etwas anderes unternehmen«, fuhr er fort. »Zusammen essen gehen, zum Beispiel.«

»Weiß nicht«, murmelte Paula. »Nach Essen ist mir erst mal nicht. Ich will gar nicht daran denken.«

»Und außerdem musst du erst Ellen um Erlaubnis fragen, oder?«, fragte er spöttisch.

»Muss ich nicht«, widersprach sie heftig. »Ich hab keine Angst vor Ellen. Ich kann tun und lassen, was ich will«, fügte sie trotzig hinzu.

»Zum Beispiel?«

»Ich kann dich hierher zum Essen einladen. Ich koche nämlich sehr gut!«

»Einverstanden«, sagte Roland Wolf etwas überrascht. »Aber nur unter zwei Bedingungen. Erstens: Es gibt weder Mikrowelle noch Fertiggericht.«

»Natürlich nicht«, versicherte Paula.

»Und zweitens: Wir essen ohne die restlichen Bewohner des Hauses. Ich habe weder Lust auf die Gesellschaft meiner Exfrau noch auf das Schweigen von Toshiro.«

»Dann komm gleich morgen Abend. Da ist Ellen mit Toshiro verabredet«, hauchte Paula. »Und alle anderen sind auch nicht da.«

»Na dann – einverstanden.« Roland grinste.

»Um sieben Uhr?«

»Ja. Bis dann!« Er schob sie durch die Tür und winkte ihr zum Abschied nach.

»Ich hatte gestern Nacht einen schlimmen Alptraum«, sagte Ellen am nächsten Morgen, während sie zusammen mit Hylia, Conny und Paula am Küchentisch saß. Die Frauen waren früher als sonst aufgestanden, um in Ruhe eine Tasse Kaffee trinken zu können, bevor auch die Gäste zum Frühstück nach unten kamen.

»Ich habe gut geschlafen.« Hylia seufzte träumerisch und rührte in ihrem Kaffee.

»Ich auch«, ergänzte Conny. »Aber ich schlafe immer tief und fest.«

»Das weiß ich«, knurrte Ellen.

Paula sagte gar nichts, sondern stützte ihren Kopf in die Hände.

»Ist dir nicht gut?«, erkundigte sich Hylia teilnahmsvoll.

»Nicht so richtig«, murmelte Paula. »Was hast du denn Schlimmes geträumt?«, fragte sie Ellen, um das Thema zu wechseln.

»Ich habe geträumt, dass mein Exmann dich besucht hat«, erzählte Ellen. »Kannst du dir so etwas Blödes vorstellen?«

»Äh …«, stammelte Paula.

»Ich hätte schwören können, dass ich sogar seine Stimme gehört habe«, fuhr Ellen beiläufig fort. »Es klang so real! Man hätte meinen können, er steht tatsächlich im Vorgarten.«

»Du solltest weniger arbeiten, wenn du nachts schon Stimmen hörst«, mischte sich Conny ein.

»Oder der Sache auf den Grund gehen«, entgegnete Ellen und blickte Paula scharf an. »Mein Fenster geht nach vorne raus und steht nachts immer auf Kipp. Ich möchte wissen, was Roland gestern Abend bei uns zu suchen hatte.«

Paula nahm einen großen Schluck Kaffee und atmete tief durch.

»Er hat mir geholfen, Toshiro nach Hause zu bringen«, begann sie zögernd.

»War er betrunken?«, fragte Hylia.

»Äh … nicht direkt«, entgegnete Paula und wurde feuerrot.

»Wie kann man indirekt betrunken sein?«, erkundigte sich Conny neugierig.

»Also, eigentlich war er nicht betrunken«, klärte Paula ihre Freundinnen auf. »Aber ich«, setzte sie leise hinzu und rutschte in ihrem Stuhl ein Stück tiefer.

»*Du* warst betrunken?«, wiederholte Hylia fassungslos.

»Und Roland hat sich um dich gekümmert?«, ergänzte Ellen entsetzt.

Paula nickte und hielt sich den immer noch schmerzenden Kopf.

»*Wie* hat er sich um dich gekümmert?«, wollte Ellen wissen. »Hat er dir Komplimente gemacht? Hat er dich angefasst? Ist er zudringlich geworden?«

»Nur einmal, als –«, begann Paula.

»Ich wusste es!« Ellen blickte triumphierend in die Runde. »Dieser Mann macht nie etwas aus reiner Freundlichkeit.«

»... als ich mich in seinem Porsche übergeben habe und er es weggewischt hat«, beendete Paula ihren Satz.

»Du hast ihm sein heißgeliebtes Auto vollgekotzt?« Ellen sah sie entgeistert an und brach dann in schallendes Gelächter aus. »Geschieht ihm recht!«

»Nun lass Paula doch mal erzählen«, wies Conny Ellen zurecht.

Die Freundinnen mussten sich ein Lachen verbeißen, als Paula die Ereignisse des vergangenen Abends schilderte.

»So lustig das klingt, aber für Toshiro muss das schlimm gewesen sein«, sagte Ellen schließlich.

»Ich weiß nicht.« Paula runzelte die Stirn. »Er sah eigentlich immer gleich distanziert und beherrscht aus.«

»Das ist typisch für Japaner«, belehrte Ellen sie.

»Kann sein. Ich werde das wohl nie verstehen. Aber ab jetzt ist das sowieso dein Problem.«

»Das ist kein Problem, wenn man weiß, wie man damit umgehen muss.« Ellen lächelte überheblich in die Runde.

»Na dann, viel Spaß!«, murmelte Paula und setzte vorsichtig hinzu: »Ich habe übrigens Roland für heute Abend zum Essen hierher eingeladen.«

Ellen verschluckte sich am Kaffee. »Das ist nicht dein Ernst, oder?« hustete sie. »Bist du verrückt geworden?«

Genau das hatte sich Paula auch gefragt, als sie am Morgen mit einem fürchterlichen Brummschädel aufgewacht war und ihr die Ereignisse des vergangenen Abends wieder eingefallen waren. Sie hatte sich eingestehen müssen, Roland Wolf etwas voreilig eingeladen zu haben – hauptsächlich, um zu beweisen, dass sie keine Angst vor Ellen hatte.

Jetzt, als ihre Freundin sie böse anblickte, war sie sich erst recht nicht mehr sicher, ob das eine kluge Aktion gewesen war.

Dennoch begegnete sie tapfer Ellens Blick. »Ich bin ganz und gar nicht verrückt geworden, sondern tue nur das, was ich für richtig halte. Schließlich bin ich ihm noch etwas schuldig. Brauche ich dazu deine Erlaubnis?«

»Nein«, gab Ellen zu und runzelte nachdenklich die Stirn. »Aber ich würde mich wohler fühlen, wenn ich davon nichts wüsste.«

»Soll ich dich etwa anlügen, nur weil ich mich heute mit einem Mann treffe, den du nicht magst?«

Conny und Hylia blickten verschämt in ihre Kaffeetassen. Ihnen war der Verlauf des Gespräches offensichtlich unangenehm.

Paula erhob sich und stellte ihre Tasse in die Spülmaschine. »Ich gehe jetzt duschen«, verkündete sie und verließ die Küche.

»Ich dachte, wir sind ein Team«, rechtfertigte sich Ellen vor den beiden anderen Frauen. »Wir müssen ehrlich zueinander sein.«

Nervös schob Hylia ihre Tasse hin und her. »Ich muss mich jetzt mal um den Tisch im Esszimmer kümmern«, murmelte sie und flüchtete.

Conny räusperte sich. »Und ich werde die Kinder wecken«, sagte sie und wollte ebenfalls zur Tür hinauseilen.

»Conny?« Ellen rief ihre Freundin zurück. »Ich muss mit dir reden.«

Ertappt drehte sich Conny um. »Äh … ja?«

»Ich werde David und Sara heute Abend um neun Uhr beim Schreiner abholen«, erklärte Ellen und versuchte, möglichst beiläufig zu klingen. Sie hoffte, dass die Freundin ihre Unsicherheit nicht bemerkte.

»Warum?«, erkundigte sich Conny verblüfft. »Hast du Sehnsucht nach Thomas? Gefällt dir der Schreiner am Ende doch?«

Ellen seufzte. Sie hatte in der letzten Nacht lange über diese Frage nachgegrübelt, aber keine Antwort gefunden. Schließlich hatte sie sich entschieden, Thomas Heitmann so schnell wie möglich wiederzusehen und den passenden Moment für eine Aussprache herbeizuführen. Die Gelegenheit, Connys Kinder bei ihm abzuholen, passte da gut.

»Natürlich nicht«, beantwortete sie Connys Frage schnell. »Aber … ich … ich muss noch etwas wegen der Schränke in meinem Zimmer mit ihm klären«, stotterte sie.

Zum Glück ging Conny nicht weiter darauf ein. »Und wo lässt du in der Zwischenzeit Mister Yamamoto?«, fragte sie. »Soviel ich weiß, bist du heute Abend mit ihm zum Essen verabredet, oder?«

»Das stimmt«, bestätigte Ellen. »Ich denke jedoch nicht, dass es lange dauern wird. Schließlich leidet der Mann noch unter den Folgen des gestrigen Abends und wird früh ins Bett wollen.«

»So viel Glück hast du gar nicht verdient«, murmelte Conny und verließ die Küche. Im Treppenhaus stieß sie mit Hylia zusammen.

»Warum guckst du so komisch?«, erkundigte sich die junge Frau leise.

»Ich glaube, wir flunkern uns hier gerade alle gegenseitig etwas vor«, flüsterte Conny. »Jetzt fühle ich mich endgültig schlecht und gemein.«

»Nicht nervös werden«, beruhigte Hylia sie. »Wir werden alles aufklären – allerdings noch nicht heute. So ein kleines Geheimnis kann doch zur Abwechslung mal ganz nett sein.«

»Ich weiß nicht …« Conny runzelte die Stirn. »Ich lüge ja nicht nur Paula und Ellen an, sondern auch noch meine Kinder.«

»Die Kinder leben in ihrer eigenen Welt«, behauptete Hylia. »Die merken gar nicht, was hier läuft.«

»Hoffentlich hast du recht«, sagte Conny, während sie langsam die Stufen hinaufstieg.

11

Wir müssen noch einen Liebesbrief schreiben«, verkündete Sara am Nachmittag, als sich die Geschwister mit dem Hund auf den Weg zur Schreinerei von Thomas Heitmann machten.

David stöhnte missgelaunt auf. »Wieso das denn?«

»Sie macht irgendwie nichts«, antwortete seine Schwester. »Jedenfalls nichts mit Johannes. Und hast du vorgestern Abend nicht gehört, wie sie beim Abendessen gesagt hat, dass der Pfarrer nicht so wichtig ist?«

»Ich habe vorgestern Abend überhaupt nicht zugehört, weil ich vollauf damit beschäftigt war, möglichst unsichtbar zu bleiben. Stell dir vor, Thomas hätte etwas über den Liebesbrief erzählt!«

»So etwas tut Thomas nicht«, beruhigte Sara ihren Bruder. »Auf ihn kann man sich verlassen.«

Zehn Minuten später standen die beiden mit dem Schreiner vor einem Stapel Holzlatten.

»Die sind bei meinem letzten Auftrag übriggeblieben. Ich schenke sie euch«, sagte Thomas.

»Cool. Danke!« Sara nahm sich ein paar Latten und sah sich dann suchend um. »Hast du Hammer und Nägel?«

»Ja.« Er deutete auf seine Werkzeugbank. »Da fällt mir ein – habt ihr zufällig meinen grünen Schraubenzieher bei euch gefunden?«

David wurde blass. Er hatte keine Ahnung, wohin seine Mutter das Werkzeug geräumt haben konnte, nachdem sie den Liebesbrief gefunden hatte. Vorsichtig schüttelte er den Kopf.

»Ich muss ihn irgendwo verloren haben.« Thomas zuckte mit den Schultern. »So etwas passiert mir leider häufiger.«

»Wenn wir ihn finden, kriegst du ihn sofort zurück«, versprach Sara und kniete sich auf den Boden. »Und jetzt lasst uns anfangen!«

Anerkennend pfiff Thomas durch die Zähne. »Du hast aber eine tüchtige Schwester«, sagte er zu David.

»Das weiß er schon«, entgegnete Sara, noch bevor ihr Bruder etwas erwidern konnte.

Thomas lachte auf. Er holte weiteres Werkzeug und zeigte den Kindern, wie sie die Latten zu einem Zaun zusammenfügen sollten. Pepper hatte es sich unterdessen in einer Ecke der Werkstatt bequem gemacht und wedelte ab und zu freundlich mit dem Schwanz. Eine Weile arbeiteten die drei schweigend an dem Zaun. Dann begann Sara: »Ich weiß, dass du David bei einem Liebesbrief geholfen hast.«

Thomas blickte überrascht von seiner Arbeit auf. »Ich dachte, das ist geheim.«

»Ist es ja auch«, mischte sich David ein. »Du darfst niemandem davon erzählen.«

»Nur ich weiß alles«, platzte Sara heraus.

»Gut.« Thomas nickte und begann zu hämmern.

»Du musst noch einen Liebesbrief schreiben.« Sara lief zu ihrem Rucksack und holte Papier und Stift heraus.

»Was?«, fragte Thomas überrascht und unterbrach seine Arbeit erneut. »Jetzt etwa für dich?«

»Nein.« Sara lachte. »Der Brief ist wieder für David.«

»Genau«, sagte dieser.

»Warum schreibst du ihn denn nicht selbst?«, wollte Thomas wissen. »Du hast doch gesehen, dass es gar nicht so schwierig ist.«

David zuckte ratlos mit den Schultern. »Vielleicht bin ich zu schüchtern? Mir fallen nie die richtigen Worte ein ...«

»Also gut, dann helfe ich dir noch einmal.«

»Hier!« Sara gab Thomas die Schreibsachen. »Lasst euch durch mich nicht stören.«

»Ihr scheint es ja ganz schön eilig zu haben.« Thomas kratzte sich nachdenklich am Kopf und setzte sich dann auf den Boden. Er legte den Schreibblock auf seinen Schoß.

»Na, dann mal los!«, forderte er seine Gäste auf. »Wie hat Davids Angebetete auf den ersten Brief reagiert?«

»Nicht gut.« David runzelte unzufrieden die Stirn. »Sie beachtet mich gar nicht.«

»Vielleicht liegt das daran, dass du dich ihr noch nicht zu erkennen gegeben hast«, mutmaßte Thomas. »Dieses Mal sollten wir ihr schreiben, woran sie dich erkennt.«

»Gute Idee!« Sara war begeistert. »Wie eine Blume im Knopfloch, oder so?«

»So etwas in der Art«, bestätigte Thomas lächelnd. »Wo wirst du sie denn das nächste Mal sehen?«, fragte er David. »Vielleicht in der Schule?«

»Auf keinen Fall!«, platzte David heraus. »Das ist echt ungünstig.«

»Und wo wäre es deiner Meinung nach passender?«

»Keine Ahnung.« Der Junge blickte seine Schwester hilfesuchend an.

»Am Samstag ist das Krippenspiel. Da kommen ganz viele Leute: die Schauspieler, der Pfarrer, die Helfer und auch die Eltern«, sagte Sara. »Das wäre eine gute Gelegenheit.« Sie zwinkerte ihrem Bruder zu.

Dieser verstand. Ihre Mutter hatte den Besuch der Aufführrung natürlich schon zugesagt. »Das wäre echt ein guter Zeitpunkt«, bestätigte er deshalb.

»Prima.« Thomas nickte zufrieden. »Und was willst du tragen, damit sie dich erkennt?«

»Einen falschen Bart!«, rief Sara eifrig, aber David schüttelte den Kopf.

»Die Männer in Bethlehem tragen alle einen falschen Bart. Wie soll sie da den Richtigen erkennen?«

»Schade!«, sagte Sara enttäuscht.

»Was kann ein frischgebackener Vater zwischen Hirten, Königen und Engeln mitten in der Wüste sonst noch tragen?«, überlegte Thomas laut.

»Einen Schal!«, rief Sara nach kurzem Nachdenken. Ihr war die Angewohnheit des Pfarrers eingefallen, bei jedem Wetter einen Schal oder ein Tuch zu tragen.

David lachte seine Schwester aus. »Super Idee! Mitten in der Wüste vor zweitausend Jahren läuft ein Typ mit Schal herum.«

»Na und?«, entgegnete seine Schwester patzig. »Vor zweitausend Jahren gab es auch noch kein Nasen-Piercing, und trotzdem trägt Karina so einen komischen Ring durch die Nase!«

»Die Mutter Gottes mit Nasen-Piercing?« Thomas schmunzelte amüsiert.

»Warum nicht?«, verteidigte David seinen heimlichen Schwarm. »Johannes sagt immer, dass wir eine sehr moderne und fortschrittliche Gemeinde sind.«

»Dann ist der Schal auch kein Problem, oder?«, sagte Sara.

»Na gut.« David gab sich geschlagen. »Dann nehmen wir den Schal.«

Der Schreiner nickte zufrieden und begann zu schreiben. »Meine Liebste …«

»Das klingt toll«, bemerkte Sara.

»… es wird Zeit, dass wir uns zueinander bekennen …«, fuhr Thomas fort.

»Noch besser!« Sara stieß ihren Bruder in die Seite. »Sag du doch auch mal etwas, schließlich ist es dein Liebesbrief!«

David nahm sich zusammen. »Ich werde am Samstag beim Krippenspiel als Zeichen meiner Liebe einen Schal tragen«, schlug er vor, und Thomas Heitmann schrieb gehorsam.

»Wenn du meinst, dass wir eine Chance haben, dann sage es mir nach der Vorstellung«, diktierte Sara.

»In Liebe, dein heimlicher Verehrer, der sich dir bald zu erkennen geben wird«, beendete er den Brief. Erleichtert legte er Papier und Stift zur Seite.

»Ich drücke dir die Daumen, dass es mit deiner Karina klappt«, meinte er zu David. »Hast du etwas dagegen, wenn ich auch komme?«

David schüttelte den Kopf.

»Gut.« Der Schreiner lächelte. »Und nun lasst uns weiterarbeiten.«

»Wir müssen uns beeilen«, meinte Sara mit Blick auf ihre Armbanduhr. »Um neun Uhr kommt Ellen und holt uns ab.«

»Ellen?« Thomas hob erstaunt den Kopf. »Ich dachte, ich soll euch nach Hause bringen.«

»Nein, Ellen holt uns ab«, wiederholte Sara. »Sie hat regelrecht darauf bestanden.«

»Na so was!« Er runzelte nachdenklich die Stirn.

Ellen seufzte leise und wünschte sich, dieses Abendessen wäre schon überstanden. Dabei hatte es noch nicht einmal richtig angefangen. Sie saß mit Toshiro Yamamoto und Dieter Bader in einem schrecklichen Restaurant und suchte auf der Speisekarte verzweifelt nach etwas halbwegs Genießbarem.

Es war ein Fehler gewesen, ihrem Kollegen die Auswahl des Lokals zu überlassen. In seinem Bemühen, dem japanischen

Gast etwas typisch Deutsches zu bieten, hatte sich Bader für das Restaurant *Zur deutschen Gemütlichkeit* entschieden.

»Gemutlischkeit«, hatte Toshiro begeistert wiederholt und eifrig genickt. Seit er verstanden hatte, dass Bader mit zum Essen ging, sah er wesentlich freundlicher aus. Nach dem Vorfall mit Paula hatte er vermutlich befürchtet, heute einen ähnlich schlimmen Abend mit Ellen verbringen zu müssen.

Sie grinste in sich hinein. Zumindest in diesem Punkt lief es besser als bei Paula. Ansonsten jedoch war der Abend einfach nur peinlich. Die »deutsche Gemütlichkeit« bestand im Wesentlichen aus einer Inneneinrichtung aus schwerer Eiche, alpenländischem Kitsch, Bedienungen in Dirndl und Lederhosen sowie einer musikalischen Untermalung durch jodelnde Kinderchöre. Schlimmer war in Ellens Augen nur noch, dass auch die Speisekarte lediglich typisch deutsche Gerichte aufwies. Sie mochte weder Schweinehaxe, noch stand ihr der Sinn nach Sauerkraut oder Bratwurst.

Neidisch dachte sie daran, dass Conny und Hylia vermutlich in diesem Moment in dieser netten kleinen Pizzeria saßen. Und selbst das Essen mit ihrem Exmann, das Paula vor sich hatte, erschien ihr mit einem Mal gar nicht mehr so unerträglich. Alles war besser als ein fettiges Essen in Begleitung zweier langweiliger Männer.

»You are together?«, erkundigte sich Toshiro Yamamoto jetzt und riss Ellen damit aus ihren trüben Gedanken.

»I beg your pardon?«, fragte sie.

»You two.« Der Japaner deutete abwechselnd auf Bader und sie. »You are together?«

»No!« Ellen schüttelte ärgerlich den Kopf. Wie kam er denn auf diese Idee? »We work together.«

»Ah.« Der Japaner nickte und grinste sie an. »You *are* together.«

»Wieso glaubt er, dass wir zusammen sind?«, fragte sie

Bader. Dieser wurde rot. »Ich fürchte, ich habe heute bei der Abschlussveranstaltung zur Messe ein bisschen viel von dir geschwärmt.« Er legte seine Hand auf ihre Schulter.

»You see«, sagte der Japaner zufrieden und zeigte auf Ellens Schulter.

»No!« Ellen sprang auf.

In diesem Moment trat die Kellnerin an den Tisch. Ellen besann sich und setzte sich wieder.

»Ich nehme die Tagessuppe«, sagte sie, als die Frau im lilafarbenen Dirndl sie abwartend ansah. »Und dazu ein Wasser.«

»Das ist aber nicht viel«, sagte Bader und blickte sie besorgt an. »Du musst mehr essen, sonst wirst du krank.«

»Ich habe heute keinen Hunger«, log Ellen. »Und außerdem muss ich spätestens um Viertel vor neun los, um die Kinder meiner Freundin abzuholen.«

Sie hätte nie gedacht, dass ihr ein Treffen mit David, Sara und dem Schreiner je verlockend erscheinen würde.

»Ich mag diese neue mütterliche Seite an dir«, flüsterte Bader.

Aber Ellen hörte gar nicht richtig zu. In Gedanken war sie noch immer bei Thomas Heitmann. Sie hatte nicht die geringste Idee, wie sie ihn zur Rede stellen sollte.

»Ja, ja«, murmelte sie zerstreut. Sie beteiligte sich nur spärlich an dem unbeholfenen Gespräch, das sich zwischen Toshiro und Bader entwickelte. Immer wieder glitt ihr Blick zu ihrer Handtasche, in der der Liebesbrief und der Schraubenzieher lagen. Wie um Himmels willen sollte sie auf das Liebesgeständnis des Schreiners reagieren?

Erst als das Essen aufgetragen wurde, beendete Ellen ihre Grübeleien.

»Was ist das?«, fragte sie entsetzt, als die Kellnerin einen Teller mit einem dickflüssigen gelben Brei vor sie hinstellte.

»Bayerische Käsesuppe«, lautete die knappe Antwort.

»Ich hatte aber die Tagessuppe bestellt«, protestierte Ellen.

»Heute ist die Tagessuppe eine Bayerische Käsesuppe«, sagte die junge Bedienung und verschwand in der Küche.

Angeekelt rührte Ellen in ihrem Teller herum. Wenn sie den Löffel aus der Suppe hob, zog dieser breite Käsefäden. Auf der Oberfläche hatten sich dicke Fettaugen gebildet.

»Das sieht doch sehr gut aus«, bemerkte Dieter Bader und starrte hungrig auf ihren Teller. »Du musst jetzt essen, sonst wird die Suppe kalt.«

»Möchtest du sie haben?«, fragte Ellen, die Baders Blicke bemerkt hatte.

»Ach, lass mal«, antwortete er. »Sonst hast du ja gar nichts.«

»Ich esse später zu Hause«, sagte Ellen. »Für dich verzichte ich gern«, fügte sie scherzhaft hinzu.

Gleich darauf bereute sie ihre letzte Bemerkung. Als sie Dieter Bader ihren Teller zuschob, bemerkte sie nämlich seinen sehnsüchtigen Blick. Und der war leider nicht nur auf die Käsesuppe gerichtet.

Paula schloss an diesem Abend ihren Blumenladen etwas früher als sonst und eilte nach Hause. Zu ihrer Erleichterung fand sie die Villa tatsächlich verlassen vor. Sie duschte ausgiebig und trat dann vor ihren Kleiderschrank. Unentschlossen wühlte sie darin herum. Was sollte sie anziehen? Ellen hätte ihr sicherlich Tipps geben können. Aber sie war ja nicht zu Hause – und außerdem hätte sie ihr heute bestimmt nicht geholfen. Schließlich traf sie sich mit ihrem Exmann!

Paula seufzte. Sie war inzwischen davon überzeugt, dass es keine gute Idee gewesen war, Roland Wolf einzuladen. Aber immerhin hatte er ihr am Tag zuvor wirklich geholfen und verdiente dafür ein wenig Dankbarkeit.

»Da muss ich jetzt wohl durch«, flüsterte sie und streifte

sich kurz entschlossen einen brombeerfarbenen Pulli über. Dann schlüpfte sie in ihre Jeans und wählte farblich passende Ringelsocken. Zufrieden betrachtete sie sich im Spiegel. Das sah sehr nett aus, aber nicht unbedingt verführerisch – genau das Richtige für diesen Abend.

Sie kämmte sich die Haare und eilte dann in die Küche, um das Abendessen vorzubereiten. Als Erstes warf sie Speckwürfel in eine kleine Pfanne und stellte diese auf den Herd. Danach deckte sie den Küchentisch und holte nach kurzem Zögern eine Flasche Rotwein aus dem Keller. Ihre Kopfschmerzen waren verschwunden, aber Lust auf Alkohol hatte sie eigentlich nicht. Doch zumindest wollte sie eine gute Gastgeberin sein.

Während sie den Wein öffnete, blickte sie erwartungsvoll aus dem Fenster. Roland musste bald kommen. Im nächsten Moment jedoch runzelte sie unzufrieden die Stirn. Die Weihnachtsbeleuchtung strahlte nicht so hell, wie sie eigentlich sollte. Drei Birnen in der großen Tanne waren defekt.

Paula seufzte und trat genau in dem Augenblick aus der Tür, als Roland in ihren Vorgarten einbog.

»Hallo, Paula!«, begrüßte er sie und rieb sich fröstelnd die Hände.

»Hallo, Roland.« Sie lächelte. »Gut, dass du kommst. Du kannst mir gerade mal helfen. Oben in der Tanne sind drei Glühbirnen kaputt. Du bist größer als ich. Könntest du sie wohl rausdrehen?«

Roland betrachtete misstrauisch den Weg bis zur Tanne. Die Erde war nass und aufgeweicht. Vermutlich würde er seine teuren italienischen Schuhe verschmutzen.

Paula war seinem Blick gefolgt. »Du kannst meine Gartenschuhe haben«, bot sie an und holte ein Paar hässliche grüne Gummilatschen aus dem Hausflur.

»Nein, nein, das geht schon.« Roland trat vorsichtig zwischen die Gartenzwerge und drehte ohne große Mühe die defekten Glühbirnen heraus. Durch das leicht geöffnete Küchenfenster stieg ihm der Geruch nach verbranntem Speck in die Nase.

»Paula, hast du etwas auf dem Herd stehen? Hier riecht es so komisch«, erkundigte er sich.

Paula stieß einen Schrei aus und rannte in die Küche. Roland konnte sie durch das hell erleuchtete Fenster beobachten. Sie fluchte leise vor sich hin und stellte die Pfanne in die Spüle. Dann öffnete sie beide Flügel des Fensters.

Der Geruch nach Verbranntem wurde noch intensiver, und Roland trat unwillkürlich einen Schritt zurück. Es klirrte leise. Erschrocken sah er sich um. Er hatte einen Gartenzwerg umgestoßen. Doch zu seiner Erleichterung stellte er fest, dass der Zwerg heil geblieben war, bis auf ein kleines Stück, das sich bei näherem Hinsehen als seine Nase entpuppte.

Paula war wieder in den Garten gekommen. »Alles in Ordnung?«

»Ich glaube, ich habe einem deiner Gartenzwerge die Nase abgeschlagen«, erwiderte er zögernd.

»Oh. Halb so schlimm. Das kann man kleben.«

Lächelnd reichte Paula ihm drei neue Glühbirnen und sammelte dann den Zwerg und seine Nase ein.

Kurz darauf betraten sie beide die Küche. Es roch inzwischen nicht mehr ganz so verbrannt. Paula schloss das Fenster und blieb vor der Pfanne stehen. »Jetzt fangen wir einfach noch einmal von vorne an. Ich kümmere mich um das Essen. Du klebst die Nase wieder an.« Sie reichte ihm eine Tube Klebstoff aus der Küchenschublade.

Roland setzte sich an die ungedeckte Seite des Küchentisches und baute Gartenzwerg, Nase und Klebstoff vor sich auf. Paula zündete die Kerzen an und goss ihm ein Glas Wein ein.

»Du trinkst nicht?«, fragte Roland.

Paula schüttelte den Kopf. »Ich glaube, ich werde nie wieder etwas trinken können. Du kannst die ganze Flasche haben.«

»Nur, wenn du mir versprichst, dass ich kein Weihnachtslied singen muss«, entgegnete er grinsend.

Paula wurde rot. »Wegen gestern Abend …«, begann sie.

Roland winkte ab. »Das ist schon okay.«

Sie schüttelte den Kopf. »Ich habe mich unmöglich benommen.«

»Ich fand dich ganz süß. Nur an deiner Singstimme musst du noch arbeiten.«

»Also, nochmals danke für deine Hilfe«, murmelte Paula. »Und es tut mir leid, dass ich dein Auto verschmutzt habe.«

»Damit sind wir quitt, oder? Gartenzaun gegen Autopolster.«

»Okay.« Paula lächelte erleichtert.

»Und jetzt hab ich Hunger.«

»Ich auch.« Paula band sich eine Schürze um, die mit kleinen Schweinchen gemustert war, und begann mit der Zubereitung des Essens.

Roland klebte derweil vorsichtig die Nase des Gartenzwerges wieder an und trug ihn anschließend an seinen angestammten Platz im Garten. Dann nahm er einen Schluck Wein und lehnte sich im Stuhl zurück. Er sah sich neugierig in der Küche um. Aus einem kleinen Radio ertönte leise Weihnachtsmusik, der Nudeltopf brodelte vor sich hin, und die Kerze flackerte leicht.

»Hier ist es wunderschön.«

Sie lächelte. »Das Haus ist schon seit Generationen im Familienbesitz. Aber ich glaube, es hat noch nie so viel erlebt wie in den letzten Wochen.«

»Es haben vermutlich auch noch nie so viele Leute hier gewohnt, oder?«

»Nein.« Sie rieb sich mit dem Handrücken nachdenklich die Stirn. »Es war im Grunde immer viel zu still hier. So etwas fällt aber wohl erst dann auf, wenn es plötzlich anders ist.«

»Und du hast jetzt wirklich nicht übertrieben?«, fragte Johannes Müller erstaunt, nachdem Conny ihm die Ereignisse der letzten Tage geschildert hatte.

»Nein.« Conny trank noch einen Schluck Sherry. »Ich belüge doch keinen Pfarrer!«

Sie saßen zusammen beim Aperitif in einem gemütlichen griechischen Restaurant und genossen den Abend.

»Ich dachte immer, Sara macht Witze«, murmelte Johannes. »Aber in Wirklichkeit ist das ja noch viel lustiger.«

»Lustig?«, wiederholte Conny. »Ich finde das alles andere als lustig.«

»Eine Spinne auf Abwegen, ein Karaoke-Duett mit einem Japaner und eine junge Liebe, die nicht eingeplant war ... Das ist doch wirklich komisch!«

Conny grinste. »Du hast recht, das ist schon ziemlich verrückt.«

»Dagegen ist mein Leben leider richtig langweilig«, seufzte Johannes. »Keine Frau, keine Kinder, kein Hund und keine Spinne.«

»Und warum nicht?«, fragte Conny.

»Na ja.« Johannes lächelte. »Ich war kurz davor, mir eine Spinne zu kaufen, aber ich habe mich vor der Reaktion meiner Haushälterin gefürchtet.«

»Du hast eine Haushälterin?«, fragte Conny neidisch.

»Du doch auch, oder?«, entgegnete er.

»Nur vorübergehend.« Sie runzelte die Stirn. »Wenn wir eine neue Wohnung haben, kann ich mir keine Hilfe mehr leisten.«

»Du hast also immer noch nichts Passendes gefunden?«

»Nein.« Conny seufzte. »Bis jetzt verlief die Suche leider erfolglos. Aber ich hoffe darauf, dass nach Weihnachten mehr Wohnungen angeboten werden. So schön, wie es bei Paula ist – ich kann ja nicht ewig bei ihr wohnen bleiben.«

Er holte tief Luft. »Ich hätte da einen Vorschlag«, begann er schüchtern.

»Willst du meine neue Haushälterin werden?«, fragte Conny.

»Nein«, entgegnete er. »Obwohl ich natürlich für mein Leben gern staubsauge.«

Conny lachte. »Das werde ich mir merken.«

Nach einer kurzen Pause ergriff er wieder das Wort. »Ich hätte eine Wohnung für dich.«

Erstaunt sah Conny auf. »Wirklich? Wo denn?«

»Im Pfarrhaus.«

»Im Pfarrhaus?«, wiederholte sie leise.

»Es ist nicht, wie du denkst ...«, stotterte der Pfarrer. »Wobei das natürlich nicht heißt, dass es nicht so werden könnte ... ich meine, natürlich nur, wenn du nichts dagegen hast ...«

»Johannes!« Beruhigend legte Conny ihre Hand auf seine. »Jetzt erkläre mir mal ganz langsam, was du mir sagen willst!«

»Im Pfarrhaus gibt es zwei Wohnungen«, begann er. »Eine sehr große im Erdgeschoss und eine kleinere im Dachgeschoss ...«

»Und?«, half Conny ihm weiter.

»... und die Erdgeschosswohnung ist viel zu groß für mich. Mir reichen die drei Zimmer oben.«

»Das bedeutet, dass die Wohnung unten vermietet werden könnte.« Conny begann zu verstehen. »Ist das mit der Gemeinde abgesprochen?«

»Ja.« Er blickte sie erwartungsvoll an. »Was sagst du dazu?«

»Ich müsste mir die Wohnung natürlich zuerst einmal ansehen. Aber ich glaube, diese Lösung könnte mir gefallen.«

Sie ließ seine Hand los und trank einen Schluck Wasser.

»Mir gefällt das auch.« Er strahlte sie an.

»Aber du müsstest dir darüber im Klaren sein, was es bedeutet, mit meiner Familie unter einem Dach zu leben.«

»So schlimm kann es doch gar nicht sein.«

»Frag mal Ellen und Paula«, murmelte Conny. »Die würden dir einiges erzählen.«

»Ich mache lieber meine eigenen Erfahrungen«, entgegnete Johannes.

»Du warst noch nie verheiratet, oder?«

»Nein, es hat sich irgendwie nie ergeben. Zuerst war ich zu beschäftigt damit, Theologe zu werden, und dann war ich zu beschäftigt damit, meinen Job gut zu machen. Irgendwann habe ich festgestellt, dass ich zu beschäftigt war für ein Privatleben.«

»Bei mir ist es genau umgekehrt«, sagte Conny nachdenklich. »Ich bin durch mein Privatleben immer schon restlos ausgelastet gewesen, musste aber trotzdem meinen Beruf noch irgendwie unterkriegen.«

»Das war bestimmt nicht leicht.«

Conny schüttelte den Kopf. »Die ersten Jahre nach dem Tod meines Mannes waren die Hölle.«

Johannes nickte, sagte aber nichts.

»Doch jetzt wird es besser«, fuhr Conny fort. »Die Kinder werden immer größer und selbständiger.«

»Sie sind zwei ganz wunderbare junge Menschen«, entgegnete Johannes. »Und das sage ich nicht nur, weil ich dich sehr gern mag.«

»Das weiß ich«, murmelte Conny, ohne auf sein Geständnis einzugehen. »Nur manchmal vergessen sie, wie wunderbar sie sind, und richten lieber eine Katastrophe an.« Sie seufzte. »Manchmal wünschte ich mir, mein Leben würde etwas ruhiger verlaufen.«

»Wie wäre es mit so langweiligen Themen wie Blumenschmuck, Kirchenbasare oder Weihnachtsfeiern?«, schlug Johannes leise vor.

»Willst du mich für deine Kirche anwerben?«, fragte Conny amüsiert.

»Eigentlich nicht.« Der Pfarrer wurde rot. »Ich wiederhole nur, was sich deine Freundinnen unter dem Leben einer Pfarrersfrau vorstellen. Ich habe da neulich ein Gespräch mitbekommen …«

Conny blickte überrascht auf. »Ich hoffe, du nimmst sie nicht ernst.«

»Wäre das denn so schlimm?«, fragte er leise.

Conny hielt seinem Blick stand. »Ich weiß es nicht. Ich müsste es ausprobieren.«

»Du meinst, du bist dir noch nicht sicher, was eine neue Beziehung betrifft?«

»Nein, das wollte ich damit nicht sagen.« Conny lachte befreit auf. »Meine Zweifel beziehen sich eher auf die Basare und den Blumenschmuck. So etwas habe ich noch nie gemacht.« Sie strahlte ihn an und ergriff erneut seine Hand.

»So etwas kann man lernen«, sagte er glücklich. »Ich helfe dir dabei!«

Erleichtert sank Ellen in den Fahrersitz ihres Autos und startete den Motor. Sie atmete tief durch, schaltete das Radio an und lenkte den Wagen auf die Straße.

Der schlimmste Teil des Abends war hoffentlich überstanden. Jetzt musste sie nur noch Thomas Heitmann gegenübertreten. Aber wie sollte sie sich verhalten? Sie dachte angestrengt nach. Sie könnte ihn zur Rede stellen und ihm deutlich zu verstehen geben, dass sie keine gemeinsame Zukunft haben würden.

Doch war sie sich da wirklich so sicher? Konnte sie sich auf ihren kühlen Verstand verlassen? Und überhaupt – wie sollte sie vor den Kindern mit Thomas reden?

Ärgerlich schüttelte sie den Kopf. Es war wohl doch keine so gute Idee gewesen, den Schreiner heute Abend zu treffen. Aber jetzt war es nicht mehr zu ändern. Sie beschloss, die Auseinandersetzung auf einen späteren Zeitpunkt zu vertagen. Sie war jetzt eh viel zu erschöpft.

Sie wollte am liebsten nach Hause und freute sich auf eine warme Dusche und das weiche Bett. Vorher würde sie sich in der Küche noch eine Kleinigkeit zu essen besorgen. Vielleicht hatten Paula und Roland ja etwas übriggelassen.

Bei dem Gedanken an Paula seufzte sie. Sie hatte ihrer Freundin unrecht getan. Jemand, dessen Sprache man nicht verstand, über längere Zeit unterhalten zu müssen, war furchtbar. Und dann auch noch in Gesellschaft von Dieter Bader. Sie schauderte leicht bei dem Gedanken an die Blicke, die Dieter ihr dauernd zugeworfen hatte.

Eine Viertelstunde später klopfte sie an die Tür von Thomas Heitmann.

Sara öffnete. »Ellen!«, sagte sie überrascht. »Du kommst zu früh.«

»Seid ihr noch nicht fertig?«, entgegnete Ellen und blickte auf ihre Armbanduhr. Es war tatsächlich gerade erst kurz nach acht. Irgendwie war ihr die Zeit im Restaurant viel länger vorgekommen.

»Doch, mit dem Zaun sind wir fertig. Aber wir machen uns gerade etwas zu essen.« Sara ließ Ellen am Eingang stehen und verschwand hinter einer Tür.

»Du kannst ruhig reinkommen!«, ertönte Thomas' ruhige Stimme. »Wir sind in der Küche.«

Ellen schloss die Tür und trat zögernd ein. Sie legte ihren Mantel und die Handtasche auf eine kleine Kommode im Flur und wandte sich dann in die Richtung, aus der die Stimmen gekommen waren.

David, Sara und Thomas saßen um einen großen Holztisch in der Küche, der reich gedeckt war.

Trotz ihrer Befangenheit lief Ellen das Wasser im Mund zusammen. Sie sah Brot, Käse, Tomaten, Gurken, hartgekochte Eier und Oliven.

Pepper, der in einer Ecke auf einem großen Handtuch gelegen hatte, stand auf und beschnupperte sie schwanzwedelnd.

»Hallo, Ellen!«, grüßte Thomas und rückte auf der Küchenbank ein Stück weiter. »Möchtest du auch etwas essen?«

»Warum nicht?« Ellen setzte sich neben ihn.

Er schob ihr einen Teller zu. »Bitte bediene dich!«

Dann stand er auf und holte weiteres Besteck und eine Tasse aus dem Küchenschrank.

»Tee?«, fragte er.

Ellen nickte mit vollem Mund.

Kurz darauf wärmte sie ihre Hände an der Tasse und lauschte dem munteren Gespräch der Kinder. Erleichtert stellte sie fest, dass Thomas offenbar keine Unterhaltung von ihr erwartete.

Neugierig blickte sie sich in der Küche um. Der Raum war klein, aber sehr wohnlich eingerichtet.

»Hast du die Schränke selbst gemacht?«, fragte sie Thomas zwischen zwei Bissen.

Dieser nickte. »Ja. Gefallen sie dir?«

»Sie sind wunderschön.«

»Ich dachte, du stehst eher auf den schlichten, modernen Stil, wie ihn Britta Birnbaum umsetzt.« Thomas grinste.

»Nicht, wenn ich hungrig bin«, entgegnete Ellen. Allmählich gewann sie ihre Selbstsicherheit zurück.

»Du hast aber wirklich großen Hunger!«, bemerkte Sara.

»Ich hatte einen blöden Tag und bislang noch nicht die

Gelegenheit, etwas Vernünftiges zu essen«, sagte Ellen und dachte mit Schaudern an die Käsesuppe.

»Wenn ich gewusst hätte, dass du so einen Appetit hast, dann hätte ich noch mehr eingekauft«, sagte Thomas.

Schuldbewusst sah Ellen auf ihren Teller. Sie hatte bereits drei Brote gegessen.

»Du kannst es ja mit auf die Rechnung setzen«, entgegnete sie und nahm sich eine vierte Scheibe Brot.

»Gut, dass du mich daran erinnerst!« Thomas hatte die Rechnung für seine Umbaumaßnahmen bei Paula bereits geschrieben und auf die Holztruhe im Flur gelegt, um sie den Kindern heute mitzugeben.

»Schreib dazu: Sonderposten Unterhaltung und Verpflegung Ellen Winter«, schlug Ellen vor und angelte sich eine Gurke. Sie spürte Thomas Heitmanns Blick auf sich ruhen und lächelte. Zum ersten Mal an diesem Tag fühlte sie sich wohl und entspannt.

Nach dem Essen servierte Paula einen starken Espresso. Roland Wolf streckte seine Füße wohlig aus.

»Möchtest du noch Wein?« Paula hielt ihm die Flasche hin.

»Ja, gern.« Roland beobachtete seine Gastgeberin aufmerksam, während sie ihm einschenkte. Die Stimmung zwischen ihnen war mittlerweile sehr entspannt und friedlich.

Unglücklicherweise ging jedoch genau in diesem Augenblick die Haustür auf, und Ellen, David, Sara und Pepper kamen herein.

Ellen blieb überrascht stehen, als sie ihren Exmann in trauter Zweisamkeit mit Paula in der Küche entdeckte. »Du bist ja immer noch hier!«

»Paula und ich sind gerade erst mit dem Essen fertig geworden.«

»Stimmt«, bestätigte Paula. Auf ihren Wangen hatten sich rote Flecken gebildet. »Und der Abend ist noch nicht vorbei.«

»Das sehe ich«, meinte Ellen spöttisch. »Ihr amüsiert euch scheinbar recht gut miteinander.«

»Na und?«, entgegnete ihr Exmann gereizt.

»Wo ist Herr Yamamoto?«, unterbrach Paula die beiden.

»Er ist noch mit meinem Kollegen unterwegs.«

»Dann bist du ihn ja schnell losgeworden«, stellte Paula fest. »Das ist ungerecht.«

»Ich weiß mir eben in einer solchen Situation zu helfen.« Ellen machte ein überhebliches Gesicht.

»Wahrscheinlich hat der Typ Angst vor ihr«, sagte Roland zu Paula.

»So wie du?« Ellen blickte ihren Exmann herausfordernd an.

Paula sprang auf. »Wollt ihr etwas trinken?«, fragte sie nervös.

Sara nickte begeistert, wurde aber von Ellen aus der Küche geschoben.

»Ihr geht jetzt ins Bett!«, befahl sie.

»Aber Paula will uns doch etwas zu trinken geben«, protestierte Sara. »Ich bin noch gar nicht müde.«

Ellen zeigte mit der Hand auf die Treppe. »Ab nach oben!«

Sara gab nach und zog David mit sich. »Gute Nacht!«

Ellen kehrte in die Küche zurück und blickte sich nach Pepper um. Der Hund knurrte Roland drohend an.

»Du solltest auch ein wenig die Zähne fletschen, wenn es dir hilft, deine Aggressionen abzubauen«, schlug Roland Ellen vor.

»Das habe ich nicht nötig«, entgegnete Ellen verächtlich. Sie wollte zu einer weiteren Spitze ansetzen, als es klingelte.

Paula fuhr zusammen. »Wer kann das sein?«

»Vielleicht euer japanischer Gast?« Roland erhob sich. »Ich seh mal nach.«

Ellen drängte sich an ihm vorbei. »Du wohnst hier nicht.«

»Aber ich bin schneller als du!« Er erreichte als Erster den Hauseingang und öffnete die Tür. Überrascht blickte er in das gerötete Gesicht von Dieter Bader.

»Dein Kaktus-Mann«, stellte er fest und ließ Ellen den Vortritt.

»Dieter! Was machst du denn hier?« Ellen musterte ihren Kollegen. Er trug seinen Aktenkoffer unter dem Arm und schwankte leicht. Offensichtlich war er betrunken. »Wo ist Mister Yamamoto?«

»Vielleicht im Koffer?«, flüsterte Roland Paula zu, die inzwischen auch zur Tür gekommen war.

Paula lächelte und legte den Finger an die Lippen. Sie wollte auf keinen Fall versäumen, wie es weiterging.

»Keine Ahnung, wo er ist«, lallte Bader. »Er wollte noch nicht nach Hause gehen.«

»Du meinst, du hast ihn allein gelassen?« Ellen war entsetzt.

»Er war nicht allein. Er hatte drei Frauen bei sich«, nuschelte Bader entschuldigend.

»Das wird ja immer besser.« Ellen stöhnte und blickte ihren Kollegen durchdringend an. »Und warum bist du hier?«

»Ich will nicht mehr nach Hause.« Dieter Bader verzog weinerlich das Gesicht. »Kann ich über Nacht bei dir bleiben?«

»Bei mir bleiben?«, wiederholte Ellen schwach. »Warum denn?«

»Zu Hause ist alles so schrecklich! Keiner versteht mich. Immer muss ich alles tun, was meine Frau sagt!«

»Als ob das bei Ellen anders wäre«, murmelte Roland. Paula kicherte und stieß ihn leicht in die Seite.

Ellen blickte die beiden strafend an und wandte sich dann wieder an ihren Arbeitskollegen. »Du kannst von mir aus diese Nacht hierbleiben und deinen Rausch ausschlafen. Morgen reden wir weiter.«

Bader kratzte sich unsicher am Bart. »Ich will für immer hierbleiben!«, flüsterte er. »Ich hab gerade Helga angerufen. Hab ihr gesagt, dass ich nie wieder zu ihr kommen werde.«

Dann ließ er seinen Aktenkoffer fallen und stürzte sich in Ellens Arme. »Weil ich *dich* liebe!«

12

Auch das noch!« Ellen versuchte, sich aus Dieters Umarmung zu befreien. Vergeblich. Der betrunkene Mann hielt sie nur noch fester und drückte sein stoppeliges Gesicht an ihre Brust.

»Ich liebe dich!«, wiederholte er schluchzend.

Paula kam ihrer Freundin zur Hilfe. »Nun kommen Sie mal mit, Herr Bader! Wir machen Ihnen ein schönes Bett auf dem Sofa.« Sie ergriff Dieters Hand.

»Das ist so nett von Ihnen!«, rief Bader und umarmte Paula ebenfalls.

»Das geht jetzt aber ein bisschen zu weit«, mischte sich Roland ein. »Der Mann ist ja sternhagelvoll!«

Er löste die beiden Frauen aus der Umarmung des Mannes. Dann nahm er Dieter am Arm und sprach beruhigend auf ihn ein.

»Ich helfe Ihnen. Erinnern Sie sich an mich? Ich bin der Zahnarzt, der Ihnen neulich die Stacheln aus dem Bein gezogen hat.«

Bader nickte weinerlich. »Das hat weh getan.«

Roland wandte sich an Paula. »Ich bleibe hier, bis er eingeschlafen ist. Zuerst sollte er viel Wasser trinken, und vielleicht auch einen Kaffee. Und dann geben wir ihm zwei Kopfschmerztabletten und verfrachten ihn aufs Sofa. Einverstanden?«

Die Frauen nickten.

Roland schob Bader in die Küche. Ellen und Paula folgten ihnen. Paula füllte ein großes Glas mit Leitungswasser.

»Hier!« Sie hielt Bader das Glas vor den Mund. »Schön langsam trinken!«

Bader gehorchte.

»Dieter!« Ellen sah ihn eindringlich an. »Wo hast du Toshiro zurückgelassen? Im Restaurant?«

»Nein.« Bader schüttelte den Kopf.

»Vor der Tür?«, fragte Ellen weiter.

»Nein.« Wieder schüttelte ihr Kollege den Kopf.

»Wo dann?« Ellen verlor allmählich die Geduld.

»Nun hören Sie mal gut zu«, mischte sich Roland in das Gespräch. »Dieser Mann ist vermutlich genauso betrunken wie Sie und versteht kein Wort Deutsch. Er irrt jetzt irgendwo in der Frankfurter Innenstadt herum – und das alles ist Ihre Schuld!«

Bader verzog qualvoll das Gesicht.

»Es ist kalt draußen«, fuhr Roland fort. »Er wird erfrieren, wenn wir ihn nicht finden!«

»Auf der Toilette …«, schluchzte Bader. »Ich habe mich da von ihm verabschiedet und bin dann direkt hergekommen.«

»Du hast ihn auf der Toilette allein gelassen?«, fragte Ellen.

»Er war nicht allein. Draußen haben doch die drei Frauen auf ihn gewartet«, verteidigte sich Bader.

»Du lieber Himmel!« Ellen richtete sich auf. »Ich muss ihn suchen.« Sie holte ihren Mantel und die Handtasche. »Ich fahre noch einmal los!«

»Hoffentlich findest du ihn schnell«, sagte Paula besorgt.

»Das hoffe ich auch.« Ellen seufzte. »Ich beginne meine Suche wohl am besten in dem Restaurant, in dem wir gegessen haben.«

»Wenn du da nicht fündig wirst, versuch es mal in den Karaoke-Bars«, schlug Roland vor. »Und sei ganz beruhigt, wir kümmern uns um deinen Kollegen.«

»Danke!« Ellen zog die Eingangstür hinter sich zu.

Im Vorgarten stieß sie mit Thomas Heitmann zusammen.

»Ellen!« Überrascht blieb er stehen.

»Warum bist du uns gefolgt?«, fragte sie verwirrt.

»Ihr habt etwas bei mir liegen lassen«, entgegnete er und hielt ihr zwei zusammengefaltete Papiere hin. »Einer dieser Briefe ist ziemlich wichtig für eine bestimmte Person.«

»Und der andere?« Ellen stopfte die beiden Papiere geistesabwesend in ihre Handtasche.

»Der andere ist nicht ganz so dringend«, antwortete Thomas und dachte an die Rechnung. »Ich werde dir –«

»Thomas!«, unterbrach Ellen ihn. »Ich muss noch einmal in die Stadt fahren, um einen unserer Gäste zu suchen.«

»Ist euch einer entlaufen?«, fragte er amüsiert.

»Nein. Er wurde nur nicht wie vereinbart hier abgesetzt.«

»Welcher ist es denn? Der große Deutsche oder der kleine Japaner?«

»Leider der Japaner.« Ellen schielte ungeduldig auf ihre Armbanduhr. »Er spricht kein Wort Deutsch und ist vermutlich sternhagelvoll.«

»Hast du etwas dagegen, wenn ich mitkomme?«, erkundigte sich Thomas.

Ellen wollte protestieren, überlegte es sich dann aber anders. Wenn die Spurensuche auf der Herrentoilette begann, konnte sie männliche Hilfe gut gebrauchen.

»Okay«, sagte sie deshalb nur und öffnete das Gartentor.

»Wie peinlich, dass wir unseren Gast verloren haben«, sagte Ellen, nachdem sie losgefahren waren.

»Er war doch gestern mit Paula essen, oder? Vielleicht hat er sich in sie verliebt, ist die Fassade hochgeklettert und wartet jetzt auf ihrem Balkon«, spottete Thomas.

»Sehr witzig! Paula wohnt im Erdgeschoss.« Ellen runzelte die Stirn. »Außerdem hat sie heute schon Herrenbesuch.«

»So, wie du das sagst, klingt es irgendwie bedrohlich. Wieso darf sie keine Verabredung haben?«

»Weil es mein Exmann ist, deshalb!«, erwiderte Ellen erbost.

»Und das stört dich, weil du noch Gefühle für ihn hast?«, fragte Thomas vorsichtig.

»Um Gottes willen, nein!« Ellen schüttelte heftig den Kopf. »Aber ich traue ihm nicht. Paula ist viel zu gut für ihn.«

»Sie ist alt genug, um ihre eigenen Entscheidungen zu treffen, findest du nicht?« Thomas lehnte sich im Sitz zurück.

»Ja, natürlich, aber ...« Ellen trat heftig auf die Bremse. »Sieh mal da vorn!«, flüsterte sie aufgeregt und deutete auf ein Paar, das Hand in Hand die Straße entlanglief.

Angestrengt starrte Thomas durch die Dunkelheit auf die beiden Menschen. »Das ist nicht Toshiro«, entgegnete er leise. »Der Mann ist viel zu groß.«

»Das weiß ich«, wisperte Ellen zurück. »Das ist Conny mit ihrem Pfarrer!«

»Pfarrer?«, murmelte Thomas verwirrt.

»Ja!«, zischte Ellen und verschränkte die Arme beleidigt vor der Brust. »Mir hat sie gesagt, dass sie heute mit Hylia essen geht. Stattdessen trifft sie sich mit Johannes Müller!«

»Und was stört dich an *diesem* Mann?« Thomas hatte Mühe, ein Grinsen zu verbergen.

»Er ist nicht ...« – sie suchte das richtige Wort – »... zielführend.«

Conny und Johannes bogen händchenhaltend in eine Seitenstraße ein, und Ellen fuhr langsam weiter.

»Zielführend?«, wiederholte Thomas gedehnt. »Welches Ziel verfolgt ihr denn?«

Ellen strich sich fahrig durch ihre Haare. »Ich glaube, das weiß ich gerade selbst nicht mehr genau.«

Thomas musterte sie von der Seite. »Neulich hast du mir noch erzählt, dass du die Einzige bist, die das gemeinsame Ziel nicht aus den Augen verliert.«

»Vielleicht bin ich aber auch nur die Einzige, die ihr Ziel viel zu hoch gesteckt hat«, murmelte Ellen nachdenklich. »Vielleicht haben die anderen ihr Ziel längst erreicht.«

»Ellen!« Thomas legte seine Hand auf ihren Arm. »Kannst du nicht mal so mit mir sprechen, dass ich verstehe, was du sagen willst?«

Ellen schüttelte den Kopf. Sie musterte Thomas verstohlen.

Er spürte ihren Blick und wollte gerade etwas erwidern, als Ellen erneut scharf bremste.

»Was ist?«, fragte Thomas aufgeregt. »Schon wieder ein Paar, das sich ohne deine Erlaubnis trifft?«

»Nein«, erwiderte Ellen. »Da vorn ist Toshiro!« Sie lenkte das Auto an den Straßenrand, öffnete die Autotür und eilte auf den Japaner zu.

Thomas folgte ihr. Toshiro Yamamoto saß allein auf der Bank an einer Bushaltestelle und sang lauthals »Jingle Bells«.

»Toshiro!« Ellen fiel ein Stein vom Herzen.

»Ah, Ellenwinta!« Der Japaner unterbrach seinen Gesang. Er ergriff ihren Arm und drückte ihr einen Kuss auf die Hand. »You have come to take me home.«

Er zog sich an Ellen hoch und umklammerte ihren Hals. »I love you!«

»Nicht noch einer«, stöhnte Ellen. Sie schob Toshiro zur Seite, doch der Japaner konnte wohl nicht mehr gerade stehen. Kurz entschlossen packte Thomas den Arm des Mannes und zog ihn über seine Schulter. »Wir legen ihn hinten ins Auto. Wenn wir Glück haben, schläft er ein.«

Ellen nickte und eilte zum Wagen. Gemeinsam mit Thomas bettete sie den Japaner auf die Rückbank. Dann untersuchte sie Toshiros Manteltaschen.

»Alles noch da«, sagte sie erleichtert. »Geldbeutel, Brieftasche und weitere Papiere.«

»Was für ein Glück!« Thomas schnallte Toshiro so gut wie möglich an und schloss dann leise die hintere Autotür. »Ich glaube, er schläft schon.«

»Gut!«, sagte Ellen, während sie sich hinter das Steuer setzte. Thomas nahm auf dem Beifahrersitz Platz. »Du könntest es hier etwas wärmer machen. Wer weiß, wie lange er schon draußen gesessen hat.«

Ellen nickte und schaltete die Heizung höher.

»Ich helfe dir noch, ihn ins Haus zu bringen«, sagte Thomas, nachdem sie die Villa erreicht hatten.

»Danke«, murmelte Ellen.

Thomas packte den Japaner an den Schultern, zog ihn aus dem Wagen und folgte dann Ellen ins Haus.

In der Diele trafen sie auf Paula und Roland.

»Noch ein betrunkener Mann! Was für eine Art Pension habt ihr hier eigentlich?«, fragte Roland seine Exfrau.

»Gott sei Dank, du hast ihn gefunden!«, rief Paula erleichtert und nickte dem Schreiner zu. »Wie schön, dass du Hilfe hattest.«

»Hallo, Paula«, grüßte Thomas und sah sich dann suchend um. »Kann ich Toshiro hier irgendwo hinlegen?«

Er wartete die Antwort nicht ab, sondern steuerte mit dem Japaner das Wohnzimmer an. Überrascht blieb er stehen, als er auf dem Sofa den leise schnarchenden Dieter Bader entdeckte.

»Was macht der denn hier?«, fragte er Ellen, die ihm gemeinsam mit den anderen gefolgt war. Vorsichtig bettete er Toshiro zu Füßen des Schlafenden.

»Dieser Mann hat Ellen vorhin seine Liebe gestanden und darf nun hier seinen Rausch ausschlafen«, gab Roland bereitwillig Auskunft.

»Der auch?« Thomas grinste. »Toshiro hat Ellen ebenfalls versichert, dass er sie liebt, bevor er eingeschlafen ist.«

»Kaum zu fassen, dass gleich zwei Männer so dumm sind«, murmelte Roland.

Thomas musterte ihn kritisch. »Sie sind Ellens Exmann, nicht wahr?« fragte er.

»Ja. Mein Name ist Roland Wolf. Und wer sind Sie? Ellens Freund?«

»Nein«, rief Ellen lauter als nötig. »Er ist nur der Schreiner.«

»Dann ist sein Aufgabengebiet aber ziemlich weit gesteckt«, bemerkte Roland misstrauisch.

»Ich bin Thomas Heitmann«, sagte der Schreiner. »Und Sie ahnen gar nicht, was ich hier im Haus schon alles erledigt habe!«

»Wo habt ihr Toshiro gefunden?«, erkundigte sich Paula nun.

»Auf einer Bank an einer Bushaltestelle«, antwortete Ellen.

»Ich helfe ihm jetzt in sein Zimmer hinauf.« Thomas nahm den Japaner erneut beim Arm.

»Ich komme mit.« Ellen eilte nach oben voraus, öffnete die Tür zum Gästezimmer und knipste das Licht an.

»Oh, er hat sich also für das Zimmer mit Fruchtbarkeitsgöttin entschieden«, stellte Thomas fest, als er mit dem Japaner in den Raum trat. »Kein Wunder, dass er ganz wild auf dich ist. Das ist alles Britta Birnbaums Schuld.«

Unterdessen waren Paula und Roland in die Küche zurückgekehrt.

»Was für ein Abend!«, seufzte Paula und räumte Geschirr in die Spülmaschine. »Das hatte ich mir ruhiger vorgestellt.«

»Macht doch nichts«, tröstete Roland sie. »Jetzt habe ich wenigstens einen Vorwand, dich zu mir einzuladen. Schließlich will ich das Ende dieser Geschichte hören!«

Paula lachte.

»Und ich muss wissen, ob der Zwerg seine Nasenoperation überlebt hat«, fuhr Roland fort.

»Das kannst du sofort prüfen«, sagte Paula und deutete aus dem Küchenfenster. »Ich mache das Licht aus, damit du draußen was siehst.«

»Und?«, erkundigte sie sich, nachdem sie sich im Dunkeln auf einen Küchenstuhl hatte fallen lassen. »Was siehst du?«

»Einen sehr gesund aussehenden Zwerg«, antwortete Roland vergnügt. »Und ein junges Paar, das sich vor der Tür küsst.«

Paula sprang auf und trat an seine Seite. »Das sind Hylia und Karsten Wehmeier«, flüsterte sie.

»Wohnen sie auch hier?«, fragte Roland neugierig.

»Hylia ist meine Haushaltshilfe«, erklärte Paula leise.

»Ah, dann habe ich sie schon einmal gesehen.«

»Und Karsten Wehmeier ist derzeit einer unserer Gäste.« Sie seufzte beglückt. »Ich freue mich für die beiden.«

»Sie kommen herein«, warnte Roland und zog Paula mit sich in die hintere Ecke der Küche. Sie standen dort dicht beisammen und hielten sich immer noch an den Händen, als Hylia das Küchenlicht einschaltete.

»Ich brauche jetzt dringend etwas Süßes«, sagte sie gutgelaunt zu Wehmeier. »Im Kühlschrank müsste noch etwas Marzipanschokolade sein.«

Überrascht blieb sie stehen, als sie Paula und Roland entdeckte.

»Oh … hallo!«, stotterte sie.

»Hallo.« Paula löste sich aus Rolands Händen. Verlegen standen sich die beiden Paare in der Küche gegenüber.

»Es ist schon spät.« Roland schaute auf seine Armbanduhr. »Ich glaube, ich muss jetzt nach Hause.«

»Genau!«, rief Wehmeier, dankbar für das Stichwort. »Ich werde ebenfalls ins Bett gehen.«

»Ich bin auch schon ganz müde.« Hylia gähnte.

Paula blickte schmunzelnd in die Runde. »Dann sind wir uns ja alle einig, oder? Alle sind müde, und keiner hat noch Lust auf ein langes Gespräch.«

Sie stellte sich auf die Zehenspitzen und drückte Roland einen Kuss auf die Wange. »Gute Nacht!«

Überrascht sah er sie an, sagte jedoch nichts. Erst als sie ihn zur Tür geleitete, räusperte er sich.

»Ich rufe dich am Wochenende mal an. Du schuldest mir das Ende dieser ganzen Geschichte!«

Sie nickte lächelnd. »Keine Angst, du verpasst nichts. Schließlich bist du ja mittendrin im Geschehen.«

»Das hoffe ich«, entgegnete er leise und strich ihr über die Wange. Dann verließ er die Villa.

Lächelnd drehte sich Paula um und prallte gegen Hylia, die abwartend in der Küchentür stand.

»Wo ist Karsten?«, fragte Paula beiläufig und schob sich an ihr vorbei in die Küche.

»Der ist schon nach oben gegangen«, antwortete Hylia verlegen.

Paula nahm die Marzipanschokolade aus dem Kühlschrank. »Willst du auch ein Stück?«

»Nein.« Hylia schüttelte den Kopf. »Mir ist der Appetit vergangen.«

»Wie du meinst.« Paula nahm sich ein großes Stück Schokolade.

»Gute Nacht!«

»Hör zu, Hylia, morgen früh treffen wir uns um sechs Uhr hier in der Küche. Wir haben etwas zu besprechen!«

Hylia nickte. »Das glaube ich auch«, murmelte sie beim Hinausgehen.

Ellen öffnete leise die Tür vom Gästezimmer und wollte in den Gang treten, als sie dort Hylia und Karsten entdeckte.

Schnell schloss sie die Tür wieder und stieß dabei gegen Thomas' Ellenbogen.

»Was ist los?«, erkundigte er sich.

»Da draußen steht Hylia!«

»Na und?«

»Sie küsst Karsten Wehmeier«, wisperte Ellen fassungslos.

Thomas rieb sich das schmerzende Gelenk. »Das soll vorkommen, wenn zwei sich mögen.«

»So war das aber nicht geplant.« Ellen schüttelte den Kopf.

»Nicht geplant?«, wiederholte Thomas verdutzt. »Seit wann plant man so etwas?«

»Das verstehst du nicht«, antwortete Ellen schnippisch.

»Ich verstehe das nicht?« Der Schreiner wurde wütend. »Was gibt es denn da zu verstehen? Du benimmst dich schon den ganzen Abend so, als ob deine Freundinnen deine persönliche Genehmigung zum Küssen brauchten!«

»Das brauchen sie nicht«, entgegnete Ellen ärgerlich, »wenn sie den Richtigen küssen.«

»Und du weißt genau, wer der Richtige für sie ist, nicht wahr?«, höhnte Thomas.

»Ich denke, ja.«

»Wirklich? Ich weiß zwar immer noch nicht genau, was ihr hier eigentlich treibt, aber ich finde, dass weder dieser betrunkene Japaner noch der Typ mit den Duftölen auch nur annähernd gut genug für euch sind!«

»Das kannst du gar nicht beurteilen.« Ellen blinzelte ihn böse an.

»Aber du, was? Was macht dich eigentlich zur Expertin? Der Japaner oder dein betrunkener Kollege?«

»Es reicht!«, zischte Ellen.

»Nur eine Frage noch«, fuhr Thomas unbeirrt fort. »Siehst du nicht, dass deine Freundinnen deine Hilfe nicht brauchen? Sie haben dir heute Abend deutlich genug bewiesen, dass sie selbst in der Lage sind, für ihr Glück zu sorgen.«

Ellen wollte etwas erwidern, presste dann aber die Lippen aufeinander und rieb sich erschöpft die Stirn. »Vielleicht hast du recht«, murmelte sie leise.

»Ich habe immer recht«, versicherte er ihr.

»Es ist einfach ein bisschen viel auf einmal! Toshiro betrinkt sich, Paula trifft sich mit meinem Exmann, Dieter Bader gesteht mir seine Liebe, Conny und Hylia machen, was sie wollen, und du –«

»Ja?«, unterbrach er sie. »Was ist mit mir?«

»Ach nichts.« Sie räusperte sich. »Lass uns gehen!«

Karsten und Hylia waren verschwunden, als sie in das dunkle Treppenhaus traten. Auch in der Küche brannte kein Licht mehr. Offensichtlich war Paula bereits ins Bett gegangen.

An der Haustür drehte sich Thomas noch einmal um. »Jetzt habe ich ganz vergessen, dir noch etwas zu den beiden Briefen zu sagen –«, begann er.

Ellen unterbrach ihn hastig. »Nicht jetzt, bitte!« Ein weiteres Liebesgeständnis konnte sie heute nicht mehr verkraften.

»Es ist aber wichtig«, beharrte er. »Zumindest der eine Brief ist sehr bedeutsam für eine bestimmte Person.«

»Ich weiß. Aber können wir nicht ein anderes Mal darüber reden?«

»Das brauchen wir nicht«, meinte Thomas verwundert. »Das ist schnell geklärt.«

»Da bin ich aber ganz anderer Meinung«, brummte Ellen.

»Also …«, begann Thomas.

»Können wir uns auf das Wesentliche beschränken und den Rest in Ruhe besprechen?« Ellen seufzte. »Der eine Brief ist für mich, nicht wahr?«

Thomas nickte zögernd und hatte dabei abermals die Rechnung im Sinn. Vermutlich würden die Frauen die Kosten teilen. Da konnte Ellen das Schreiben sicher auch entgegennehmen.

»Der andere Brief ist für David und Sara«, fuhr er fort.

»David und Sara?« Nun war auch Ellen verwirrt.

»Ja!«, bestätigte Thomas. »Großes Geheimnis, über das ich nicht sprechen darf.«

Ellen nickte. Sie war nicht ganz bei der Sache. Was konnten zwei Kinder schon Geheimnisvolles mit einem Schreiner planen?

»Und weiter?«, fragte sie und stellte sich im Stillen auf eine erneute Liebeserklärung ein. Die dritte an diesem Abend, merkwürdigerweise aber die erste, bei der ihr das Herz bis zum Hals schlug.

»Nichts weiter!« Thomas lächelte sie an. »Das war's.«

»Das war's?«, wiederholte Ellen verblüfft und sogar etwas enttäuscht, wie sie sich selbst eingestand.

»Richtig«, bestätigte er und drehte sich um. »Gute Nacht!«

»Thomas?«, rief Ellen leise hinter ihm her.

»Ja?«

»Ich weiß zwar jetzt endgültig nicht mehr, was ich von dir halten soll, aber trotzdem danke für heute Abend!«

»Gern geschehen.« Er grinste. »Übrigens bist du mir auch ein Rätsel.«

»Wann sehen wir uns wieder?« Ärgerlich biss sich Ellen auf die Lippen. Eigentlich hatte sie das nicht fragen wollen.

»Am Samstag arbeite ich wieder bei euch im Keller.« Er winkte zum Abschied.

Nachdenklich schloss Ellen die Tür und griff im Flur zu ihrer Handtasche. Sie nahm die beiden zusammengefalteten Papiere, öffnete das erste Schreiben und legte das andere achtlos in die Tasche zurück.

Meine Liebste!
Es wird Zeit, dass wir uns zueinander bekennen. Ich werde am Samstag beim Krippenspiel als Zeichen meiner Liebe einen Schal tragen. Wenn du meinst, dass wir eine Chance haben, dann sage es mir nach der Vorstellung.

In Liebe, dein heimlicher Verehrer, der sich dir bald zu erkennen geben wird.

Ellen lächelte. Thomas war wirklich ein verrückter Kerl!

Wie »heimlich« konnte ein Verehrer sein, der ihr seinen Liebesbrief persönlich vorbeibrachte?

13

»Wir haben den Brief bei Thomas vergessen!« Aufgeregt weckte Sara ihren Bruder am nächsten Morgen schon vor sechs Uhr.

»Hm?« David rieb sich schläfrig die Augen.

»Wir haben Mamas Liebesbrief in der Werkstatt liegen lassen«, wiederholte Sara ungeduldig.

»Na und?« David gähnte. »Dann hole ich ihn heute nach der Schule ab. Ist doch kein Problem.«

»Oder du gehst vor der Schule bei ihm vorbei«, schlug Sara vor.

David stöhnte. »Bist du verrückt? Dann muss ich ja jetzt schon aufstehen!«

»Na und?«, erwiderte seine Schwester ungerührt und zog ihm die Bettdecke von den Beinen. »Komm schon!«

»Nervensäge!« Unwillig stand David auf.

Zehn Minuten später betraten die Geschwister die Küche. Überrascht blieb Sara stehen, als sie Paula am Tisch sitzen sah. »Du bist ja schon hier!«

»Ja.« Paula lächelte. »Ich bin mit Hylia verabredet.«

In diesem Moment steckte Ellen den Kopf durch die Tür. »Ihr seid ja alle schon wach«, sagte sie erstaunt und trat ein, eine sehr müde aussehende Conny im Schlepptau.

»Mama! Was machst du denn schon so früh in der Küche?«

Conny gähnte. »Ellen war der Meinung, es gibt etwas Dringendes zu besprechen.«

»Es war wohl gestern Abend bei dir und Hylia sehr spät, was?«, erkundigte sich Ellen spitz. »Ich habe dich – ich meine natürlich euch – gar nicht nach Hause kommen hören.«

»Ja, es war spät«, murmelte Conny und schaute dann ihre Kinder an. »Aber was um Himmels willen macht ihr schon um diese Uhrzeit hier unten?«

»Äh ... wir suchen etwas«, stammelte Sara und blickte hilflos zu ihrem Bruder.

»Etwas Wichtiges«, ergänzte David.

Schlagartig fiel Ellen der Brief ein. »Ich glaube, ich kann euch helfen. Kommt mal mit!«

Die Kinder folgten ihr in den Hausflur. Dort zog Ellen ein zusammengefaltetes Schreiben aus ihrer Tasche. »Hier!«

»Aber wieso ...«, begann Sara.

»Das hat mir gestern ein geheimnisvoller Mann gegeben«, wisperte Ellen verschwörerisch. »Ich werde seinen Namen nicht nennen, keine Angst.«

Sara sah sie erstaunt an und nahm dann den Brief.

Während Ellen ihre Handtasche an die Garderobe zurückstellte, lief Sara wieder in die Küche und steckte das Papier ihrer Mutter zu.

»Für dich, von einem geheimnisvollen Mann!«, flüsterte sie.

»Danke.« Belustigt steckte Conny den Brief in ihre Hosentasche. »Ich werde ihn später lesen.«

»Nachdem das jetzt geregelt ist, kann ich ja wieder ins Bett gehen«, bemerkte David von der Küchentür aus. »Ich habe heute erst zur zweiten Stunde, und außerdem ist Sara mit dem Hund an der Reihe.«

Seine Schwester seufzte. »Leider hat er recht«, brummte sie und rief nach Pepper.

»Ich hätte eigentlich gern zuerst mit Hylia allein gesprochen«, bemerkte Paula ärgerlich, nachdem sich Ellen und Conny zu ihr an den Tisch gesetzt hatten.

»Worüber wollt ihr euch denn unterhalten?«, fragte Ellen neugierig.

»Das geht dich nichts an«, murmelte Paula.

»Soll ich raten?«, fragte Ellen. »Es geht um vorgetäuschte und echte Verabredungen.«

»Richtig!«, kam es von der Tür. Hylia trat ein und stemmte ihre Arme in die Hüften. »Gut geraten. Oder hast du es am Ende schon gewusst?«

»Mir bleibt so leicht nichts verborgen«, sagte Ellen selbstsicher.

»Ach ja?« Langsam trat Hylia an den Tisch und baute sich vor Ellen auf. »Und wann kommst du mit deinen abenteuerlichen Ermittlungen endlich bei dir selbst an?«

»Wie meinst du das?«

Hylia grinste souverän. »Ich spreche zum Beispiel davon, dass du gestern Abend dem Schreiner sehr entzückend versichert hast, wie rätselhaft du ihn findest.« Sie ließ sich auf den vierten Küchenstuhl fallen. »Mein Zimmer geht nämlich auch nach vorn hinaus, weißt du?«

Ellen schwieg überrascht.

»Und was meine Verabredung mit Karsten betrifft, so hatte ich nie vor, dich zu belügen«, wandte Hylia sich jetzt an Paula. »Ich bin nur irgendwie nicht dazu gekommen, dir die Wahrheit zu sagen.«

Paula winkte ab. »Das ist schon in Ordnung. Erzähl mir lieber, wie es lief.«

»Gut lief es. Sogar sehr gut.« Hylia lächelte. »Das hast du doch gesehen.«

»Und?«, fragte Paula neugierig. »Was jetzt?«

»Keine Ahnung.« Die hübsche Türkin zuckte mit den

Schultern. »Karsten muss heute nach London fliegen. Wir werden sehen, wie und ob es weitergeht.«

»Ach«, sagte Conny schwärmerisch. »Junge Leute können sich so herrlich viel Zeit lassen mit der Liebe!«

»Wie recht du hast«, entgegnete Ellen angriffslustig. »In unserem Alter läuft man lieber gleich nach der ersten Verabredung händchenhaltend durch die Straßen.«

Conny wurde rot. »Hast du Johannes und mich gesehen?«, fragte sie leise.

»Ja«, bestätigte Ellen.

»Wo warst du gestern Abend eigentlich noch?«, fauchte Hylia. »Man könnte meinen, du hast uns verfolgt!«

»Sie hat wahrscheinlich sogar eine Weile lang in der Tanne vor dem Küchenfenster gesessen und Paula und Roland bespitzelt«, vermutete Conny.

»Seid nicht albern!«, erwiderte Ellen gekränkt. »Ich kann doch nichts dazu, wenn ich euch alle zufällig treffe.«

»Da wir gerade vom Zufall sprechen: Hast du den Schreiner auch ganz zufällig getroffen?«, erkundigte sich Hylia.

»Nein«, gab Ellen zu. »Der kam hier vorbei, weil er mir etwas bringen wollte.«

»Vielleicht noch einen Schraubenzieher?« Conny grinste.

Ärgerlich schüttelte Ellen den Kopf.

»Was dann?« Hylia ließ nicht locker.

Ellen dachte an den Liebesbrief. »Das geht euch nichts an!«

Erbost sprang Conny auf. »Das geht uns nichts an?«, wiederholte sie wütend. »Du machst uns hier pausenlos Vorschriften in Bezug auf unser Liebesleben und sagst, wir sollen aufrichtig zueinander sein. Aber wo bleibt deine eigene Ehrlichkeit?«

»Hört sofort auf zu streiten!« Auch Paula erhob sich jetzt und blickte drohend in die Runde. »So kommen wir doch nicht weiter! Wir keifen hier herum, statt froh darüber zu sein, dass einige von uns gerade eine sehr glückliche Zeit mit einem Mann erleben.«

»Ich hoffe, du sprichst jetzt nicht von dir und meinem Exmann«, murmelte Ellen.

»Und wenn es so wäre?«, entgegnete Paula ruhig und setzte sich wieder. »Würde dich das stören?«

»Du bist zu gut für ihn.«

»Das würde ich sehr gern selbst beurteilen.«

»Das kannst du nicht. Du bist zu leichtgläubig. Roland ist nicht so harmlos, wie er sich dir gegenüber gibt.«

»Das riskiere ich«, sagte Paula gleichmütig.

»Paula, du weißt nicht, worauf du dich da einlässt!«, warnte Ellen.

»Aber du, was?«, warf Hylia ein.

»O ja, ich kann das viel besser beurteilen«, entgegnete Ellen.

»Und warum, wenn man fragen darf?« Conny stand immer noch am Tisch.

»Ich habe viel mehr Erfahrung mit Männern als Paula.«

»Ach ja?« Paula sprang erneut auf. »Heißt das dann auch, dass du besser mit ihnen fertig wirst?«

Ellen nickte und wollte etwas sagen, aber Paula kam ihr zuvor.

»Ich darf dich mal an den Mann auf dem Sofa erinnern!«, brüllte sie los. »Es hat gestern Abend nicht im Entferntesten danach ausgesehen, dass du alles im Griff hast!«

»Welcher Mann?«, fragte Hylia.

»Welches Sofa?«, ergänzte Conny.

»Das Problem mit Dieter werde ich heute ganz in Ruhe regeln«, sagte Ellen gelassen, ohne auf die Fragen der beiden Frauen einzugehen.

»Dieter?« Hylia runzelte die Stirn.

»Der Kaktus-Mann?« Conny kicherte.

»Er hat gestern Abend Frau und Kinder verlassen, um bei

Ellen einzuziehen«, klärte Paula die beiden auf. »Momentan liegt er auf unserem Sofa und schläft seinen Rausch aus.«

»Das muss ich mir ansehen!« Hylia erhob sich und stürmte in Richtung Wohnzimmer.

Auch Conny lief zur Tür, drehte sich jedoch noch einmal um und kehrte an den Tisch zurück. Dort blieb sie vor Ellen stehen. »Ich schlage vor, wir vereinbaren eine Art Waffenstillstand.«

Ellen runzelte die Stirn.

»Du löst erst einmal deine eigenen Männerprobleme, bevor du uns gute Ratschläge gibst«, fuhr Conny fort. »Und bis dahin dürfen wir anderen uns weiterhin mit den von uns selbst ausgewählten Herren verabreden.«

Ellen nickte. »Einverstanden.«

»Wir alle«, betonte Conny. »Also auch Paula.«

»Jawohl!«, sagte diese aufgeregt.

»Auch Paula«, wiederholte Ellen zögernd.

Im Stillen nahm sie sich jedoch vor, Roland heute noch zur Rede zu stellen.

Dieter Bader erwachte mit rasenden Kopfschmerzen und riesigem Durst. Stöhnend rieb er sich die Stirn und öffnete langsam die Augen. Er blickte direkt in die Gesichter von vier Frauen, die sich interessiert über ihn beugten. Erschrocken schloss er die Augen wieder.

»Wo bin ich?«, stöhnte er.

»Du bist bei mir«, sagte eine Stimme, die ihm bekannt vorkam. Vorsichtig schielte er durch seine halbgeöffneten Augenlider.

»Ellen!«, stellte er erleichtert fest.

»Ja, ich bin hier.«

»Kannst du mir etwas zu trinken besorgen? Und eine Kopfschmerztablette?«

»Natürlich.« Ellen nickte und verließ das Wohnzimmer.

Erschöpft schloss Bader die Augen wieder. Nach einer Weile vernahm er ein verlegenes Hüsteln und schlug sie deshalb erneut auf. Langsam brachte er sich in eine sitzende Position und registrierte erstaunt, dass die anderen drei Frauen immer noch vor dem Sofa standen und ihn unverblümt musterten.

»Äh …«, stammelte er verlegen. »Wer sind Sie?«

»Wir haben uns zwar schon einmal gesehen, aber wir werden Ihrem Gedächtnis auf die Sprünge helfen«, sagte Paula munter und stellte sich und ihre Freundinnen vor. »Das ist Hylia, und diese Dame hier ist …«

»… Conny, das Kindermädchen«, vollendete Conny hastig den Satz und stieß Paula leicht in die Seite.

»Äh … ja«, murmelte Paula und rieb sich den Arm.

»Ich verstehe nicht …«, stotterte Bader. »Warum …?«

»Warum Sie hier sind?«, ergänzte Paula freundlich. »Das kann ich Ihnen sagen. Sie sind gestern Abend hier vorbeigekommen – ziemlich betrunken, nebenbei gesagt – und haben Ellen gestanden, dass Sie sie lieben.«

»Was?« Bader sprang auf, ließ sich aber gleich darauf wieder auf das Sofa fallen und griff an seinen schmerzenden Kopf. »O Gott, jetzt erinnere ich mich!«

»Na also«, sagte Conny vergnügt.

Er stöhnte. »Ich bin erledigt.«

»So schlimm ist Ellen auch wieder nicht«, warf Hylia grinsend ein.

»Sie hat auch ihre guten Seiten«, tröstete Conny.

»Es geht nicht um Ellen«, antwortete Bader verzweifelt. »Es geht um meine Frau. Helga wird mir das nie verzeihen!«

»Sie ist schon auf dem Weg hierher«, sagte Ellen, die mit einem Wasserglas und einer Packung Tabletten zur Tür hereinkam. »Ich habe sie vorhin angerufen.«

Sie stellte das Glas und die Packung auf dem Tisch ab und setzte sich zu ihrem Kollegen auf das Sofa. »Jetzt müssen wir uns erst einmal unterhalten«, begann sie. Hylia, Conny und Paula nickten verständnisvoll und nahmen leise auf den Sesseln Platz.

»Wir beide«, fügte Ellen hinzu. »Allein!«

Enttäuscht standen die drei Frauen wieder auf und verließen das Zimmer.

»Schade!«, hörte Ellen Connys Stimme im Flur. »Das wäre lustig geworden!«

Seufzend wandte sie sich ihrem Kollegen zu. »Du weißt noch, was du mir gestern Abend gesagt hast?«, fragte sie betont beiläufig.

»Ja.« Seine Stimme klang kleinlaut.

»Ich habe es schon verdrängt.« Sie lächelte ihm aufmunternd zu.

»Aber ... ich ... ich ...«, stammelte er.

»Du warst betrunken und wusstest nicht, was du tust«, unterbrach sie ihn. »So einfach ist das.«

»Du bist eine tolle Frau, Ellen«, flüsterte Bader. »Und das sage ich nicht nur, weil ich weiß, wie gut und gewissenhaft du für deine Familie sorgst.«

Ellen runzelte die Stirn und überlegte, ob sie ihn aufklären sollte, dass diese Familie gar nicht existierte. Sie entschied sich jedoch dagegen. Die Angelegenheit war ohnehin schon kompliziert genug.

»Helga wird gleich hier sein und dich mit nach Hause nehmen«, fuhr sie deshalb betont sachlich fort. »Du kannst dir für den Rest der Woche freinehmen und versuchen, das mit Helga wieder hinzubiegen.« Was bestimmt nicht einfach werden würde, setzte sie in Gedanken hinzu. Helga Bader hatte am Telefon kalt und herrisch gewirkt und schien nicht bereit zu sein, ihrem Mann zu verzeihen.

»Himmel!« Er rieb sich die Augen. »Wie soll ich ihr jemals wieder unter die Augen treten?«

»Sie wird dir bestimmt vergeben«, sagte Ellen wenig überzeugend.

»Ich weiß nicht ... Sie interessiert sich doch eh kaum noch für mich. Das Einzige, was für sie zählt, sind die Kinder und ihre Mutter.«

»Aber genau das ist doch deine Familie«, entgegnete Ellen eindringlich.

»Ich weiß.« Er seufzte. »Und deshalb werde ich wohl auch zu ihr zurückkehren, obwohl ich lieber hier bei dir bleiben möchte.«

»Ich werde darüber hinwegkommen«, tröstete Ellen ihn und bemühte sich, ernst zu bleiben.

In diesem Augenblick klingelte es an der Tür.

Bader zuckte zusammen. »Helga kommt!«

Helga Baders dauergewellten Haare sahen in Wirklichkeit noch viel künstlicher aus, als es auf dem Familienfoto im Büro ihres Mannes den Anschein hatte. Ihre dünnen Lippen verkrampften sich zu einem gequälten Lächeln, als Ellen sie an der Tür begrüßte.

»Wo ist er?«, fragte sie und starrte Ellen kalt an.

»Im Wohnzimmer«, ertönte Connys Stimme. Sie stand mit Paula und Hylia in der Küchentür. Überrascht musterte Helga Bader die drei Frauen.

»Wer ist das?«, wandte sie sich an Ellen.

»Das sind meine Mitbewohnerinnen«, erklärte Ellen und räusperte sich dann. »Frau Bader, es tut mir sehr leid. Ihr Mann hat gestern Abend zu viel getrunken. Ich glaube nicht, dass er alles ernst meinte, was er zu Ihnen gesagt hat.«

»Das zu beurteilen müssen Sie schon mir überlassen«, antwortete Helga Bader steif.

»Bitte, wie Sie meinen!« Ellen wurde die Frau immer unsympathischer. »Ich versichere Ihnen aber, dass ich nichts getan habe, um ihn zu einem Liebesgeständnis zu ermuntern.«

Helga Bader musterte Ellen unfreundlich und kniff dann die Augen zusammen. »Ich möchte jetzt zu meinem Mann.«

Ellen deutete auf die Wohnzimmertür.

»Dieter?«, rief Helga Bader. Ihre schrille Stimme überschlug sich fast. »Dieter? Wir müssen sofort gehen!«

Interessiert beobachteten die Freundinnen, wie Helga Bader ins Wohnzimmer rauschte, ihren Mann vom Sofa hochriss und mit sich zog.

»Du kommst jetzt mit!«, unterbrach sie seine gemurmelten Entschuldigungen.

»Aber meine Jacke …«, protestierte er.

»Hier!« Ellen reichte ihm Jacke und Aktentasche.

»Wir sehen uns dann im Büro«, verabschiedete er sich.

Helga Bader presste ihre dünnen Lippen zusammen, grüßte unfreundlich in die Runde und ließ die Tür hastig hinter sich ins Schloss fallen.

Grinsend drehte Ellen sich zu ihren Freundinnen um. »Das ging ja schnell!«

»Aber bestimmt nicht schmerzlos«, murmelte Paula. »Ich möchte nicht wissen, was sich der arme Mann jetzt noch alles anhören muss.«

»Du solltest für ihn um eine Gehaltserhöhung bitten«, schlug Conny vor. »Ich wette, sie kürzt ihm das Taschengeld.«

Hylia lachte. »Ich brauche jetzt noch einen starken Kaffee«, sagte sie und öffnete die Küchentür. »Kommt, wir haben noch ein wenig Zeit, bevor wir uns um die Gäste kümmern müssen.«

Ellen kam um halb neun im Büro an und griff gleich zum Telefonhörer. Roland Wolfs Sprechstundenhilfe meldete sich nach dem zweiten Klingeln.

»Einen schönen guten Tag, hier ist die private Zahnklinik Dr. Wolf. Mein Name ist Melanie Müller, was kann ich für Sie tun?«, flötete es Ellen entgegen.

Sie nannte ihren Namen.

»Der Herr Doktor hat gerade eine Patientin. Das Beratungsgespräch müsste aber gleich zu Ende sein. Wenn Sie bitte einen Moment warten möchten, Frau Winter ...«

Die samtweiche Stimme verklang. Stattdessen hörte Ellen nun Panflötenmusik und Meeresrauschen. Sie stellte das Telefon auf Lautsprecher und griff nach ihrer Kaffeetasse.

Eine junge Kollegin, die an ihrer Tür vorbeiging, schaute überrascht auf, als sie die ungewohnten Klänge aus dem Zimmer ihrer Vorgesetzten hörte. Ellen schloss schnell die Tür.

Das Meeresrauschen ging weiter, die Panflöte begann ein neues Stück.

Ellen zuckte zusammen, als sie plötzlich Rolands Stimme aus dem Telefon hörte. »Hallo, Ellen!«

Sie nahm den Hörer auf.

»Hallo, Roland.«

»Bist du deine diversen Verehrer wieder losgeworden?«

»Mehr oder weniger.«

»Schade. Ihr alle zusammen wart ein schönes Paar ...«

Ellen musste sich zusammennehmen, um nicht gleich wieder einen Streit zu beginnen.

»Wie geht es dir?«, fragte sie betont freundlich.

»Ich habe furchtbar viel zu tun. Heute stehen noch zwei Wurzelbehandlungen auf dem Programm.«

»Wie nett«, bemerkte sie.

»Was ist los?«, erkundigte sich Roland ungeduldig. »Warum rufst du mich mitten am Tag an?«

»Es geht um Paula.«

»Was ist mit ihr?« Die Frage kam schnell und – wie Ellen fand – sogar etwas besorgt.

»Ihr geht es gut«, beruhigte sie ihren Exmann. »Und ich will, dass es auch so bleibt«, setzte sie nach kurzem Zögern hinzu.

»Das will ich auch«, sagte Roland Wolf. »Aber ich wüsste nicht, was dich das angeht.«

»Ich werde es dir erklären.« Ellen seufzte und bemühte sich, ruhig zu bleiben. »Ich habe in den letzten Jahren viele deiner Freundinnen kommen und gehen sehen, Roland. Du hast dich mit ihnen geschmückt und dir die Zeit mit ihnen vertrieben. Ich habe amüsiert zugeschaut und Wetten abgeschlossen, wann du genug von ihnen haben würdest. Meistens ging das ziemlich schnell.«

»Es ist schön, dass ich zu deiner Erheiterung beigetragen habe«, bemerkte Roland bissig.

»Darum geht es gar nicht«, entgegnete Ellen beschwichtigend. »Dein Liebesleben war mir bislang ziemlich egal.«

»Und warum mischst du dich ausgerechnet jetzt ein?«

»Aus Freundschaft«, antwortete Ellen knapp.

»Ich brauche keinen freundschaftlichen Rat!«, sagte Roland Wolf aufgebracht.

»Du vielleicht nicht. Ich sprach von meiner Freundschaft zu Paula«, stellte Ellen richtig. »Sie ist etwas ganz Besonderes.«

»Das weiß ich.«

»Sie ist nicht wie die anderen Frauen.«

»Auch das weiß ich.«

»Du kennst sie kaum.«

»Das, was ich bis jetzt kennengelernt habe, gefällt mir aber sehr gut.«

»Paula hat kaum Erfahrung mit Männern, redet dafür aber dauernd mit ihren Blumen, trinkt grässlichen Tee und hört am liebsten Weihnachtslieder.«

»Willst du sie schlechtmachen?«, fragte Roland. »Was soll das?«

»Ich will sie schützen«, entgegnete Ellen. »Sie ist keine der Frauen, die du nach erfolgreicher Eroberung einfach zur Seite schubsen kannst.«

»Das weiß ich.« Roland seufzte. »Sonst wäre ich auch längst abgetaucht. Was glaubst du, wie oft ich in den letzten Tagen wegen ihr in verrückte Situationen geraten bin?«

»Was meinst du damit?«

»Ich habe sie ›Jingle Bells‹ vor der versammelten Frankfurter Prominenz singen hören, habe einem ihrer Gartenzwerge auf ihre Anweisung hin die Nase operieren müssen und gestern Abend eure betrunkenen Gäste versorgt. Willst du noch weitere Beispiele hören?«

»Nein«, murmelte Ellen überrascht.

Ihr Exmann schwieg für eine Weile und sagte dann: »Soll ich dir etwas Komisches verraten? Für Paula würde ich es alles noch einmal machen!«

»Das passt gar nicht zu dir«, meinte Ellen nachdenklich.

»*Sie* passt ja eigentlich auch nicht zu mir«, entgegnete Roland lauter als nötig. »Sie hat mein Auto zuerst beleidigt und dann verschmutzt, sich vor meinen Augen betrunken und mir in einer Schweinchen-Schürze und mit verrutschter Brille das Abendessen serviert.«

Ellen musste grinsen. »Nicht gerade dein normales Beuteschema, oder?«

»Nein, bestimmt nicht!«, rief er ins Telefon.

»Warum dann sie, Roland?«, fragte Ellen, erstaunt über seine heftige Reaktion. »Du könntest jede andere Frau haben.«

»Ich will aber keine andere«, entgegnete er, jetzt wieder leise.

»Es ist schlimmer, als ich dachte«, stellte Ellen fest. »Du hast dich anscheinend tatsächlich in Paula verliebt.«

»Vielleicht. Aber ich glaube, das geht dich gar nichts an.«

»O doch, das tut es. Paula ist meine beste und liebste Freundin. Wenn du ihr weh tust, bringe ich dich um!«

Mit diesen Worten knallte Ellen den Telefonhörer auf die Gabel und lehnte sich dann nachdenklich im Stuhl zurück.

Sie hatte ihren Exmann noch nie so ernst und aufrichtig erlebt, wenn es um eine Frau ging. Aber warum musste es sich ausgerechnet um Paula handeln?

14

»Ich muss jetzt gehen.« Karsten Wehmeier stand nach dem Frühstück mit seinem Koffer in der Küche und blickte Hylia abwartend an.

»Ja.« Hylia hatte ihm den Rücken zugedreht und schälte Zwiebeln.

»Ich bin für zwei Wochen in London. Danach komme ich nach Deutschland zurück und fahre über die Weihnachtstage zu meinen Eltern nach Dortmund.«

Hylia nickte.

»Und du?«, fragte er.

»Ich bin die ganze Zeit hier«, schniefte sie und wischte sich mit dem Ärmel über die Augen. »Blöde Zwiebeln!«, knurrte sie.

»Wo verbringst du die Weihnachtstage?« Er trat auf sie zu und fasste sie an den Schultern. Langsam drehte sie sich um. »Ich bin hier bei Paula und den anderen.«

Er nickte. »Ich will dich so schnell wie möglich wiedersehen.«

»Ich dich auch«, entgegnete sie.

»Habt ihr zu Silvester noch ein Zimmer frei?«

Überrascht blickte sie auf. »Ich denke schon. Warum?«

»Ich möchte das neue Jahr gern mit dir beginnen«, flüsterte er, schlang die Arme um sie und küsste sie auf die Wange.

»Das hört sich gut an«, seufzte sie und erwiderte seinen Kuss.

»Würde es dir etwas ausmachen, mich zu umarmen?«, erkundigte er sich leise.

Hylia lachte. »Nein, eigentlich nicht. Ich fürchte nur, dann hinterlasse ich einen durchdringenden Zwiebelduft auf deinem Anzug, der den ganzen Tag hält!«

»Das riskiere ich«, murmelte er.

»Hylia?« Conny trat in die Küche und blieb überrascht stehen, als sie die beiden jungen Leute in inniger Umarmung erblickte.

»Oh, Entschuldigung ...«, murmelte sie und wollte den Raum wieder verlassen.

»Ist schon gut.« Hylia löste sich von Wehmeier. »Karsten muss sowieso jetzt gehen, das Taxi ist gerade vorgefahren. Außerdem hasse ich lange Abschiedsszenen.«

Sie drückte ihm noch einen schnellen Kuss auf die Wange, begleitete ihn zur Tür hinaus und winkte zum Abschied. Dann kehrte sie glücklich lächelnd in die Küche zurück.

»Das sieht nach einem baldigen Wiedersehen aus«, vermutete Conny.

Hylia nickte. »Er kommt zu Silvester wieder her.«

»Wie schön für dich! Dann hat zumindest eine von uns etwas von Ellens Idee gehabt.«

»Aber leider die Falsche«, stellte Hylia fest. »Ich habe ja eigentlich gar nicht mitgespielt.«

»Egal«, sagte Conny. »Hauptsache glücklich.«

»Da wir gerade beim Thema sind: Wie steht es denn zwischen dem Pfarrer und dir?«, erkundigte sich Hylia.

»Gut, sehr gut sogar.« Conny strahlte. »Ich werde nach Weihnachten bei ihm einziehen.«

»Du wirst was?« Die junge Frau starrte Conny überrascht an. »Das geht aber schnell bei euch!«

»Ganz so, wie du glaubst, ist es nicht«, erklärte Conny und lachte fröhlich. »In seinem Haus ist zufällig eine Wohnung frei. Was dann noch kommt, werden wir sehen.«

»Das sind aber schöne Neuigkeiten!«

»Na ja.« Conny seufzte. »Ich weiß nur noch nicht, wie ich das Ellen, Paula und meinen Kindern beichten soll.«

»Paula wird es verstehen, und Ellen wird tot umfallen«, entgegnete Hylia. »Da wäre ich gern dabei.«

»Ich warte noch auf eine passende Gelegenheit, es den beiden zu sagen«, sagte Conny. »Dazu brauche ich mindestens drei Liter Rotwein und eine ruhige Minute bei Kerzenschein ...«

»Du wirst das schon schaffen!«, ermunterte Hylia sie. »Und was deine Kinder betrifft – vielleicht nehmen sie es besser auf, als du glaubst.«

»Ich weiß nicht«, murmelte Conny nachdenklich. »Sie machen in letzter Zeit so merkwürdige Andeutungen. Heute Morgen zum Beispiel hat mir Sara einen Brief von einem angeblich geheimnisvollen Mann gegeben.«

»Und?«

»Das war die Rechnung vom Schreiner. Was genau wollte Sara damit bezwecken?« Conny runzelte die Stirn.

»Vielleicht meint sie, dass du das meiste Geld hast.«

Conny lachte und schüttelte den Kopf.

»Oder sie will dich mit dem Schreiner verkuppeln«, vermutete Hylia grinsend. »Die Kinder scheinen ihn sehr zu mögen.«

»Ja, das stimmt. Sie verbringen viel Zeit mit ihm. Aber nur weil sie einen Mann mögen, müssen sie ihn doch nicht gleich mit mir verheiraten.«

»Der Schreiner ist sowieso schon vergeben«, bemerkte Hylia.

»Wie meinst du das?«

»Glaub mir, da läuft etwas zwischen ihm und Ellen«, sagte Hylia.

»Wenn ihr irgendwann alle Liebesgeschichten durchgegangen seid, können wir vielleicht noch Herrn Yamamoto hinausbegleiten«, kam Paulas Stimme von der Tür.

»Wir sind noch nicht fertig«, antwortete Conny prompt. »Was ist zum Beispiel mit dir und Ellens Exmann?«

»Nicht jetzt!«, sagte Paula. »Toshiro steht im Flur und kann alles mithören.«

»Aber der versteht doch kein Deutsch«, protestierte Hylia.

»Das ist egal.« Paula zog die beiden Frauen mit sich durch die Küchentür. »Er fährt gleich zum Flughafen und will sich verabschieden.« Hylia hielt Conny kurz zurück.

»Es scheint ernst zu sein bei Paula und ihrem Zahnarzt«, wisperte sie ihr zu. »Sie will nicht einmal darüber reden!«

Am Nachmittag des nächsten Tages betrat Roland Wolf Paulas Blumenladen. Interessiert sah er sich in dem gemütlichen Durcheinander um. Es roch nach Tanne und Zimt, und aus zwei Lautsprechern an der Decke ertönte »Kling, Glöckchen, klingelingeling«.

Paulas Gesicht tauchte hinter dem Verkaufstresen auf.

»Hallo, Roland!«

Sie kniete vor einem großen Pflanzenkübel und steckte mit beiden Händen tief in der Blumenerde.

»Tag, Paula!« Er trat zu ihr. »Warum hast du eigentlich meistens, wenn wir uns treffen, die Hände in einem Blumentopf?«

Sie lachte und wischte sich mit der Hand über die Stirn. »Falls du nichts dagegen hast, würde ich gern hier sitzen bleiben und den Kübel bepflanzen. Der wird nämlich gleich abgeholt, und ich bin ein bisschen spät dran.«

Roland musste grinsen, als er Paulas verschmutztes Gesicht sah. »Hast du heute schon geduscht?«

Paula sah ihn verwirrt an, schob ihre Brille gerade und bemerkte im selben Augenblick ihre schwarzen Hände. Sie blickte in Richtung einer verspiegelten Tür und schnitt eine Grimasse, als sie ihr Gesicht sah. »Immerhin ist es gute, nährstoffreiche Pflanzenerde. Vielleicht hilft es ja gegen die ersten Falten.«

»Du siehst süß aus«, stellte er fest.

»Ich sehe verdreckt aus«, korrigierte sie ihn und deutete auf einen Blumentopf. »Kannst du mir bitte mal diese Palme geben?«

Er beobachtete, wie sie weitere Grünpflanzen geschickt und fachmännisch einpflanzte. Dann lehnte sie sich ein Stück zurück und betrachtete ihr Werk zufrieden. »So, jetzt können die Kunden kommen.«

»Für wen ist das?«

»Das ist für eine Geschäftseinweihung. Der Kübel ist für einen der Büroräume bestimmt.« Paula wischte ihre Hände notdürftig an einem Tuch sauber und sah Roland an.

»Hast du schon frei?«, fragte sie.

»Ja. Ich schließe die Praxis freitags schon am Mittag.«

In diesem Moment betrat ein älterer Herr den Laden.

»Entschuldige mich einen Moment, bitte!« Paula wandte sich lächelnd dem Kunden zu und begrüßte ihn.

»Guten Tag, Herr Waldmeier. Was darf es denn heute sein?«

»Ich brauche Ihren Rat, Frau Rosen«, antwortete der Mann und trat nahe an sie heran. »Es ist persönlich.«

Paula verstand. »Setz dich doch dahinten aufs Sofa, bis wir fertig sind«, forderte sie Roland freundlich auf.

Er ließ sich schwungvoll in die Kissen fallen und versank fast zwischen den alten Polstern. Während er nach einer halbwegs bequemen Position suchte, lauschte er dem Gespräch zwischen Paula und dem alten Herrn. Obwohl die beiden flüsterten, konnte er sie problemlos verstehen.

»Wie kann ich Ihnen helfen?«, fragte Paula.

»Ich brauche Blumen für eine Dame. Eine ganz besondere Dame, wenn Sie verstehen, was ich meine.«

Paula lächelte wissend. »Ist das die Glückliche, der Sie schon in den letzten Wochen wunderschöne Blumensträuße geschenkt haben?«

»Ja.« Er seufzte verliebt. »Agathe ist einfach wundervoll.«

»Soll ich Ihnen wieder eine bunte Mischung zusammenstellen, oder haben Sie dieses Mal an etwas anderes gedacht?«, erkundigte sich Paula liebenswürdig.

»Ich hätte gern eine Blume, die etwas aussagt«, erwiderte der alte Mann verlegen.

Roland versteckte sein amüsiertes Lächeln hinter einer Zeitschrift für Gartenfreunde. Zu seiner Überraschung nahm Paula den Wunsch ihres Kunden jedoch ernst.

»Dann lassen Sie mich mal überlegen«, murmelte sie nachdenklich. »Die klassische Blume der Liebe ist natürlich die Rose.«

»Das ist mir zu direkt und zu einfach«, sagte ihr Gegenüber. »Gibt es nicht noch andere Pflanzen, mit denen man seine Zuneigung ausdrücken kann?«

Paula ließ ihre Augen über das Angebot in den Vasen wandern.

»Wie wäre es mit weißen Veilchen?«, fragte sie schließlich. »Weiße Veilchen sagen der Dame: ›Mit dir möchte ich glücklich werden‹.«

»Das ist gut.« Ihr Kunde war begeistert. »Ich nehme gleich einen ganzen Strauß davon.«

»Agathe wird sich freuen.« Paula begann, die Blumen zu einem dekorativen Gesteck zu binden.

»Das hoffe ich.«

»Bringen Sie die Dame doch einmal mit hierher!«, forderte sie den alten Herrn auf, nachdem dieser bezahlt hatte. »Ich würde sie gern kennenlernen.«

»Das mache ich bestimmt!« Glücklich verließ der Kunde den Laden und winkte zum Abschied noch einmal durch das Ladenfenster. Paula legte das Geld in die Kasse und blickte auf, als Roland wieder zu ihr trat.

»Du bist eine gute Verkäuferin«, meinte er anerkennend. »Und mit Menschen kannst du auch umgehen.«

Sie nickte. »Das ist in meinem Beruf selbstverständlich und macht ihn so schön und spannend.«

»Wie meinst du das?« Er hatte sich den Verkauf von Blumen bislang nicht besonders reizvoll vorgestellt.

Paula schob ihre Brille zurecht. »Hast du dir mal überlegt, dass man sich zu allen wichtigen Ereignissen Blumen schenkt?«, fragte sie. Er zuckte mit den Schultern, aber sie sprach schon weiter. »Egal ob Hochzeit, Geburt, Taufe, Geburtstag, Krankheit oder Tod – immer werden Blumen gekauft.«

»Das stimmt«, gab er zu. Er hatte noch nie darüber nachgedacht.

»Seit fast zwanzig Jahren kommen meine Kunden zu mir«, fuhr Paula fort. »Ich kenne ihre Vorlieben, ihren Geschmack, ihre Lieblingsfarben und ihre Geburtstage und bereite mit ihnen zusammen wichtige Feste und Ereignisse vor –«

»Paula!«, unterbrach Roland sie schmunzelnd. »Du kannst aufhören! Ich habe verstanden, wie wichtig dein Beruf für die Menschheit ist.«

»Entschuldige«, murmelte sie. »Ich kann mich beim Thema ›Blumen‹ einfach nicht beherrschen.«

»Das habe ich inzwischen schon bemerkt. Und jetzt komme ich mir ganz klein und unbedeutend vor. Schließlich kenne ich nur das Gebiss meiner Kunden, während du über ihr ganzes Leben Bescheid weißt …«

»… und zu mir kommen die Leute gern und verlassen mein Geschäft glücklich, was bei dir sicher nicht immer der Fall ist«, ergänzte Paula augenzwinkernd.

»Okay, du hast gewonnen«, sagte er.

»Dafür lade ich dich jetzt zu einem Tee ein«, entgegnete Paula charmant.

»Hier?« Roland deutete auf die Sitzecke mit dem alten Sofa.

»Ja«, antwortete Paula. »Warum nicht?«

»Weil ich mir zwischen den weichen Polstern schon einen kleinen Hexenschuss geholt habe und lieber auf einem Stuhl säße«, stöhnte er.

»Kein Problem.« Paula schob ihm einen Holzstuhl zu, der hinter der Kasse gestanden hatte. Als er ihn entgegennahm, stieß er mit dem Kopf an einen grünen Zweig. Erstaunt blickte er nach oben.

»Was ist das?«, fragte er. »Und warum hängt es da oben?«

»Das sind Misteln«, erklärte Paula. »Eine sehr beliebte Pflanze, gerade jetzt zu Weihnachten.«

»Warum? Kann man die Perlen essen?«

»Nein«, entgegnete Paula zögernd. »Misteln haben eine spezielle Aussage.«

»So wie die weißen Veilchen?«

»So ähnlich.« Sie wurde rot und kratzte sich nervös an der Nase.

»Und was sagen sie aus? Frohe Weihnachten?«

»Eigentlich nicht.« Sie atmete tief durch und blickte jetzt ebenfalls nach oben. »Wenn man zusammen unter einem Mistelzweig steht, soll man sich küssen.«

»Sich küssen?«, wiederholte er amüsiert.

Sie nickte.

»Etwa so?« Er drückte ihr einen Kuss auf die Stirn.

»Nicht ganz«, murmelte Paula.

»Dann wohl eher auf diese Weise«, flüsterte er und zog sie an sich. Paula schloss die Augen. Sie hatte in ihrem Leben schon viele Liebesromane gelesen. Der Schluss mit dem Happy End, an dem sich Held und Heldin in die Arme sanken, war natürlich stets ihre Lieblingsstelle gewesen. Jetzt jedoch, in Rolands Armen, stellte sie fest, dass diese Texte nicht einmal annähernd wiedergaben, was sie in diesem Moment wirklich fühlte.

Die Realität war unglaublich besser.

»Paula?«

Ellen runzelte die Stirn und schaute ihre Freundin unwillig an.

»Hm?« Paula blickte auf und lächelte glücklich in die Runde. Sie saß mit ihren Freundinnen und den Kindern beim Abendessen und wirkte sehr zerstreut.

»Ich habe dich jetzt zum dritten Mal gefragt, ob du mir das Salz reichen kannst«, sagte Ellen vorwurfsvoll. »Wo bist du nur mit deinen Gedanken?«

»Zu viel Salz ist ungesund«, bemerkte David altklug.

»Schmeckt dir mein geröstetes Gemüse nicht auch ohne Salz?«, fragte Hylia Ellen.

»Also, mir schmeckt es vorzüglich«, sagte Conny.

»Gut.« Ellen seufzte. »Nachdem wir das geklärt haben, kann Paula uns jetzt ja mal sagen, warum sie schon den ganzen Abend so idiotisch vor sich hin grinst.«

»Hm?« Wieder schaute Paula fragend auf.

»Warum benimmst du dich so seltsam?«, wiederholte Ellen deutlich.

»Das tue ich doch gar nicht«, verteidigte sich Paula und ergriff hastig den Salzstreuer. »Möchte jemand Salz?«

»Ja, ich«, entgegnete Ellen. »Und zwar schon seit zehn Minuten.«

»Warum sagst du dann nichts?« Paula zuckte mit den Schultern und reichte ihr das kleine Glas. Hylia und Conny warfen sich belustigte Blicke zu. Ellen räusperte sich. Aber noch ehe sie etwas sagen konnte, ergriff David das Wort.

»Du denkst doch dran, dass morgen das Krippenspiel stattfindet, oder?«, fragte er seine Mutter.

Conny nickte. »Seid ihr sicher, dass ihr mich wirklich dabeihaben wollt?«

»Warum denn nicht?«, meinte Sara erstaunt.

»Ich weiß nicht.« Conny lachte unsicher.

»Ist der Pfarrer auch da?«, erkundigte sich Hylia neugierig.

»Natürlich.« Begeistert darüber, dass Johannes Müller erwähnt wurde, nickte Sara mit dem Kopf. »Er spielt doch einen der Drei Könige.«

»Und der Schreiner? Kommt der auch?«, mischte sich Ellen möglichst beiläufig in das Gespräch ein.

»Ich denke schon«, antwortete David. »Er hat versprochen, uns beim Aufbau der Kulisse zu helfen.«

»Um wie viel Uhr beginnt denn das Krippenspiel?«, forschte Ellen weiter.

»Um drei Uhr am Nachmittag«, antwortete Sara. »Warum?«

»Nun ...« Ellen zerdrückte ihre Kartoffeln sorgfältig mit der Gabel und verteilte etwas Salz darauf. »Vielleicht komme ich auch.«

»Du?« Conny starrte sie verblüfft an.

»Ja«, bestätigte Ellen knapp. »Hast du etwas dagegen?«

»Nein. Es überrascht mich nur. Warum willst ausgerechnet du dir so etwas ansehen?«

Weil ich wissen will, ob es Thomas Ernst meint, dachte Ellen. Wenn er tatsächlich einen Schal trägt, dann ... Tja, was dann? Sie schüttelte ratlos den Kopf und stocherte in ihrem Gemüse herum.

»Ellen?«

Sie blickte auf.

»Warum möchtest du mit zum Krippenspiel?«, wiederholte Conny ihre Frage.

»Aus Interesse«, entgegnete Ellen geistesgegenwärtig. »Ich habe früher auch immer beim Krippenspiel mitgespielt.«

»Daran kann ich mich gar nicht erinnern«, sagte Paula.

Ellen funkelte sie überrascht an. »Die ganze Zeit über bist du geistig abwesend, und ausgerechnet jetzt mischst du dich ein?«

»Ich war nicht abwesend«, verteidigte sich Paula. »Ich habe nur an etwas anderes gedacht.«

»Dann denke weiter an etwas anderes«, riet Ellen ihr und fügte hinzu: »Oder an jemand anderen ...«

Paula schüttelte den Kopf. »Zuerst will ich jetzt wissen, wann du angeblich beim Krippenspiel mitgemacht hast.«

Ellen zögerte nur einen kurzen Moment. »Das war in der Grundschule, bevor wir uns kennengelernt haben«, sagte sie.

»Welche Rolle hast du gespielt?«, fragte Hylia interessiert.

»Vermutlich alle gleichzeitig«, meinte Conny spöttisch. »Damit das Stück auch ein Erfolg wird.«

Sara lachte. »Das geht doch gar nicht.«

»Natürlich nicht, meine Kleine!« Ellen, die neben Sara saß, legte ihr gönnerhaft den Arm um die Schultern. »Deine Mutter hat nur einen dummen Witz gemacht.«

Sara zuckte zusammen, verwirrt über die liebevolle Anrede und die plötzliche Vertraulichkeit. »Und welche Rolle hast du damals übernommen?«

»Ich war der Engel«, antwortete Ellen.

Conny lachte. »Wie passend!«

»Wir haben auch einen Engel«, sagte Sara ernsthaft. »Mit goldenen Flügeln, langen blonden Locken und einem weißen Kleid.«

»Wenn das so ist, muss ich mir das unbedingt ansehen«, sagte Ellen eifrig und blickte Conny an. »Ich fahre morgen mit dir.«

»Äh ... das geht nicht«, entgegnete Conny gedehnt. »Ich fahre nicht selbst.«

»Das ist aber blöd«, mischte sich David überrascht ein. »Wie kommen wir denn dann mit unseren Kostümen zur Kirche?«

»Johannes holt uns ab«, sagte Conny unsicher.

»Cool!« Sara strahlte ihren Bruder an. »Findest du nicht?«

»Ja.« Sogar David brachte ein Lächeln zustande.

»Aber was soll ich dann machen?«, fragte Ellen. »Ich weiß ja nicht einmal genau, wo die Kirche ist.«

»Du könntest bei Thomas mitfahren«, schlug Sara Ellen vor. »Er bringt den Zaun in die Kirche. Er kann doch hier vorbeikommen und dich mitnehmen.«

»Gute Idee!«, lobte Hylia amüsiert.

»Vielleicht ist es tatsächlich am besten so.« Ellen runzelte nachdenklich die Stirn. Je eher sie mit dem Schreiner reden konnte, desto besser.

Am Samstagmorgen war der Himmel wie reingewaschen, und die aufgehende Sonne strahlte in den kalten Wintermorgen.

»Wie wunderschön!« Paula schaute aus dem Küchenfenster. Der Frost hatte die Dächer weiß gefärbt, und dicker Reif bedeckte die Bäumen.

»Ich finde es einfach nur kalt«, sagte Hylia und rieb sich verfroren die Hände. Sie war bereits beim Bäcker gewesen und hatte Brötchen geholt.

»Ein wunderschöner Wintertag«, fuhr Paula gutgelaunt fort und verteilte das Besteck auf dem Tisch.

»Wo sind eigentlich die Kinder?« Hylia sah sich suchend um. »Normalerweise sind sie doch um diese Zeit längst hier unten.«

»Ich habe ihnen gesagt, dass sie heute länger schlafen können. Schließlich haben sie gleich ihren großen Auftritt.«

»Sie schlafen aber nicht mehr.« Ellen trat in die Küche. »In ihrem Zimmer tobt bereits der übliche morgendliche Kampf. Conny müsste endlich mal kräftig durchgreifen …«

»… was du ja ohne Zweifel kannst«, stichelte Hylia. »Ich darf euch mal daran erinnern, wer hier dafür gesorgt hat, dass wir alle zusammen an einem Tisch sitzen und nicht ein paar von uns ein Picknick vor dem Frühstücksfernsehen veranstalten!«

Paula kicherte. »Das war eigentlich ganz lustig. Ich hätte nie für möglich gehalten, was man alles über das Fernsehen verkaufen kann.«

Auch Ellen lachte. »Ist schon Kaffee fertig?«, fragte sie dann und holte drei Tassen aus dem Schrank.

»Ja.« Hylia stellte eine Thermoskanne auf den Tisch.

Verwundert beobachtete sie, wie Ellen einen Teelöffel aus der Schublade holte und gegen den Löffel in der Zuckerdose austauschte. »Was machst du da?«, fragte sie neugierig.

»Ich tausche den Löffel aus«, erklärte Ellen.

»Warum?«, wollte Paula wissen. »Ist er schmutzig?«

»Nein. Aber ihr macht das doch auch immer, oder? Ich dachte, das ist hier so üblich.«

Hylia und Paula blickten sich an. Aber noch ehe sie etwas erwidern konnten, kam Conny in die Küche.

»Guten Morgen!«, rief sie gutgelaunt und ließ sich auf einen Küchenstuhl fallen.

»Was machst du denn schon hier?«, fragte Ellen verblüfft. »Es ist erst kurz nach acht.«

»Ich weiß. Aber der Tag heute ist so wunderschön, dass ich es nicht mehr im Bett ausgehalten habe.« Sie blickte sich um. »Wo sind David und Sara?«

»Sie sind noch oben«, antwortete Paula.

»Und wer war mit dem Hund draußen?« Conny sprang alarmiert auf. »Wenn Pepper heute noch nicht draußen gewesen ist, dann ist er bestimmt schon geplatzt!«

»Oder er hat auf Paulas teuren Teppich gepinkelt«, murmelte Ellen leise.

»Keine Angst«, beruhigte Paula ihre Freundinnen. »Ich habe den Hund heute Morgen ausnahmsweise in den Garten gelassen.«

Conny atmete auf und setzte sich wieder.

»Gefressen hat er auch schon. Ich habe ihn gefüttert«, ergänzte Paula.

»Dann war der neue Zuckerlöffel vielleicht doch nicht so schlecht.« Hylia zwinkerte Paula zu. In diesem Moment klingelte das Telefon.

»Wer kann das denn schon sein?« Paula erhob sich und holte das Funktelefon aus der Diele.

»Rosen«, meldete sie sich und kehrte langsam zum Tisch zurück. »Guten Morgen, Thomas«, begrüßte sie ihren Gesprächspartner. »Nein, du hast uns nicht geweckt. Wir sitzen schon alle am Frühstückstisch.« Dann hörte sie wieder zu.

»Das ist Ellens rätselhafter Freund, der Schreiner«, flüsterte Hylia.

»Er ist nicht mein Freund«, zischte Ellen wütend.

»Aber er ist dir ein Rätsel«, gab Hylia schlagfertig zurück.

»Schschsch!« Paula runzelte die Stirn. »Ich verstehe kein Wort.«

Schweigend lauschten die drei Frauen dem weiteren Telefongespräch.

»Kein Problem«, sagte Paula jetzt. »Wenn du heute früh

nicht kommen kannst, dann eben nächste Woche. Es fehlt ja nur noch ein Regal im Keller.«

Offenbar bedankte sich der Schreiner für ihr Verständnis, denn Paula fügte nach einer kurzen Pause »Gern geschehen!« hinzu. Dann sagte sie fürsorglich: »Hast du große Schmerzen? Du solltest zum Notarzt gehen!«

Überrascht blickte Ellen von ihrer Kaffeetasse auf. »Schmerzen?«, wiederholte sie alarmiert.

»Zahnschmerzen«, flüsterte Paula, während sie dem Bericht von Thomas lauschte.

»Dann kann er doch zu Roland gehen«, schlug Hylia vor.

Ellen schüttelte den Kopf. »Der nimmt keine normalen Patienten, und schon gar nicht am Wochenende.«

Aber Paula winkte ab. »Ich gebe dir mal die Telefonnummer von Dr. Roland Wolf«, sagte sie zu Thomas. »Er wird dir bestimmt helfen, wenn du ihn anrufst und sagst, dass du die Nummer von mir hast.«

»Das wird er bestimmt nicht«, brummte Ellen. »So weit geht seine Liebe nicht.«

»Das werden wir ja sehen«, murmelte Conny.

Paula hatte Thomas unterdessen Rolands Telefonnummer diktiert und erkundigte sich jetzt: »Aber heute Nachmittag kommst du zum Krippenspiel, oder?«

Anscheinend sagte Thomas zu, denn Paula lächelte. »Fein!«

»Jetzt könnte Ellen noch schnell mit ihm ausmachen, wann er sie hier abholt.« Hylia blickte Ellen auffordernd an.

»Hast du heute eigentlich nichts anderes zu tun, als schlaue Ratschläge zu geben?«, entgegnete Ellen ärgerlich. Sie hätte den Schreiner gern allein gesprochen. Im Beisein des versammelten Haushalts konnte sie unmöglich Andeutungen über die Liebesbriefe machen.

Doch noch bevor sie Paula aufhalten konnte, hatte diese

Thomas bereits informiert. »Ellen kommt auch mit zur Aufführung. Kannst du sie in deinem Auto mitnehmen?«

Nach einem kurzen Moment reichte Paula den Hörer an Ellen weiter. »Hier, du solltest selbst mit ihm reden!«

Widerwillig ergriff Ellen das Telefon. »Guten Morgen«, blaffte sie in den Hörer.

»Du scheinst auch schlecht geschlafen zu haben«, entgegnete Thomas seufzend.

»Es ging so. Ich hatte ja einiges zum Nachdenken.«

Genervt registrierte sie, wie sich Conny und Hylia vielsagende Blicke zuwarfen.

»Ach ja?« Thomas schien verwirrt.

Vielleicht lag das ja an seinen Zahnschmerzen, redete sich Ellen ein. Sie beschloss deshalb, das Telefonat möglichst kurz zu halten. Das klärende Gespräch musste warten, bis sie sich die drei Frauen vom Hals geschafft hatte.

»Wann holst du mich ab?«, fragte sie deshalb sachlich.

»Das Krippenspiel beginnt um drei«, dachte Thomas laut nach. »Ich muss etwas früher da sein, um noch beim Aufbau der Kulissen zu helfen. Deshalb komme ich schon gegen zwei zu dir.«

»Einverstanden.« Ellen blickte betont unschuldig an ihren Freundinnen vorbei aus dem Fenster.

»Die Sonne scheint, aber es ist kalt«, sagte sie dann zu Thomas. Ihr war eine Idee gekommen, wie sie ihm zumindest eine versteckte Andeutung machen konnte.

»Das habe ich schon gesehen«, sagte er verwundert.

»Du solltest einen Schal einpacken. Vielleicht brauchst du ihn heute noch.« Ellen lächelte zufrieden, als sie die erstaunten Gesichter ihrer Freundinnen sah.

Am anderen Ende der Leitung blieb es still.

»Thomas?«, fragte Ellen vorsichtig. War sie zu weit gegangen?

»Du bist aber schnell hinter das Geheimnis gekommen«, sagte er überrascht.

»Das war einfach.« Sie dachte an den grünen Schraubenzieher, der immer noch in ihrer Tasche lag.

»Und jetzt?« Er klang kein bisschen nervös, wie sie enttäuscht feststellte.

»Das muss ich dich wohl eher fragen. Schließlich hast du angefangen!«

Paula, Hylia und Conny blickten sie mit großen Augen an.

»Ich bin da nur so reingeraten«, verteidigte er sich. »Eigentlich wollte ich das gar nicht.«

Ellen bemühte sich, ruhig zu bleiben, obwohl sie innerlich kochte. »So etwas geschieht nun einmal ohne unseren Willen«, sagte sie.

»Ellen …« Thomas seufzte am anderen Ende der Telefonleitung. »Ich weiß schon wieder nicht genau, wovon du spricht. Aber vielleicht liegt das auch daran, dass ich schreckliche Zahnschmerzen habe und jetzt erst einmal zum Zahnarzt muss. Lass uns nachher darüber reden, ja?«

»Okay.« Ellen atmete tief durch. »Dann bis heute Nachmittag!«

Nachdem sie das Telefon wieder in die Diele gebracht hatte, kehrte sie betont langsam in die Küche zurück.

»Er holt mich um zwei Uhr ab«, verkündete sie ihren Freundinnen und setzte sich.

Während sie den Kaffee trank, dachte sie über ihre Lage nach. Vermutlich war es gar nicht einmal so schlecht, während der Autofahrt mit Thomas allein zu sein. Dann konnte sie ihn in Ruhe und ganz sachlich zur Rede stellen.

Aber Hylia machte ihre Hoffnungen zunichte. »Ich glaube, ich komme auch mit«, sagte sie.

»Warum das?«, fragte Ellen verärgert.

»Das wird bestimmt lustig.« Hylia grinste sie an. »Besonders die Unterhaltung zwischen Thomas und dir …«

Roland empfing Thomas gegen zehn Uhr vor seiner Praxis. »Ambulante Privatklinik für Zahnmedizin und Kieferchirurgie« stand auf dem Messingschild an der Tür eines stilvollen Altbaus, das im Frankfurter Stadtteil Sachsenhausen direkt am Mainufer lag.

»Danke, dass Sie sich die Zeit genommen haben!« Thomas schüttelte dem Arzt die Hand.

»Kein Problem.« Roland nickte kurz und schloss die Tür auf. »Kommen Sie, bringen wir es hinter uns.«

Er trat hinter dem Schreiner ein und nahm ihm die Jacke ab. Überrascht sah Thomas sich um.

Diese Praxis hatte nichts mit den Räumlichkeiten gemeinsam, die er von anderen Zahnärzten kannte. Die Einrichtung war schlicht, aber elegant gehalten. Der Empfangsraum erinnerte beinahe an die Rezeption eines kleinen Luxushotels. Statt »Wartezimmer« prangte das Wort »Lounge« mit goldenen Buchstaben auf einer braunen Holztür. Die beiden Sprechzimmer hatten die Bezeichnung »Blauer Salon« und »Grüner Salon«.

»Sehr nobel!«, sagte Thomas beeindruckt. »Und so gar nicht wie eine Zahnarztpraxis.« Er schnupperte. »Es riecht hier nicht einmal danach.«

Wortlos öffnete Roland Wolf die Tür zum Blauen Salon. Er schaltete das Licht ein und deutete einladend auf den Behandlungsstuhl. Schlagartig fiel Thomas wieder ein, warum er hier war. Er nahm zögernd Platz. Vom Stuhl aus bot sich eine atemberaubende Aussicht auf die Frankfurter Skyline. Aber Thomas hatte momentan keinen Blick für die Schönheiten der Stadt. Stattdessen beäugte er verstohlen die Konsole mit den Bohrern.

Roland zog seinen Mantel aus, wusch sich gründlich die Hände und streifte dann Handschuhe über. Er grinste verstohlen, als er die misstrauischen Blicke des Schreiners bemerkte. »Keine Angst, ich werde Ihnen nur weh tun, wenn es sein muss.«

»Aha.« Thomas hoffte, dass dieser Fall nicht eintreten würde.

»Dann machen Sie mal den Mund auf!« Der Zahnarzt richtete die Lampe auf Thomas' Gesicht. Dieser blinzelte in das helle Licht.

»Ich bin übrigens nicht Ellens Freund«, platzte er unvermittelt heraus. Eigentlich hatte er das nur gesagt, um das Gespräch in Gang zu halten. Solange er redete, konnte er schließlich den Mund nicht aufsperren.

Sein Plan schien aufzugehen.

»Ist ja interessant«, sagte Roland überrascht. »Und warum erzählen Sie mir das?«

»Äh ...« So schnell fiel Thomas keine Antwort ein.

»Haben Sie etwa Angst vor mir?« Roland hatte Mühe, ein amüsiertes Schmunzeln zu verbergen.

»Ich habe keine Angst vor dem Zahnarzt«, protestierte sein Patient wenig glaubhaft. »Aber Sie sind immerhin Ellens Exmann, und ich ...«

»Das ist natürlich ein Argument, das Ihnen Angst machen sollte«, unterbrach Roland ihn mit drohendem Unterton.

»Ehrlich?« Thomas schluckte.

»Wir waren immerhin verheiratet, wenn auch nur kurz. Trotzdem ...« – Roland korrigierte den Schein der Lampe – »... trotzdem ist es mir nicht gleichgültig, mit wem sich Ellen trifft.«

Thomas schloss geblendet die Augen. »Ich treffe mich doch gar nicht mit ihr«, protestierte er schwach.

Nachdenklich musterte der Zahnarzt seinen Patienten. »Würden Sie denn gern mit ihr ausgehen?«

»Mit Ellen?« Thomas wurde es auf dem Stuhl noch unbehaglicher als vorher.

»Mit wem denn sonst?« Roland griff nach einem kleinen Schlauch und steckte ihn in Thomas' Mund. »Oder etwa lieber mit Paula?« Er drückte einen Knopf.

Thomas musste husten, als ihm der Schlauch den Mund trockensaugte. Schnell zog er das Plastikstück wieder unter seiner Zunge hervor. »Mit Paula? Aber natürlich nicht!«

»Wieso nicht? Finden Sie Paula nicht attraktiv?« Wieder traf ihn der helle Schein der Lampe.

»Doch«, versicherte Thomas schnell. »Sie ist eine tolle Frau und eine gute Freundin. Aber sie hat doch gar nichts mit der Sache hier zu tun.« Verwirrt sah er den Zahnarzt an, der nun seinerseits etwas verlegen wirkte.

»Oder doch?«

Roland schüttelte den Kopf. »Das geht Sie nichts an.«

»Ich verstehe.« Thomas lächelte gequält. »Diesen Satz haben Sie bei Ihrer Exfrau gelernt, oder?« Gleich darauf fasste er sich an seine linke Wange. »Übrigens habe ich wirklich starke Zahnschmerzen.«

»Ich weiß, dass Ellen einem Mann Kopfschmerzen verursachen kann.« Roland ergriff sein Untersuchungsbesteck. »Aber Sie sind der Erste, der wegen ihr Zahnschmerzen hat. Und jetzt bitte mal den Mund weit öffnen!«

»Und was ist nun mit Ellen?«, fragte Thomas schnell und öffnete danach gehorsam den Mund.

Roland ließ das Besteck sinken. »Ellen ist eine bemerkenswerte Frau«, sagte er. »Und ganz bestimmt nicht einfach.«

»Ich weiß.«

»Das Zusammenleben mit ihr war manchmal ganz schön schwierig.«

»Warum hat Ihre Ehe nicht funktioniert?«, fragte Thomas neugierig. Er hatte den Mund längst wieder geschlossen.

Roland lachte und wirkte zum ersten Mal sympathisch. Er drehte die Lampe zur Seite. »Wollen Sie nun eine Zahnbehandlung von mir oder ein tiefschürfendes Gespräch über Frauen und die Ehe?«

»Von ›wollen‹ kann nicht die Rede sein.« Thomas stöhnte. »Aber wir sind doch schon mittendrin, oder?«

»Also gut.« Roland überlegte einen Moment lang. »Ich glaube, Ellen und ich sind uns zu ähnlich«, begann er dann. »Wir haben unsere ehrgeizigen beruflichen Pläne immer gegenseitig unterstützt, waren aber auf einer persönlichen Ebene nie wirklich füreinander da.« Er schaute Thomas aufmerksam an. »Und jetzt sind Sie an der Reihe!«

Nachdenklich runzelte Thomas die Stirn. Rolands Blick behagte ihm nicht.

»Was wollen Sie von Ellen?« Der Zahnarzt musterte ihn kritisch.

Unruhig rutschte Thomas auf dem Behandlungsstuhl herum. »Eigentlich gar nichts.«

»Sind Sie sicher?« Roland ließ nicht locker.

»Sie sind Zahnarzt, kein Psychiater! Soll ich Ihnen etwa meine Seele offenlegen?«

»Nein, das müssen Sie nicht.« Vergnügt schüttelte Roland den Kopf. »Übrigens waren Sie es, der diese Unterhaltung begonnen hat. Und keine Angst, wir beendigen dieses eigenartige Gespräch sofort. Ab jetzt bohre ich nicht mehr in Ihrem Liebesleben, sondern nur noch in Ihren Zähnen herum«, versprach er.

Thomas zuckte zusammen.

Erneut richtete Roland den Strahl der Lampe auf sein Gesicht. »Und jetzt bitte endlich den Mund ganz weit aufmachen!«

15

Ellen und Hylia legten am frühen Nachmittag in der Küche Wäsche zusammen, als das alte Auto von Johannes Müller vor der Villa parkte.

Missmutig beobachtete Ellen vom Fenster aus, wie der Pfarrer ausstieg, seinen Schal vom Hals zog und in der Jackentasche verstaute. Er trug wieder den Turban, den er bereits bei ihrer ersten Begegnung auf dem Kopf gehabt hatte.

»Warum guckst du so unzufrieden?«, fragte Hylia und schaute nun ebenfalls zum Fenster hinaus.

»Alt, zerbeult und ungepflegt«, murmelte Ellen kritisch.

»Wer? Johannes? Das ist ungerecht«, widersprach Hylia sofort. »Er ist weder alt noch ungepflegt. Ein bisschen zerknittert vielleicht, aber ansonsten ganz annehmbar.«

»Ich meine nicht den Pfarrer.« Ellen lächelte. »Ich meine den Wagen.«

»Nun, immerhin hat er genug Platz für Conny, die Kinder und den Hund.«

»Wer? Der Wagen oder der Pfarrer?«

»Beide.« Jetzt musste auch Hylia lachen.

Die Frauen gingen zur Tür, öffneten ihrem Besuch und begrüßten ihn.

Dann rief Ellen nach Conny und den Kindern.

»Wir kommen gleich! Ich muss nur noch schnell Saras Bart ankleben«, antwortete ihre Freundin aus dem ersten Stock.

»Dann müssen wir wohl noch ein bisschen warten«, sagte Hylia. »Kommen Sie, wir setzen uns so lange an den Küchentisch.«

Der Pfarrer folgte den beiden Frauen in die Küche.

»Möchten Sie etwas trinken?«, fragte Hylia freundlich. »Vielleicht ein Wasser?«

»Nein danke.« Er schüttelte den Kopf.

Ellen hatte sich dem Pfarrer gegenüber niedergelassen und musterte ihn eindringlich. »Sie trinken also kein Wasser«, stellte sie fest. »Vielleicht möchten Sie lieber etwas Härteres?«

Johannes schüttelte den Kopf. »Ich vertrage keinen Alkohol.«

»Rauchen Sie?«

»Nein.«

»Mögen Sie Kinder?«

»Natürlich.«

»Tiere?«

»Ja.«

»Sagen Sie, Johannes«, mischte sich Hylia jetzt ein, noch bevor Ellen eine neue Frage stellen konnte. »Sind Sie aufgeregt wegen heute Nachmittag?«

Johannes lachte. »Nein, das ist ja nicht mein erstes Krippenspiel.«

»Seit wie vielen Jahren machen Sie das denn schon?«, erkundigte sich Ellen sofort.

»Seit ungefähr zwanzig Jahren«, antwortete der Pfarrer. »Ich habe damit schon während meines Studiums angefangen.«

Ellen rechnete schnell nach. Der Mann war vermutlich jünger, als sie gedacht hatte. Sie räusperte sich. »Sie haben Theologie studiert?«

»Ja.« Er nickte.

»Und dann sind Sie gleich Pfarrer geworden?«

Wieder nickte er.

»Warum?«

»Warum?«, wiederholte er überrascht. »Weil es schon immer mein Wunsch war, für andere Menschen da zu sein.«

»Dann hätten Sie auch Arzt werden können«, entgegnete Ellen. »Das bringt wesentlich mehr Geld ein.«

»Ellen«, warnte Hylia leise.

»Lassen Sie nur!« Johannes lächelte Hylia freundlich an. »Ich habe nichts gegen dieses kleine Verhör.«

Dann wandte er sich wieder Ellen zu. »Soll ich Ihnen meinen Gehaltszettel zeigen, oder bekomme ich auch so Ihre Erlaubnis, mit Conny auszugehen?«

Ellen seufzte. »Leider brauchen Sie meine Erlaubnis nicht. Aber ich hätte gern Ihr Wort. Conny hat in ihrem Leben schon einiges durchgemacht.«

»Das weiß ich.«

»Es war nicht leicht für sie, aber sie hat es bis jetzt irgendwie geschafft. Ich will nicht, dass sie noch einmal leiden muss.« Sie starrte den Pfarrer drohend an. »Wenn Conny oder ihre Kinder mit Ihnen unglücklich werden, dann mache ich Ihnen Ihr Leben zur Hölle!«

Der Pfarrer unterdrückte ein Lächeln. »Das glaube ich Ihnen sofort.«

»Also, bekomme ich Ihr Wort?«, fragte Ellen gespannt.

Er nickte. »Ja, ich verspreche, Conny, die Kinder und die Tiere glücklich zu machen.«

»Gut.« Zufrieden lehnte sich Ellen zurück und lächelte Johannes zum ersten Mal an. »Dann willkommen in unserer großen Familie!«

»Danke.« Er strahlte sie an. »Auch wenn Sie es vermutlich nicht gern hören: Sie sind eine gute Freundin, Ellen.«

»Wir sind fertig!« Conny steckte den Kopf zur Küchentür herein. Hinter ihr kamen Sara und David in langen, wallenden Gewändern und falschen Bärten zum Vorschein. Verwundert registrierte Conny die gelösten Mienen von Johannes und Ellen. Hylia hingegen sah aus, als ob sie gerade etwas Ungeheuerliches beobachtet hätte.

»Alles in Ordnung?«, erkundigte sich Conny bei ihr.

Sie nickte langsam.

»Wirklich?«

»Ja.« Hylia erwachte aus ihrer Sprachlosigkeit. »Ich bin nur gerade Zeuge geworden, wie Ellen so etwas wie menschliche Züge gezeigt hat. Ich kann das gar nicht glauben.«

Ellen runzelte die Stirn. »Dann lass es bleiben. Es kommt sowieso nicht so häufig vor.«

»Ellen war mal im Krippenspiel ein Engel«, verkündete Sara, die die Unterhaltung der Erwachsenen nicht verstand und deshalb das Thema wechseln wollte.

»Wirklich?« Johannes grinste. »Wie passend.« Er erhob sich und umarmte Conny zur Begrüßung. David und Sara sahen sich verschwörerisch an.

»Kommt Kinder, lasst uns gehen!« Conny winkte Ellen und Hylia zum Abschied zu. »Wir sehen uns gleich in der Kirche.«

Eine halbe Stunde später parkte Thomas' großer Lieferwagen vor dem Haus. Der Schreiner hatte einen Wollschal umgebunden und lächelte etwas schief, als Hylia ihn an der Tür begrüßte. »Entschuldige, das sind noch die Nachwirkungen der Betäubungsspritze«, nuschelte er.

»War es sehr schlimm?«, erkundigte sich Hylia mitfühlend.

Thomas nickte. »Aber Roland hat mir versprochen, dass ich keine Schmerzen mehr haben werde, wenn die Betäubung nachlässt. Ich soll bis dahin den Kiefer möglichst warm halten und wenig sprechen.«

»Deshalb auch der Schal? Aber keine Sorge wegen des Sprechens, Ellen und ich werden uns schon unterhalten.«

»Du kommst auch mit?« Thomas sah sie fragend an.

»Hylia nickte. »Ich fahre mit euch, wenn es dir recht ist. Es sei denn, du möchtest mit Ellen allein sein.«

»Heute bestimmt nicht«, murmelte Thomas und dachte an seinen gefühllosen Unterkiefer, das Gespräch beim Zahnarzt und Ellens merkwürdige Andeutungen am Telefon.

»Schön!«, erklang ihre eisige Stimme auf einmal hinter ihm im Vorgarten. »Gut, dass ich das gehört habe.«

»Das war doch nicht so gemeint«, verteidigte sich Thomas und drehte sich um. »Ich habe nur so ein komisches Gefühl –«

»Das weiß ich«, unterbrach sie ihn schnell. »Aber das ist ganz allein unser Problem und nicht das von Hylia. Lass uns später darüber reden, ja?«

Er nickte verdutzt.

Ellen zog den Hund ins Haus. »So, Pepper, jetzt warst du noch einmal draußen, und nun wartest du brav, bis wir zurückkommen«, redete sie auf das Tier ein. Dann ergriff sie ihre Handtasche und rauschte an Thomas vorbei auf die Straße. »Können wir fahren?«

»Okay.« Hylia zuckte mit den Schultern und blickte den Schreiner mitleidig an. »Das war aber eine merkwürdige Unterhaltung«, flüsterte sie ihm zu, während sie ihren Mantel anzog und die Haustür schloss.

»Ellen redet meistens in Rätseln mit mir.« Er blickte sich um. »Wo ist Paula?«

»Warum? Möchtest du sie auch noch mitnehmen?«

»Jede Gesellschaft ist besser als diese Frau mit ihrem seltsamen Verhalten.« Er deutete auf Ellen.

Hylia kicherte. »Paula ist direkt vom Geschäft aus von Roland abgeholt worden. Die beiden wollen etwas essen gehen und kommen dann auch zur Vorstellung.«

»Ist das der Grund für Ellens schlechte Laune?« Thomas schmunzelte, so gut das mit seiner betäubten Unterlippe ging.

»Das glaube ich nicht«, meinte Hylia leise, weil sie sich inzwischen seinem Auto näherten. Ellen setzte sich auf den Beifahrersitz, Hylia nahm auf der Rückbank Platz.

Die Fahrt zur Kirche verlief schweigend. Ellen hatte die Arme vor dem Körper verschränkt und betrachtete interessiert ihre Fingernägel. Hylia kämpfte auf dem Rücksitz mit einer großen Schachtel Nägel und einer Kiste voller Werkzeug. Thomas betastete immer wieder besorgt seine Unterlippe, weil er befürchtete, dass ihm Speichel aus dem Mund lief und er es nicht bemerkte.

»Was für eine unterhaltsame Fahrt!«, murmelte Hylia, als das Auto auf dem Platz vor der Kirche parkte. Sie stieg rasch aus. »Ich will Paula suchen!«, rief sie Thomas und Ellen zu und war auch schon verschwunden.

»Bist du deinen Kollegen am Donnerstag wieder losgeworden?«, fragte Thomas, um das Schweigen zwischen ihm und Ellen zu brechen.

Sie nickte.

»Und der Japaner?«

»Der ist auch weg.« Ellen stieg aus und steckte die Hände in die Manteltaschen. »Hast du noch Zahnschmerzen?«

Er schüttelte den Kopf. »Dein Exmann hat mir sehr geholfen.«

»Wie schön für dich!«, entgegnete sie schnippisch.

Thomas holte seine Jacke aus dem Auto, zog sie an und wickelte nach kurzem Zögern den Schal von seinem Hals.

»Warum nimmst du den Schal ab?«, fragte Ellen mit unsicherer Stimme.

Erstaunt musterte er sie. »Soll ich nicht?«

»Ich weiß es nicht«, entgegnete sie und sah auf einmal

sehr unglücklich und verwirrt aus. »Ich glaube, ich werde es erst dann wissen, wenn es so weit ist.«

»Ich kann ihn ja mal mitnehmen«, sagte Thomas vorsichtig und fragte sich, ob es an der Betäubung lag, dass er schon wieder nicht verstand, wovon Ellen sprach. Umständlich stopfte er den Schal in seine Hosentasche, öffnete die Hecktüren des Lieferwagens und ergriff das erste Stück Zaun. »Kommst du mit rein?«

Langsam und nachdenklich folgte Ellen ihm in die Kirche. Sie grübelte noch über sein merkwürdiges Verhalten nach, als sie am Eingang Paula und Roland begegnete. Ihr Exmann hatte den Arm um Paula gelegt und nickte ihr zur Begrüßung kurz zu.

Paula lächelte, als sie Ellen entdeckte. »Wie schön, dass du tatsächlich gekommen bist.« Offensichtlich fühlte sie sich sehr wohl in Rolands Arm, denn ihre Augen strahlten.

Ellen seufzte. Das Letzte, was sie jetzt sehen wollte, war ein glückliches Paar. Aber sie riss sich zusammen. Schließlich konnten die beiden nichts dazu, dass Thomas mit ihren Gefühlen spielte.

»Wo ist Hylia?« Sie sah sich suchend um.

»Sie holt sich einen Kaffee.« Paula deutete auf einen kleinen Stand. »Dort gibt es heiße Getränke.«

»Aha.« Ellen räusperte sich und suchte verzweifelt nach einem unverfänglichen Gesprächsthema. »Na, dann wollen wir uns doch mal unsere beiden Kinder beim Krippenspiel ansehen«, sagte sie schließlich betont munter.

»Ja, ich freue mich schon«, entgegnete Paula. »Das bringt einen so schön in weihnachtliche Stimmung. Am liebsten würde ich später noch auf den Weihnachtsmarkt gehen, Glühwein trinken und Bratwurst essen.«

»Dann macht das doch!« Ellen grinste, als sie sich ihren Exmann im teuren Lodenmantel zwischen Grillständen und

Glühweintöpfen auf einem völlig überfüllten Weihnachtsmarkt vorstellte.

Roland lächelte etwas gequält, widersprach jedoch nicht. Abermals seufzte Ellen, weil ihr erneut bewusst wurde, dass es ihrem Exmann wirklich ernst war.

»Was ist mit dir?« Paula sah sie besorgt an.

»Gar nichts«, entgegnete Ellen. »Ich bin nur ein bisschen müde, das ist alles.«

»Heißt das, du wirst uns später nicht auf den Weihnachtsmarkt begleiten?«, fragte Paula enttäuscht.

»Ja, ich gehe lieber nach Hause.«

»Du lässt uns allein durch die Gegend ziehen?« Roland blickte sie erstaunt und belustigt an. »Was ist, wenn ich Paula ohne deine Einwilligung küssen will?«

»Ich glaube, ich habe mich lange genug eingemischt«, meinte Ellen leise. »Den Rest kriegt ihr auch ohne meine Hilfe hin.«

»Da du gerade von Hilfe sprichst …«, ertönte Connys Stimme hinter ihr. »wir könnten deine Hilfe jetzt wirklich gut gebrauchen!« Ihr Gesicht war gerötet, und ihr Haarknoten hatte sich fast aufgelöst.

»Zwei der Kinder aus dem Krippenspiel sind erkrankt und können heute nicht kommen«, erzählte sie atemlos. »Wir brauchen dringend einen heiligen König und einen Engel.«

»Ellen kann den Engel spielen!«, rief Paula, noch ehe Ellen etwas sagen konnte. »Das hat sie doch schon in der Grundschule immer gemacht.«

»Äh … eigentlich hatte ich da keine große Rolle«, stotterte Ellen.

»Aber der Engel hat doch immer eine wichtige Rolle in dem Stück«, bemerkte Paula verwundert.

»Wir waren viele Engel«, improvisierte Ellen. »Ich war nur der vierte.«

»Von links oder von rechts?«, mischte sich Roland ein. Er hatte seine Exfrau längst durchschaut.

»Wie viele Engel gab es denn in eurem Stück?«, wunderte sich Conny, doch dann lachte sie. »Engel ist Engel, und du spielst hiermit heute ausnahmsweise mal den ersten und einzigen.«

»Aber ich –«, protestierte Ellen.

»Ellen!« Conny sah sie flehend an. »Bitte hilf uns dieses eine Mal!«

»Na gut.« Ellen gab sich geschlagen. Immerhin hatte sie jetzt eine Aufgabe und musste nicht die ganze Zeit untätig herumsitzen und Thomas beobachten.

»Du bist ein Schatz!« Conny drehte sich um und deutete auf eine Tür neben dem Altar. »Dort hinten ist die Garderobe. Du kannst dich bei Johannes melden, der gibt dir dann deinen Text, das Kleid, die Flügel und das Engelshaar.«

»Flügel und Engelshaar?«, murmelte Ellen gedehnt, marschierte dann aber gehorsam in Richtung Tür. Auf diese Weise konnte sie Thomas für eine Weile aus dem Weg gehen.

Sie hatte sich geirrt.

Genau in dem Moment, als sie die Tür öffnen wollte, wurde diese von der anderen Seite aufgerissen, und das aufgeregte Gesicht von Johannes Müller erschien. Sein Turban hing bereits gefährlich schief.

»Conny?«, rief er quer durch die Kirche. »Du kannst aufhören zu suchen. Ich habe unseren dritten König gefunden. Thomas wird einspringen!«

»Hast du deinen Schal dabei?«, fragte Sara ihren Bruder.

Die Geschwister standen verkleidet nebeneinander und schauten dem hektischen Treiben in der Garderobe zu.

»Nein, der hängt bei meinem Mantel«, entgegnete David.

»David!« Sie sah ihn zornig an. »Das hatten wir doch besprochen!«

»Ich verstehe immer noch nicht, warum ich auch einen Schal tragen muss«, verteidigte er sich. »Es reicht doch, wenn Johannes das tut.«

»Er wird es aber nicht allein machen, sondern nur dann, wenn er glaubt, dass es ein gemeinsamer Spaß sein soll«, erklärte Sara ungeduldig und klopfte auf ihre ausgebeulte Hosentasche. »Ich habe meinen Schal deshalb auch mitgenommen.«

»Woher soll Mama denn wissen, wer ihr den Brief geschrieben hat, wenn alle einen Schal tragen?« David schüttelte seinen Kopf.

Sara verdrehte die Augen. »Bleib einfach ganz locker, Mann! Es tragen gar nicht alle einen Schal, sondern nur Johannes, du und ich. Da kommt ja wohl nur Johannes als Briefschreiber in Frage, denn du und ich, wir schreiben keine Liebesbriefe an Mama!«

»Aber wir haben doch –«, widersprach David heftig.

»Nur notgedrungen!«, fiel seine Schwester ihm ins Wort. »Offiziell und logischerweise können die Briefe nur von Johannes stammen.«

»Ich verstehe überhaupt nichts mehr«, murmelte David verzweifelt.

»Das musst du auch nicht.« Sara tätschelte seinen falschen Bart. »Überlass das mir! Kümmere du dich um deinen Text und deine Maria!« Sie deutete auf ein hübsches Mädchen, das gerade zur Tür hereinkam. Davids Augen leuchteten auf. Er winkte dem Mädchen zu und ging ihm entgegen.

Sara sah sich um. Vor dem großen Garderobenspiegel entdeckte sie Ellen, die sich gerade von Conny ihre Engelsflügel anlegen ließ.

»Dein Text und deine Rolle sind ganz einfach«, hörte sie

ihre Mutter sagen. »Du stehst praktisch die ganze Zeit auf einem Podest auf der Bühne und singst ein paar Zeilen –«

»Singen?«, unterbrach Ellen Conny alarmiert. »Ich soll singen?«

»Na ja, so etwas Ähnliches.« Conny lachte nervös. »Aber das kriegst du hin. Hier ist dein Text.« Sie reichte Ellen einen Zettel. »Lies das mal laut vor.«

Ellen begann lustlos. »Fürchtet euch nicht, ihr Hirten! Ich verkündige euch große Freude. In Bethlehem in einem Stall wird heute Abend ein Kind geboren. Das schickt Gott zu euch. Es wird in einer Futterkrippe liegen. Friede und Freude sei mit euch.«

»Wenn du es in diesem Ton sagst, laufen dir die Hirten weg«, kritisierte Conny. »Du musst es freudiger sagen.«

»Ich bin aber gerade nicht in Stimmung für fröhliche Verkündigungen«, entgegnete Ellen düster.

»Das sieht man.« Conny musterte ihre Freundin besorgt. »Was ist los?«

Ellen zögerte. Was sprach dagegen, ihre Freundin um Rat zu fragen? Sie zog Conny mit sich in eine Ecke.

»Kann ich dich mal etwas Persönliches fragen?«, begann sie.

»Jetzt?« Conny blickte sich unsicher um. Es waren nur noch zehn Minuten bis zum Beginn des Krippenspiels.

»Ja, jetzt.« Ellen nickte.

»Also gut.« Conny seufzte.

»Sagen wir mal, jemand schreibt dir heimlich Liebesbriefe. Aber wenn du mit ihm zusammen bist, ignoriert er dich mehr oder weniger und tut so, als würde es die Briefe nicht geben und –«

»Du bekommst Liebesbriefe?«, unterbrach Conny Ellen verblüfft.

Ellen nickte zögernd. »Warum nicht?«

»Das passt so überhaupt nicht zu dir. SMS, E-Mails, Geschäftsnotizen – das ja. Aber romantische Liebesbriefe? Wer lässt sich denn so etwas einfallen?«

»Das tut jetzt nichts zur Sache«, antwortete Ellen gereizt. »Die Frage ist vielmehr, warum er mich im normalen Leben nicht beachtet.«

»Vielleicht ist er zu schüchtern«, vermutete Conny.

»Das kann nicht sein.« Ellen schüttelte den Kopf. »Immerhin gibt er sich ja als Schreiber zu erkennen.«

»Tatsächlich?«, fragte Conny überrascht.

»Mehr oder weniger.«

»Hast du ihm gesagt, dass du dich über die Briefe freust?«, erkundigte sich Conny vorsichtig.

»Woher willst du wissen, dass ich mich freue?« Ellen lachte bitter. »Vielleicht nerven sie mich einfach nur.«

»Dann würdest du jetzt aber nicht mit mir hier in der Ecke stehen und nachdenken«, widersprach Conny ruhig.

Ellen seufzte. »Da hast du recht.« Sie atmete tief durch. »Also gut, die Briefe bedeuten mir etwas.«

Conny nickte zufrieden. »Dann musst du ihm das auch sagen!«

Ihre Freundin fuhr sich verlegen durch die Engelshaare.

»Und jetzt erzähl schon: Wer ist es?«, fragte Conny wieder.

Ellen zögerte. Aber noch ehe sie etwas erwidern konnte, trat Sara zu den beiden.

»Mama, da bist du ja! Auf einmal warst du fort!«, rief sie munter. »Warum stehst du noch hier? Du musst doch im Zuschauerraum sitzen. Du verpasst sonst alles.«

»Ich gehe gleich.« Ärgerlich sah Conny auf ihre Armbanduhr. Die vertrauliche Stimmung mit Ellen war dahin. Ihre Freundin erhob sich seufzend. »Ich glaube, ich stelle mich schon mal auf die Bühne«, murmelte sie und lächelte Conny unsicher an. »Danke für deinen Rat.«

Sie rauschte mitsamt ihrer Flügel davon.

»Worüber habt ihr denn gesprochen?«, erkundigte sich Sara.

»Ach, über dies und das – Liebesbriefe zum Beispiel«, sagte Conny zerstreut und sah ihrer Freundin nach.

»Liebesbriefe?«, fragte Sara. »Hat sie auch welche bekommen?«

»Auch? Wer denn noch?« Conny sah ihre Tochter scharf an.

»Du vielleicht?«, murmelte Sara schüchtern. »Könnte doch sein, oder?«

Conny lachte und stand auf. »Ich gehe dann mal zu meinem Platz. Viel Glück!« Sie drückte ihre Tochter an sich.

»Und ich muss noch was machen.« Sara befreite sich aus der Umarmung und sah sich suchend um. »Mir fehlt noch Davids Wollschal«, murmelte sie geschäftig.

Conny sah ihrer Tochter nach, als diese Richtung Kleiderhaken verschwand.

»Liebesbriefe und Davids Wollschal«, wiederholte sie amüsiert. »Dieses Kind hat vielleicht Ideen!«

Thomas und Johannes hatten den Zaun auf der Bühne aufgebaut. Jetzt ließ sich Thomas vom Pfarrer einen Turban aufsetzen. In der Hand hielt er einen Zettel.

»Die Reise nun zu Ende ist, wir grüßen im Stall den heiligen Christ. Und seht den Engel schön und fein, er lacht uns an und lädt uns ein«, las er laut vor und war froh, dass die Betäubung nachgelassen hatte. In diesem Moment eilte Ellen an ihnen vorbei und bestieg das Podest. Thomas ließ das Papier sinken.

»Ist sie etwa der Ersatz für den Engel?«, fragte er den Pfarrer.

Johannes nickte und befestigte eine Sicherheitsnadel am Turban.

»Dann kannst du das mit dem lachenden Engel streichen«, murmelte Thomas amüsiert und warf Ellen einen Blick zu. »Sie ist heute nicht in Stimmung.«

»Woher willst du das wissen?« Ellen musterte ihn grimmig.

Er zuckte mit den Schultern. »War nur so eine Idee. Übrigens stehen dir die langen blonden Haare ausnehmend gut.«

»Danke sehr.« Ellen postierte sich über der Krippe und las noch einmal ihren Text durch.

»Komm, wir müssen von der Bühne verschwinden!« Johannes zog Thomas mit sich.

Im Umkleideraum trafen sie auf Sara und David, die sie schon ungeduldig erwarteten.

»Du hast ja deinen Schal noch gar nicht um«, begrüßte Thomas den Jungen.

»Schal?«, wiederholte Johannes erstaunt, aber niemand beachtete ihn.

»Wieso bist du hier hinter der Bühne? Und warum hast du einen Turban auf dem Kopf?« David musterte Thomas verwirrt.

»Ich springe für einen der Drei Könige ein«, klärte ihn Thomas auf. »Und es ist mir eine besondere Freude, heute so nahe dabei zu sein. Ich werde alles genau beobachten. Alles!« Er grinste David an.

Dieser schluckte. »Okay«, sagte er nur und warf seiner Schwester einen hilfesuchenden Blick zu.

»Schal?«, wiederholte Johannes noch einmal.

»Wir haben da eine tolle Idee«, begann Sara zögernd. »Sozusagen ein kleines Extra bei dem Krippenspiel.« Sie sah sich nach ihrer Mutter um, aber Conny hatte die Garderobe bereits verlassen. »Wie wäre es, wenn wir nur so zum Spaß einen Schal anziehen?«

»Alle?« Johannes runzelte die Stirn.

»Nein, nicht alle«, antwortete Sara. »Nur wir drei: David, du und ich.«

»Ich dachte, nur David –«, begann Thomas erstaunt.

Sara warf ihm einen bösen Blick zu. Der Schreiner würde ihren schönen Plan doch nicht etwa zerstören? »Nur David mit Wollschal wäre bestimmt nicht so lustig, oder? Es kann nicht schaden, wenn der Pfarrer und ich auch unsere Schals tragen.«

»Das ist wahr«, bestätigte Thomas. »David ist ja schließlich der einzige junge Mann, der infrage kommt.« Seine angebetete Maria wird das schon unterscheiden können, setzte er in Gedanken hinzu.

»Infrage? Wofür?« Johannes blickte ratlos von einem zum anderen.

»Ich habe übrigens zufällig auch meinen Schal eingesteckt«, warf Thomas schnell ein und ignorierte Johannes' Bemerkung. »Ich kann also auch mitmachen.«

»Aber –«, begann Sara.

»Alle Hirten zu mir!«, rief ein junges Mädchen aus der Garderobe.

»Du musst gehen.« Johannes schob Sara zu den Hirten. »Viel Glück!«

Verzweifelt blickte David seiner Schwester hinterher.

Thomas klopfte ihm beruhigend auf die Schulter. »Ich helfe dir, keine Angst«, flüsterte er ihm zu.

Dann drehte er sich zu Johannes um. »Komm schon, das wird ein Spaß! Wir ziehen alle unsere Schals an!« Er zog seinen Wollschal aus der Hosentasche.

»Also gut.« Johannes lachte und eilte zu seinem Mantel. »Wie praktisch, dass ich mein gutes Stück eigentlich immer dabeihabe.«

Beide Männer wickelten sich die Schals um den Hals und sahen David auffordernd an. »Na los«, sagte Thomas grinsend. »Jetzt musst du tapfer sein.«

»Ja, das muss ich wohl.« David lächelte gequält zurück und kramte seinen schwarzen Schal hervor. Er hatte ja gleich gewusst, dass die Idee seiner Schwester in einer Katastrophe enden würde.

Paula, Hylia und Roland hatten Conny einen Sitz in der ersten Reihe frei gehalten. Aufseufzend ließ Conny sich auf den Stuhl fallen und versuchte, zwei Handtaschen zu verstauen.

»Was hast du da?«, fragte Paula neugierig.

»Reicht eine Tasche nicht mehr für deinen Krimskrams?«, ergänzte Hylia.

Conny schüttelte den Kopf. »Die zweite Handtasche gehört Ellen. Ich wollte sie nicht einfach so in der Garderobe stehen lassen. Schließlich wissen wir ja alle, welche Kostbarkeiten Ellen mit sich herumschleppt.«

Die drei Frauen lachten.

»Du kannst die Taschen hier zwischen uns stellen.« Paula rückte ein Stück zur Seite.

»Danke.« Conny legte Ellens Tasche über die Armlehne und ergriff dann ihren großen Lederbeutel. Dabei stieß sie mit dem Ellenbogen an die Armlehne. Ellens Handtasche flog auf den Boden, und der gesamte Inhalt verteilte sich unter den Stühlen.

»Verdammt!« Conny kniete sich auf den Boden, Paula und Hylia taten es ihr nach. Gemeinsam suchten sie Ellens Sachen zusammen.

»Der grüne Schraubenzieher!«, rief Hylia leise. »Der steckte doch neulich in unserem Schneemann. Wieso liegt er jetzt in Ellens Tasche?«

»Schneemann?« Verwirrt starrte Conny auf das Werkzeug. »Die Geschichte kenne ich nicht. Ich weiß nur, dass sie damit ihr Regal reparieren wollte.«

»Das können wir später noch klären«, bemerkte Paula ungeduldig. »Die Vorstellung beginnt gleich. Ah, hier sind noch zwei Zettel.« Sie hob die beiden Papiere vom Boden auf. »Ob die auch Ellen gehören oder ob sie schon früher hier lagen?«

»Schau einfach nach«, sagte Hylia.

»Aber ich kann doch nicht –«, protestierte Paula.

»Warum denn nicht?«, unterbrach Hylia sie. »Was soll das schon sein? Ein Liebesbrief?«

Paula begann zu lesen und hob nach wenigen Sekunden den Kopf. »Es scheint tatsächlich ein Liebesbrief zu sein«, murmelte sie ungläubig.

»Das muss ich sehen!«, rief Hylia aufgeregt. Sie und Conny krabbelten zu Paula und beugten sich über den Brief.

Mein geliebter Engel!

Ich mag dich wirklich sehr und hoffe, du magst mich auch. Und ich wünsche mir, dass wir eine gemeinsame Zukunft haben werden.

Du siehst einfach toll aus.

In Liebe, dein heimlicher Verehrer

»Sie bekommt Liebesbriefe«, flüsterte Paula gerührt. »Wie romantisch!«

»Das hätte ich ihr gar nicht zugetraut.« Hylia zog Paula den zweiten Bogen Papier aus der Hand. »Wollen mal sehen, was er noch schreibt!«

Meine Liebste!

Es wird Zeit, dass wir uns zueinander bekennen. Ich werde am Samstag beim Krippenspiel als Zeichen meiner Liebe einen Schal tragen. Wenn du meinst, dass wir eine Chance haben, dann sage es mir nach der Vorstellung.

In Liebe, dein heimlicher Verehrer, der sich dir bald zu erkennen geben wird.

»Deshalb wollte sie also unbedingt mit in die Kirche.« Paula lächelte. »Jetzt wird mir einiges klar.«

»Vielleicht sind die Briefe vom Schreiner«, überlegte Hylia laut, schüttelte jedoch nach kurzem Nachdenken den Kopf. »Vielleicht aber auch nicht. Die beiden haben heute im Auto kaum miteinander geredet. Das sah nicht nach der großen Liebe aus.«

»Aber wer kann es sein?« Paula runzelte die Stirn. »Die Kirche ist doch voller Leute.«

»Wir müssen ja eigentlich nur herumgehen und einen Typen mit Schal suchen«, schlug Hylia vor, schüttelte dann aber über sich selbst den Kopf. »Das wird schwierig. Heute tragen viele Leute einen Schal.«

Conny dachte angestrengt nach. Irgendjemand hatte doch vorhin ebenfalls von einem Wollschal gesprochen …

»Wie lange wollt ihr denn noch da unten sitzen und reden?« Rolands Gesicht erschien zwischen den Stuhllehnen. »Es geht gleich los.«

»Wir haben ja noch die Pause zum Suchen«, zischte Hylia den beiden anderen Frauen zu, während sie sich wieder auf ihre Plätze setzten. Gleich darauf ging das Licht aus, und der Vorhang bewegte sich.

16

Auf der Bühne saßen mehrere Hirten im Stroh und hüteten ihre Schafe.

»Wieso trägt ein Hirte so einen dicken Schal?«, flüsterte Roland Paula zu. Diese zuckte mit den Schultern. »Keine Ahnung«, sagte sie leise und stieß Conny in die Seite.

»Sara trägt einen Schal!«, zischte sie aufgeregt.

»Das sehe ich«, entgegnete Conny eisig.

»Aber das kann doch nicht sein«, wisperte Paula beunruhigt. »Sara schreibt doch keine Liebesbriefe an Ellen!«

»Nein.« Conny erhob sich hastig. »Aber sie steckt da irgendwie mit drin.« Sie kramte die Briefe aus Ellens Tasche und eilte in Richtung Bühne.

»Wo geht Conny hin?«, erkundigte sich Hylia, die auf der anderen Seite neben Roland saß.

»Auf die Bühne«, antwortete er. »Es hat irgendetwas mit dem Wollschal zu tun.«

»Na, das kann ja heiter werden«, murmelte Hylia amüsiert und lehnte sich entspannt zurück.

Ellen versuchte, huldvoll ins Publikum zu lächeln, als der Vorhang aufging. Vor ihr saßen einige Kinder, die als Hirten verkleidet waren. Sie breitete ihre Arme aus und trat nach vorn. »Fürchtet euch nicht, ihr Hirten«, begann sie mit lauter Stimme, und die Kinder drehten sich langsam zu ihr um.

»Ich verkündige euch große Freude«, fuhr Ellen fort. Da entdeckte sie plötzlich Sara mit ihrem Schal. Erschrocken ließ Ellen die Arme sinken.

»In Bethlehem, in einem Stall, wird heute Abend ein Kind geboren«, flüsterte ihr die Souffleuse zu.

Ellen nickte. »In Bethlehem, in einem Stall, wird heute Abend ein Kind geboren«, wiederholte sie langsam.

»Das schickt Gott zu euch. Es wird in einer Futterkrippe liegen.« Die Souffleuse sprach leise, aber deutlich.

»Das schickt Gott zu euch. Es wird in einer Futterkrippe liegen«, murmelte Ellen. Dann riss sie sich zusammen. »Friede und Freude seien mit euch!«, schmetterte sie den Hirten entgegen.

Die Kinder konnten schließlich nichts dazu, dass Thomas offensichtlich ein Spielchen mit ihr trieb.

»Ich muss Sara sprechen!«, forderte Conny und blickte den jungen Vikar, der hinter dem linken Bühnenaufgang stand, fest an.

»Nicht jetzt!« Der Vikar hielt sie am Arm fest. »Sie können doch nicht einfach auf die Bühne und die Vorstellung stören!«

»Aber es geht um Ellen.« Verzweifelt versuchte Conny, sich loszureißen.

»Ellen?«, wiederholte der Vikar überrascht.

Conny schüttelte ungeduldig den Kopf. »Das können Sie nicht verstehen.« Sie blickte sich um. »Wo ist Johannes?« Der Pfarrer würde ihr sicher helfen.

»Herr Müller steht auf der anderen Seite und wartet auf seinen Einsatz.« Der Vikar deutete zum anderen Bühnenaufgang.

Ellen folgte seinem Blick und entdeckte Johannes, der zusammen mit Thomas und David am Vorhang stand.

»Sie tragen ja auch alle einen Schal!«, flüsterte sie und sank resigniert auf eine Kiste.

Der Vikar nickte. »Ich verstehe auch nicht so genau, warum. Es war Saras Idee.«

»Das kann ich mir denken!« Conny biss sich ärgerlich auf die Lippen. Sie hatte immer gewusst, dass ihre Tochter auf die abwegigsten Gedanken kam. Aber diesmal hatte Sara sich selbst übertroffen.

»Dein Einsatz!« Johannes gab David einen aufmunternden Klaps auf die Schulter und schickte ihn zusammen mit dem Mädchen, das die Maria spielte, auf die Bühne.

»Viel Glück!«, rief Thomas hinterher.

»Warum trägst du das Ding da?«, erkundigte sich Davids Partnerin leise und zeigte auf den Schal. »Das sieht ziemlich albern aus.«

»Weiß ich«, murmelte David.

Thomas bekam das Gespräch noch mit und war überrascht. Wieso wusste Karina nichts von dem Schal? Hatte sie die Briefe nicht erhalten?

»Komm, mein Weib, der Weg ist nicht mehr weit«, begann David inzwischen seinen Text und stützte Karina, die sich ein dickes Kissen unter ihr Kleid geschoben hatte.

»Oh, Josef ...«, entgegnete sie, wurde jedoch von einem lauten »Das darf doch nicht wahr sein!« unterbrochen.

Ellen stand auf dem Podest und hatte die Arme in die Seiten gestützt. Ihre Flügel bebten bedrohlich. Sie musterte David mit bösem Blick. »Du auch?«

»Sie sind jetzt gar nicht dran!«, zischte die Souffleuse.

»David hat auch einen Schal um«, flüsterte Paula im Publikum aufgeregt. »Jetzt verstehe ich überhaupt nichts mehr.«

»Ellen auch nicht«, sagte Hylia und deutete auf den Engel,

der immer noch im Scheinwerferlicht stand und dem heiligen Paar böse Blicke zuwarf. »Sie hat jetzt die Wahl zwischen David und Sara. Vom welchem der beiden Kinder hättest *du* denn gern einen Liebesbrief?«

»Liebesbrief?« Roland sah die beiden Frauen scharf an.

»Das erkläre ich dir später«, wisperte Paula und legte den Zeigefinger auf ihre Lippen. »Es geht weiter.«

Der Älteste der Hirten war geistesgegenwärtig zu Ellen getreten und hatte sie sanft in den Hintergrund geschoben. Von dort aus beobachtete sie jetzt die Herbergssuche des jungen Paares. Immer wieder glitten ihre Augen von David zu Sara. Was zum Teufel dachte sich Thomas dabei, so einen Scherz mit ihr zu treiben?

Plötzlich entdeckte sie ihn am Vorhang. Sie lächelte bitter. Auch er trug natürlich seinen Schal. Er sah allerdings nicht so amüsiert aus, wie sie es erwartet hatte, sondern schaute sie nachdenklich an. Wütend funkelte sie zurück.

»Der Engel zeigte uns den Weg!« Der kleinste Hirte wiederholte zum dritten Mal Ellens Stichwort. Verwirrt blickte sie in die Gesichter der Kinder, die abwartend vor ihr standen. Die Bühnenlampe blendete sie, als sie vortrat.

»Ja«, sagte sie zuerst einmal, weil sie ihren Text vergessen hatte. »So ist es.« Dann wartete sie auf das Wispern der Souffleuse.

»Was ist denn nur mit Ellen los?« Johannes schüttelte den Kopf. »Hat sie so großes Lampenfieber? Das sieht ihr gar nicht ähnlich.«

»Irgendetwas hat sie völlig aus der Fassung gebracht«, murmelte Thomas mitleidig.

»Es muss mit den Schals zu tun haben«, vermutete der Pfarrer.

»Ja.« Thomas runzelte nachdenklich die Stirn.

»Und ob!« Conny trat zu ihnen und winkte aufgeregt mit zwei Bögen Papier. »Meine Kinder haben sich einen üblen Scherz mit ihr erlaubt!«

»Hallo, Conny«, begrüßte Johannes sie. »Was willst du hier? Wir müssen gleich auf die Bühne.«

»Zuerst legst du mal deinen Schal ab!«, forderte Conny ihn auf. »Sonst fällt Ellen gleich noch vom Podest.«

»Woher hast du die Briefe?«, fragte Thomas entsetzt und deutete auf die beiden Blätter in Connys Hand.

»Du weißt von den Briefen?«, entgegnete Conny erstaunt.

»Ich habe sie geschrieben«, gestand Thomas. »Allerdings im Auftrag von jemand anderem.« Er wollte die Kinder nicht verraten.

Aber Conny wusste auch so Bescheid. »David und Sara.« Sie seufzte. »Das dachte ich mir.«

Der Pfarrer blickte verständnislos von einem zum anderen. »Welche Briefe?«

»Liebesbriefe«, antwortete Thomas. »David und Sara haben behauptet, dass sie für Davids heimliche Liebe sind.« Er deutete auf Josef und Maria, die auf der Bühne inzwischen vor der Krippe angekommen waren.

»Das stimmt aber offensichtlich nicht«, bemerkte Conny. »Meine beiden missratenen Kinder haben nichts Besseres zu tun gehabt, als sie an Ellen zu schicken.«

»Du meinst, dass Ellen gerade glaubt, sie hätte Liebesbriefe von David bekommen?«, fragte Thomas entsetzt.

»Nicht ganz. Ich befürchte, sie weiß, dass die Briefe von dir sind.« Conny raufte sich verzweifelt die Haare. »O je, ich habe als Mutter versagt!«

Johannes legte seinen Arm um sie. »Ich wette, wir können das nach der Aufführung klären, und alles ist nur halb so wild«, tröstete er sie.

»Halb so wild?«, wiederholte Conny gereizt. »Meine beste Freundin steht da auf der Bühne und leidet Höllenqualen, weil sie glaubt, dass die Briefe von Thomas sind und er sich nur über sie lustig macht.«

Ellen hatte sich noch nie in ihrem Leben so bloßgestellt gefühlt. Zitternd vor Wut stand sie auf dem Podest und bemühte sich um ein freundliches und gütiges Engelsgesicht. Sie brachte aber nur ein frostiges Grinsen zustande, während sie verzweifelt nach einem würdevollen Ausweg suchte. Sie musste die Kirche so schnell wie möglich verlassen!

Aber noch war das Krippenspiel nicht vorbei. Soeben waren die Heiligen Drei Könige auf die Bühne getreten.

»Die Reise nun zu Ende ist, wir grüßen im Stall den heiligen Christ. Und seht den Engel schön und fein, er lacht uns an und lädt uns ein«, leierte Thomas herunter. Er drehte sich zu Ellen um und sah sie unsicher an.

Überrascht registrierte sie, dass er seinen Wollschal abgenommen hatte. Auch der Pfarrer trug keinen mehr.

Offensichtlich war das jedoch nicht nur ihr aufgefallen, denn mitten aus der Schar der Hirten kam plötzlich Saras vorwurfsvolle Stimme: »Wo sind denn eure Schals?«

»Schschsch!« Die Souffleuse musterte Sara böse.

Der Pfarrer räusperte sich und begann dann mit seinem Text. »Wir grüßen dich, Maria rein, du trugst das Himmelskindelein. Wir schenken dir als Kostbarkeit Gold, Weihrauch, Myrrhe und ein güldenes Kleid.«

Während die Heiligen Drei Könige nun ihre Gaben darboten, schob sich der Vorhang ein Stück in die Bühne. Connys Arm griff mitten unter die Hirten und zog Sara heraus. Das Mädchen wehrte sich heftig, wurde jedoch von ihrer Mutter von der Bühne gezerrt. Sara wollte protestieren, doch verstummte sofort wieder, als sie das wütende Gesicht ihrer Mutter sah.

»Du hast mir jetzt einiges zu erklären!«, sagte Conny drohend.

»Ihr wolltet *was?*« Conny blickte ihre Tochter fassungslos an. Sie saß mit dem Mädchen in der Garderobe und hatte sich soeben Saras Beichte angehört.

»Wir wollten, dass du dich in Johannes verliebst«, wiederholte Sara schluchzend. »Wir konnten doch nicht wissen, dass die Briefe gar nicht bei dir landen, sondern bei Ellen!«

»Du meinst, nicht Ellen, sondern *ich* hätte heute bis auf die Knochen blamiert werden sollen?«, fragte Conny entgeistert.

Sara schüttelte den Kopf. »Wenn alles nach Plan gelaufen wäre, hätten nur David, Johannes und ich die Schals angehabt. Du wärst bestimmt so schlau gewesen und hättest gleich erkannt, wer dein heimlicher Verehrer ist.«

»Ich gebe es nur ungern zu«, sagte Conny seufzend, »aber wahrscheinlich hast du recht.«

Hoffnungsvoll hob Sara den Blick. »Dann bist du mir nicht mehr böse?«

»Oh, doch, das bin ich.« Conny sah ihre Tochter an. »Meine Freundin steht nämlich auf der Bühne, weil sie euch netterweise helfen wollte. Und sie denkt jetzt, dass sich Thomas einen schlimmen Spaß mit ihr erlaubt hat.«

»Wieso ist denn das so wichtig?«, murrte Sara. »Sie kann ihn doch sowieso nicht leiden.«

Conny wollte widersprechen, überlegte es sich aber im letzten Moment anders. Wer wusste schon, was das Mädchen wieder anstellen würde, wenn sie von ihrer Vermutung hörte!

Stattdessen strich sie ihrer Tochter kurz über die Haare. »Ich werde mich jetzt wieder ins Publikum setzen, und du gehst auf die Bühne zurück.«

Sara zuckte mit den Schultern. »Meine Sprechrolle war ohnehin schon nach der ersten Szene vorbei.«

»Trotzdem.« Conny erhob sich. »Ich möchte, dass du gleich nach der Vorstellung zu Ellen gehst und ihr alles erklärst.«

»Aber …«, stotterte Sara.

»Ich denke, das bist du ihr schuldig, oder?«

Sara nickte zögernd. »Okay.«

»Lass dir ruhig Zeit«, fuhr Conny fort. »Wir werden im Auto auf dich warten.« Sie beobachtete, wie das Mädchen sich wieder in seinen Hirtenumhang wickelte und Richtung Bühne lief.

»Sara?«

»Ja?« Ihre Tochter drehte sich um.

»Wegen Johannes und mir«, begann Conny stockend. »Also, es ist so …« Conny atmete tief durch. »Die Sache mit dem Brief hättet ihr euch sparen können. Johannes und ich haben auch ohne eure Hilfe zusammengefunden.«

»Wirklich?« Saras Gesicht leuchtete auf.

»Ja«, bestätigte Conny und drückte ihr einen Kuss auf die Stirn. »Und jetzt mach, dass du wieder rauskommst!«

Sie verließ die Garderobe und huschte auf ihren Platz zurück.

Die Vorstellung endete mit dem Lied »Stille Nacht«. Johannes hatte seine Gitarre ergriffen und stimmte nun gemeinsam mit den Kindern den Gesang an.

Erleichtert atmete Ellen auf. Sobald der Vorhang geschlossen war, wollte sie die Flucht ergreifen.

Da fiel ihr plötzlich ein, dass sie mit Thomas hergekommen war. Das bedeutete wohl, dass sie zu Fuß nach Hause gehen musste. Sie schüttelte unwillig den Kopf. Egal! Hauptsache, sie kam schnell von hier weg.

Verstohlen musterte sie Thomas, der gemeinsam mit seinen beiden Königs-Kollegen in der vorderen Reihe mit dem Rücken zum Podest stand. Er hatte während der gesamten Vorstellung keine Andeutung ihr gegenüber gemacht, nicht einmal eine Geste.

Beleidigt presste sie die Lippen zusammen. Er hatte sich vollständig im Griff gehabt und hatte nicht einmal seinen Text vergessen, während sie selbst die meiste Zeit vor sich hin gestottert hatte.

Das Lied war vorbei, und der Vorhang schloss sich.

Erlöst ging Ellen in die Hocke, um vom Podest zu springen. Da stand plötzlich Sara vor ihr.

»Ellen?« Das Mädchen wirkte sehr verlegen. »Ich muss ... ich muss ...«

»Die Toilette ist da hinten«, sagte Ellen zerstreut und hüpfte auf den Bühnenboden.

»Nein.« Sara schüttelte unglücklich den Kopf. »Ich muss doch gar nicht. Ich meine, ich muss etwas anderes ...«

Ellen betrachtete sie erstaunt. »Sara, was ist denn los?«

»Ich muss mit dir reden«, piepste Sara.

»Jetzt?« Ellen nahm ihre Engelsflügel ab.

»Ja, unbedingt.« Sara ergriff ihre Hand.

»Aber jetzt ist es sehr schlecht.« Ellen bemühte sich um ein Lächeln. »Ich habe es ziemlich eilig.«

»Aber es ist wichtig!«

Ellen nahm die Perücke ab. »Wir reden zu Hause darüber, okay?« Sie sah sich suchend um. »Wo ist nur meine Handtasche?«

»Die hat Mama mitgenommen«, sagte Sara hilfsbereit. »Und dein Mantel hängt in der Garderobe.«

»Verdammt!« Ellen hatte nicht die geringste Lust, in der Garderobe Thomas gegenübertreten zu müssen.

»Soll ich ihn dir holen?«, fragte Sara. Wenn sie Ellen jetzt nicht alles beichten konnte, wollte sie sich wenigstens von ihrer besten Seite zeigen.

»Das ist aber lieb von dir.« Ellen wickelte sich aus dem Engelsumhang und legte ihn auf dem Podest ab. Glücklich darüber, etwas für Ellen tun zu können, lief Sara in die Garderobe. Ellen strich sich über ihre Haare und lehnte sich erschöpft an das Podest.

»Das wäre überstanden«, kam eine Stimme aus den Kulissen. Thomas trat hervor. Er hatte sein Kostüm bereits ausgezogen und auch den falschen Bart entfernt. Ellen zuckte zusammen und sah sich um. Die Bühne hatte sich geleert. Sie stand allein mit ihm vor der Krippe.

»Du hast dich gut gehalten«, sagte er anerkennend. »Wenn man bedenkt, was alles vorgefallen ist …«

»Danke für das Kompliment!«, fuhr sie ihn gereizt an. »Hattest du deinen Spaß?«

»Ich?«, fragte er verwirrt.

»Natürlich du!« Sie musterte ihn kalt. »Die Briefe waren doch von dir, oder?«

Er nickte. »Aber im Grunde war es Saras und Davids Idee …«

»Jetzt schiebst du es auch noch auf die Kinder?« Ellen lachte bitter. »Wie traurig muss dein Leben sein, wenn du Liebesbriefe auf Anweisung von zwei Teenagern schreibst?«

Auch Thomas wurde jetzt wütend. »So war das doch alles nicht!«, rief er. »Lass es mich doch erklären!«

»Da gibt es nichts zu erklären«, antwortete sie abweisend. »Ich habe dich sehr gut verstanden.«

»Dann bist du weiter als ich selbst«, bemerkte er spöttisch, aber Ellen hörte gar nicht zu.

»Eine Zeitlang war ich nahe dran, deinen Briefen zu glauben«, sagte sie. »Wie dumm von mir! Ich habe wirklich gedacht, dass du anders bist als die anderen Männer in meinem

Leben. Und soll ich dir etwas sagen? Ironischerweise stimmt das sogar. Du bist anders als die anderen. Du bist noch schlimmer!«

Sie drehte sich um und wollte gehen, doch er hielt sie fest.

»Ellen«, sagte er leise.

»Was?«

»Wenn es diese Briefe nicht gegeben hätte – hätten mein Schal und ich dann eine Chance gehabt?« Er blickte sie abwartend an.

»Nein«, erwiderte sie kalt. »Niemals. Bilde dir bloß nichts ein.«

Damit löste sie sich aus seinem Griff und eilte von der Bühne.

»Ellen ist seit gestern Abend in ihrem Zimmer«, bemerkte Paula am Sonntag sorgenvoll. »Das sind jetzt schon vierundzwanzig Stunden.«

»Ich weiß.« Hylia seufzte. »Und sie will nicht einmal etwas essen.«

»Und wieder einmal sind meine nervigen Kinder schuld«, stöhnte Conny.

Die drei Frauen saßen nach dem Abendessen bei einer Tasse Tee beisammen.

»So ein Blödsinn«, schimpfte Hylia. »Deine Kinder haben etwas sehr Nettes tun wollen, was leider in einer Katastrophe geendet ist.«

»So wie immer«, ergänzte Conny düster.

»Ich glaube, wir brauchen jetzt etwas Stärkeres«, murmelte Hylia und holte eine Flasche Rum aus dem Schrank. Bereitwillig schoben ihr die anderen ihre Teetassen hin. Hylia goss den Alkohol großzügig in das heiße Getränk.

»Wo sind David und Sara jetzt?«, fragte Paula, nachdem sie einen Schluck probiert hatte.

»David ist bei Karina und lernt Mathe«, sagte Conny.

»Karina?«, erkundigte sich Paula. »Das ist doch die Maria aus dem Krippenspiel, oder?«

»Ja.« Conny nickte. »David hat ihr die Geschichte mit den Liebesbriefen erzählt, und sie war anscheinend so beeindruckt, dass sie sofort Feuer gefangen hat.«

Paula lächelte traurig. »Dann hat wenigstens eine etwas von dieser dummen Sache.«

»Und wo ist Sara?«, fragte Hylia.

Conny seufzte. »Sie ist mit Pepper draußen und bringt den Schraubenzieher zu Thomas zurück. Ellen zahlt ihr dafür zehn Euro.«

»Zehn Euro?«, wiederholte Hylia ungläubig.

»Genau«, bestätigte Conny. »Sara weiß aber, dass sie das Geld nicht behalten darf. Wir spenden es der Stiftung für schwer erziehbare Kinder.«

Paula kicherte. Eine Weile lang saßen die drei Frauen schweigend am Tisch und tranken ihren Tee.

»Sag mal Conny«, begann Paula wieder, »hast du endlich Weihnachtsgeschenke gekauft?«

Überrascht blickte Conny auf. »Übernimmst du jetzt Ellens Rolle und organisierst mein Leben?«

»Nein. Ich suche nur nach einem neuen Gesprächsthema.«

»Da bin ich aber beruhigt.« Conny nahm einen Schluck Tee. »Und falls es dich tatsächlich interessiert – ich habe heute Morgen im Internet Geschenke bestellt«, fügte sie hinzu.

»Schön!«, lobte Paula.

»Ja, schön!«, sagte auch Hylia.

Abermals schwiegen die Frauen. Schließlich war es erneut Paula, die das Schweigen brach.

»Was tun wir jetzt? Wie können wir Ellen helfen?«, platzte sie heraus.

»Mir ist nicht zu helfen«, kam Ellens Stimme von der Tür. Sie schlurfte, nur mit einem Bademantel bekleidet, ins Esszimmer und ließ sich auf einen Stuhl fallen. Hylia goss ihr eine Tasse Tee ein und kippte eine besonders große Portion Rum hinterher. »Hier, trink das!«

Gehorsam ergriff Ellen die Tasse und trank.

»Wie geht es dir?«, fragte Conny vorsichtig.

»Blendend«, antwortete Ellen und knallte die Tasse auf den Tisch. »Kann ich noch so einen haben?«

Hylia schenkte nach.

»Du siehst aber ganz fürchterlich aus«, murmelte Paula und betrachtete ihre Freundin mitleidig. Ellens Haare hingen ihr wirr ins Gesicht, die Augen waren stark gerötet.

»Na und?« Ellen blickte böse in die Runde. »Kann ich denn nicht auch einmal einen schlechten Tag haben?« Sie trank auch die zweite Tasse mit einem Zug leer.

»Wenn du weiter Tee mit Rum säufst, wird der Tag morgen noch schlechter als der heutige«, warf Conny leise ein.

»Lass sie ruhig!« Hylia tätschelte Ellens Arm. »Dafür kann sie heute Abend wenigstens gut schlafen.«

Ellen rieb sich ihr Gesicht. »Ich bin jetzt schon todmüde«, seufzte sie.

»Ellen«, begann Paula vorsichtig. »Was wird jetzt aus dir und Thomas?«

»Gar nichts.« Ellen hob kampfeslustig den Kopf. »Ich will ihn nie wieder sehen.«

»Das wird aber schwierig«, bemerkte Hylia. »Er kommt Mitte nächster Woche her und beendet die Arbeiten im Keller.«

»Dann komme ich nächste Woche immer erst ganz spät nach Hause. Oder ihr schließt ihn während der Arbeit im Keller ein.« Ellen zuckte mit den Schultern. »Wo ist das Problem?«

»Du kannst ihm doch nicht ewig aus dem Weg gehen«, bemerkte Conny.

»Nach dieser peinlichen Szene gestern will ich nie wieder etwas mit ihm zu tun haben! Überhaupt werde ich nie wieder etwas mit Männern anfangen!« Ellen vergrub ihr Gesicht in den Ärmeln ihres Bademantels.

»Das bedeutet jetzt wohl das offizielle Ende unserer Pension«, sagte Paula traurig.

Erstaunt sahen ihre Freundinnen sie an. Paula seufzte. »Mit den beiden Hotelzimmern wollten wir auf Männerfang gehen«, erklärte sie. »Aber das brauchen wir doch jetzt nicht mehr, oder?« Sie schaute von einer zur anderen. Zuletzt blieb ihr Blick an Ellen haften. »Keine von uns braucht mehr einen Mann.«

»Paula hat recht«, bestätigte Conny nachdenklich. »Wir sind alle versorgt.« Als sie Ellens empörten Gesichtsausdruck sah, fügte sie hastig hinzu: »Oder bedient.«

»Ja«, bestätigte Hylia. »Das war es dann wohl!« Sie erhob sich. »Wer möchte noch einen Tee mit Rum?«

Die anderen drei schoben ihr die Tassen hin.

»Sara!« Überrascht blickte Thomas auf seinen Gast und ließ das Mädchen und den Hund ins Haus. »Kommt in die warme Küche!«

Er nahm Sara die Jacke ab und setzte sich mit ihr an den Tisch. Pepper schnüffelte in den Ecken herum und ließ sich dann zu Saras Füßen nieder.

»Was führt euch zu mir?«, fragte er freundlich.

Unsicher blickte Sara ihn an. »Du bist mir nicht böse?«, erkundigte sie sich schüchtern.

Er schüttelte den Kopf. »Warum sollte ich?«

»Na ja, wegen der Briefe. Die waren gar nicht für Karina, sondern eigentlich für Mama.«

»Ich weiß. Deine Mutter hat mich gestern noch angerufen und mir alles erklärt.« Thomas lächelte bei der Erinnerung an das Telefonat. Conny hatte gründliche Arbeit geleistet und sich das Geschehen nach den Aussagen ihrer Kinder und einem Gespräch mit Ellen selbst zusammengereimt. »Ein ganz schön großes Durcheinander, nicht wahr?«

Sara nickte heftig. »Das kann man wohl sagen. Deshalb will ich mich bei dir entschuldigen.«

»Und dazu bist du extra hergekommen?«

»Nicht nur«, gab Sara zu und schob ihre Hand in die Jackentasche. »Ich soll dir das von Ellen geben.« Sie legte den grünen Schraubenzieher auf den Tisch.

Gedankenvoll betrachtete der Schreiner das Werkzeug. »Damit fing die Verwirrung an«, murmelte er.

»Stimmt. Wenn nicht Ellen, sondern Mama den Brief am Schneemann bekommen hätte, dann hätte unser Plan funktioniert. Ich schwöre es dir!«

»Tja.« Thomas seufzte. »Manchmal verlaufen die Dinge aber nicht nach Plan.«

»Oder vielleicht doch.« Sara strahlte ihn an. »Mama und wir werden nämlich trotzdem zu Johannes ziehen. Ist das nicht toll?«

»Das freut mich für euch«, entgegnete Thomas.

»Eigentlich sind jetzt alle glücklich«, plapperte Sara weiter. »Mama hat Johannes, Paula hat den Zahnarzt, und Hylia hat Karsten. Nur Ellen heult die ganze Zeit vor sich hin …«

»Ellen weint?«, fragte Thomas betroffen.

»Und wie! Sie hat sich in ihr Zimmer eingeschlossen und schluchzt seit gestern Abend herum. Die ganze Nacht hin! Sogar Pepper konnte nicht schlafen, und das will was heißen, weil er fast taub ist.« Sie blickte sich in der Küche um. »Hast du zufällig etwas Süßes für mich?«

Thomas erhob sich und holte eine Packung Lebkuchen.

»Und kannst du mir vielleicht sagen, warum Ellen so weinen muss?«, fragte er möglichst beiläufig.

»Natürlich.« Sara grinste wichtigtuerisch. »Sie ist in dich verknallt und glaubt, dass sie jetzt alles vermasselt hat.«

»Woher weißt du das?«, erkundigte sich Thomas eindringlich.

Sara lachte. »Manchmal, wenn Mama und ihre Freundinnen glauben, dass wir schon schlafen, treffen sie sich in der Küche, trinken Tee und reden über so was wie Männer, Geld oder Hochzeiten.« Das Mädchen biss in den Lebkuchen und kaute eine Weile lang darauf herum. »Ich habe schon oft auf der Treppe gesessen und sie belauscht«, verriet sie Thomas im Flüsterton. »Das darfst du aber nicht verraten.«

»Keine Angst!«, beruhigte Thomas sie. »Niemals!«

»Mama, Paula und Hylia haben auch gestern Abend in der Küche gesessen, und sie haben über Ellen geredet«, fuhr Sara fort. »Weil ich wegen Ellens Geheule nicht schlafen konnte, habe ich sie ein bisschen belauscht.« Sie nahm sich noch einen Lebkuchen.

Thomas ließ sie in Ruhe essen und fragte erst, nachdem sie den letzten Bissen heruntergeschluckt hatte: »Was haben sie denn gesagt?«

Sara blickte ihm geradewegs in die Augen. »Mama hat den anderen erzählt, dass Ellen zugegeben hat, dass sie in dich verliebt ist. Aber irgendwie verstehe ich das nicht.« Sie runzelte die Stirn. »Wieso ist sie verliebt und weint dann die ganze Zeit?«

»Äh ...« Er räusperte sich.

»Sie hätte dir den Schraubenzieher doch selbst bringen können, statt mir zehn Euro dafür zu geben.« Sara schüttelte verständnislos den Kopf. »Dann könnte sie dir sagen, dass sie dich liebhat, und dann wäre alles klar zwischen euch.«

»Wenn es nur so einfach wäre ...«, flüsterte Thomas.

Ellen schleppte sich am Montagmorgen mit schrecklichen Kopfschmerzen zur Arbeit. Teilweise lag das sicher an den vielen Tränen, die sie am Wochenende vergossen hatte. Doch sie war auch ehrlich genug, um sich einzugestehen, dass die fünf Tassen Tee mit Rum vom Vorabend ebenfalls einen großen Anteil an ihrem Unwohlsein hatten.

Müde schloss sie ihr Büro auf und öffnete das Fenster. Wie immer tat ihr die kalte Morgenluft gut. Dann machte sie sich auf den Weg zur Kaffeemaschine und traf dabei auf Dieter Bader.

»Hallo, Dieter!« Sie nickte ihm freundlich zu.

Er wurde knallrot. »Ellen«, stotterte er. »Ich ... ich ... weiß gar nicht ...«

Schlagartig fielen ihr die Ereignisse der letzten Woche wieder ein. Nach dem schrecklichen Theaterstück am Samstag kam ihr das Liebesgeständnis ihres betrunkenen Kollegen plötzlich ziemlich unbedeutend vor.

Sie musterte ihn neugierig aus dem Augenwinkel. Er sah wieder einmal so aus, als hätte er nicht geschlafen. Sein Hemd war zerknittert, und in seinem Bart hingen noch die Krümel vom Marmeladenbrötchen.

Plötzlich hatte sie Mitleid mit ihm und legte eine Hand auf seinen Arm. Im Grunde genommen hatte auch er eine peinliche Vorstellung hinter sich, nur dass er – im Gegensatz zu ihr – weder auf einer Bühne gestanden hatte, noch mit einem Engelskostüm bekleidet gewesen war. Außerdem hatte er wesentlich weniger Zuschauer gehabt als sie selbst bei ihrem unerfreulichen Auftritt vom Samstag.

»Du musst mir gar nichts erklären, Dieter«, begann sie deshalb sehr freundlich. »Es gibt Tage im Leben, die möchte man am liebsten vergessen.« Sie lächelte ihm aufmunternd zu. »Wir machen am besten genau das: Wir vergessen jetzt die letzten Tage.«

Er nickte erstaunt und brachte dann tatsächlich ein schiefes Grinsen zustande. »Bist du sicher?«

»Aber natürlich.«

Er atmete auf. »Dann werde ich mal in mein Büro gehen und arbeiten«, murmelte er verlegen und verließ den Raum.

Ellen goss sich einen Kaffee ein und ging ebenfalls zurück in ihr Zimmer. Sie schloss das Fenster, schaltete den Computer ein und blickte auf den Monitor.

Ärgerlich runzelte sie die Stirn. Bader hatte anscheinend schon wieder eine Nachricht auf einem Klebezettel hinterlassen, denn quer über dem Bildschirm hing eine gelbe Notiz.

Sie riss den Zettel ab und begann zu lesen.

Liebe Ellen,
keine versteckten Andeutungen mehr und keine heimlichen Zeichen – ab jetzt sagen wir uns die Wahrheit.

Und damit du siehst, wie ernst es mir ist, fange ich gleich damit an:

Alles, was passiert ist, tut mir furchtbar leid, denn es ist wohl tatsächlich so – ich liebe dich! Ja, jetzt habe ich es schwarz auf weiß (oder blau auf gelb) hier aufgeschrieben!

Ich warte vor dem Haus auf dich. Ohne Schal. Ohne Schraubenzieher. Ohne Turban.

Dein Thomas

Ellen brauchte nur ein paar Sekunden, um Bader mitzuteilen, dass sie heute freinehmen würde. In dieser Zeit schaffte sie es sogar noch, ihren Lippenstift nachzuziehen und sich die Haare zu bürsten. Dann eilte sie die Treppen hinab und öffnete die Tür. Kalte Luft schlug ihr entgegen.

Sie sah ihn sofort. Er stand vor seinem Lieferwagen und lächelte, als er sie erblickte.

»Da bin ich«, sagte sie und ging langsam auf ihn zu. »Ohne

Flügel, ohne Engelshaar und ohne die geringste Ahnung, warum ich gekommen bin!«

»Das kann ich dir sagen«, behauptete Thomas.

»Ach ja?« Sie legte den Kopf zur Seite.

»Ich sehe gut aus, habe sehr viel Geduld mit dir und bin außerdem der beste Heilige König, den du je gesehen hast. Kein Wunder, dass du mich unwiderstehlich findest und mir hinterhergelaufen kommst –«

»Moment mal!«, unterbrach sie ihn. »Ich glaube, wir müssen da einiges klarstellen.«

»Was denn?« Er trat einen Schritt auf sie zu und ergriff ihre Hand.

»Erstens: Ich will den grünen Schraubenzieher wiederhaben.«

Er schmunzelte. »Einverstanden.«

»Zweitens: Du schreibst nie wieder Liebesbriefe.«

Er nickte und küsste ihren Handrücken.

»Drittens: Ich finde dich nicht unwiderstehlich.«

»Doch«, widersprach er. »Du willst es nur nicht zugeben. Und viertens?«

»Viertens hast du angefangen, hinter *mir* herzulaufen, nicht umgekehrt«, erklärte Ellen bestimmt.

»Ist doch ganz egal, wie es angefangen hat«, murmelte er und legte seine Hände auf ihr Gesicht. »Hauptsache, es geht nie zu Ende!«

Sie standen noch eng umschlungen vor dem Auto, als Dieter Bader einige Minuten später sein Bürofenster schloss. Erstaunt betrachtete er das Paar, das sich so selbstvergessen mitten auf der Straße küsste. Dann griff er zu seiner Kaffeetasse und prostete der Kollegin durch die Fensterscheibe zu. »Herzlichen Glückwunsch zur Versöhnung mit deinem Exmann!«, flüsterte er. »Jetzt wird doch noch alles gut. Du glaubst gar nicht, wie sehr sich eure Tochter freuen wird.«

17

Als Hylia am Abend in die Küche kam, stand Paula am Herd und rührte in einem Kochtopf.

»Was riecht hier so komisch?«, wollte Hylia wissen und schnüffelte misstrauisch.

»Das ist Glühwein«, erklärte Paula. »Damit will ich Conny und Ellen überraschen.«

»Na, diese Überraschung wird dir bestimmt gelingen.« Hylia schielte in den Kochtopf. Dort blubberte eine rote Flüssigkeit vor sich hin, von der ein scharfer Geruch nach Alkohol und Zucker ausging.

»Möchtest du mal probieren?«, fragte Paula.

»Nein danke«, antwortete Hylia. »Ich bin auf dem Weg ins Kino. Außerdem habe ich sowieso noch nie verstanden, warum die Deutschen einen guten Rotwein dermaßen verschandeln müssen.«

»Aber wir verschandeln ihn gar nicht«, protestierte Paula. »Wir würzen ihn nur, süßen ihn ein wenig und trinken ihn heiß. Das schmeckt im Winter richtig gut, wenn –«

»Wonach riecht es hier?«, wurde sie von Conny unterbrochen, die in diesem Moment in die Küche kam.

»Das ist Paulas berühmtes Glühwein-Rezept«, klärte Hylia sie auf, während sie ihren Mantel ergriff. »Extra für dich und Ellen. Viel Spaß!« Sie winkte den beiden Freundinnen zu und verließ das Haus.

»Wohin geht sie?« Conny öffnete die Dose mit den Weihnachtskeksen.

»Sie ist mit einer Freundin im Kino verabredet.« Paula nahm eine Tafel Schokolade aus dem Kühlschrank.

»Ist Ellen schon aus dem Büro zurück?«, erkundigte sich Conny.

»Nein.« Paula schüttelte den Kopf.

»Komisch, dass sie nicht zum Abendessen aufgetaucht ist«, sagte Conny nachdenklich.

»Vermutlich vergräbt sie sich aus lauter Kummer in ihrer Arbeit«, vermutete Paula. »Aber schau mal, da kommt sie!« Sie deutete aus dem Fenster auf die Straße, bevor sie zum Schrank ging und Erdnüsse und eine Tüte Chips herausnahm. Sie legte alles zu der Schokolade auf den Tisch und zündete dann einige Kerzen an. »So«, sagte sie zufrieden und trat einen Schritt zurück. »Das sieht gemütlich aus.«

»Das sieht eher nach einem bevorstehenden Gelage aus«, bemerkte Conny kritisch. »Wer soll das denn alles essen?«

»Wir natürlich«, antwortete Paula. »In einer Krise hilft es immer, wenn man sich mit Leckereien verwöhnt. Dazu serviere ich dann noch den Glühwein, und dann lassen wir es uns richtig gutgehen!«

»Und morgen früh wachen wir drei Kilo schwerer auf«, ergänzte Conny lachend.

»Was soll's?« Paula goss den Glühwein in Tassen. »Hauptsache, wir bringen Ellen auf andere Gedanken. Ich kann es nicht ertragen, sie so traurig zu sehen.«

»Da hast du recht«, betätigte Conny. »Sie machte heute Morgen einen richtig verzweifelten Eindruck.«

In diesem Moment öffnete sich die Haustür, und Ellen trat ein. Mit strahlenden Augen und geröteten Wangen begrüßte sie ihre Freundinnen. Dann fiel ihr Blick auf den Küchentisch.

»Wieso liegt da so viel Knabberzeug?«, fragte sie alarmiert. »Haben wir ein Problem?«

»Äh …« Unsicher sah Paula sie an. Ellen wirkte überhaupt nicht mehr traurig oder verzweifelt.

»Es ist Roland, nicht wahr?« Ellen musterte Paula eindringlich. »Er hat dich verlassen. Ich wusste es!«

»Nein!« Paula schüttelte heftig den Kopf. »Zwischen Roland und mir ist alles in Ordnung.«

»Dann ist etwas mit Conny und dem Pfarrer.« Ellen wandte ihre Aufmerksamkeit Conny zu. Sie lächelte aufmunternd und legte ihre Jacke und ihre Tasche auf einen Stuhl. »Kommt, lasst uns darüber reden!« Sie setzte sich an den Tisch.

Conny und Paula sahen sich erstaunt an. »Vielleicht sollten wir erst einmal tun, was sie sagt«, murmelte Conny leise. Die beiden ließen sich neben Ellen nieder.

»Ich habe Glühwein gemacht.« Paula verteilte die Tassen mit dem heißen Getränk.

Kritisch probierte Ellen einen Schluck und verzog dann das Gesicht. »Das muss ja eine ziemlich schlimme Krise sein, wenn man dazu ein so hochprozentiges Gegenmittel braucht«, scherzte sie. Gleich darauf wurde sie wieder ernst und ergriff Connys Hand. »Und jetzt erzähl mal, was mit dem Pfarrer passiert ist«, forderte sie die Freundin auf.

»Gar nichts, ich –«, begann Conny.

»Ist etwas mit den Kindern?«, unterbrach Ellen sie. »Wo sind sie überhaupt?«

»Sie sind oben beim Fernsehen«, sagte Conny und ergriff nun ihrerseits Ellens Hand. »Bei uns ist alles in Ordnung. Aber *du* machst uns Sorgen, Ellen! Warum willst du jetzt nicht darüber reden? Du kannst dein Problem nicht lösen, wenn du es verleugnest.«

»Ja, genau«, mischte sich jetzt Paula ein. »Es hilft nichts, wenn du dich immer nur von deinen eigenen Sorgen ablenken willst. Wir sind heute Abend hier, um dir zu helfen.«

»Mir?« Ellen grinste amüsiert. »Ich brauche keine Hilfe.«

»Habe ich es dir nicht gesagt?« Conny sah Paula an. »Sie lässt sich nicht hineinreden!«

»Ellen!« Paula runzelte die Stirn. »Du musst auch mal Hilfe annehmen können. Es reicht nicht, immer nur die Starke zu spielen und uns herumzukommandieren. Jetzt ist der Zeitpunkt gekommen, an dem wir *dir* sagen müssen, wie es weitergeht.«

»Ihr?« Ellen zog die Augenbrauen in die Höhe. »Eine Frau, die stockbetrunken meinem Exmann ins Auto kotzt und die Mutter aller Katastrophen, die sich in die Arme eines Pfarrers flüchtet?«

»Ellen, es reicht«, warnte Conny. »Nur weil du Pech in der Liebe hast, musst du unser Glück nicht ins Lächerliche ziehen.« Sie nahm einen Schluck Glühwein und hustete. Ellen klopfte ihr auf den Rücken.

»Probier mal die Kekse!« Conny schob sie Ellen hin.

»Oder möchtest du noch etwas Richtiges essen?«, erkundigte sich Paula und erhob sich. »Ich habe noch eine Dose Gulaschsuppe im Schrank.« Sie schaltete das Radio an und stellte einen Sender mit Weihnachtsmusik ein.

»Ich möchte keine Gulaschsuppe, danke!« Ellen schaute von Conny, die ihr immer noch die Keksdose entgegenhielt, zu Paula, die zum Tisch zurückgekehrt war und leise summte. Dann legte sie plötzlich den Kopf in den Nacken und begann, schallend zu lachen.

Conny und Paula wechselten einen nervösen Blick. »Nimm ihr bloß den Glühwein wieder weg«, zischte Conny.

Paula nickte und griff nach Ellens Tasse, aber Ellen war schneller.

»Nichts da!«, japste sie und wischte sich die Tränen aus den Augen. »Diesen Glühwein trinke ich aus, und dann will ich noch einen.«

»Ellen!« Paula funkelte ihre Freundin böse an. »Kannst du uns bitte mal sagen, was mit dir los ist?«

Ellen kicherte. »Das kann ich dir gewiss sagen. Ich befinde mich gerade in meinem schlimmsten Alptraum – und soll ich euch etwas beichten? Es ist gar nicht so schlimm, wie ich dachte!« Sie nahm einen großen Schluck Glühwein und griff danach in die Keksdose.

»Das verstehe ich jetzt nicht«, sagte Paula hilflos.

»Ich auch nicht.« Conny zuckte mit den Schultern.

»Dann werde ich es euch erklären.« Ellen legte ihren angebissenen Lebkuchen zur Seite. »Erinnert ihr euch, wie wir vor ein paar Wochen in Paulas Blumenladen saßen und auf die Idee kamen zusammenzuziehen?«

Ihre Freundinnen nickten.

»Damals hatte ich die Befürchtung, dass ich irgendwann mit euch bei Glühwein, Keksen, Weihnachtsmusik und Kerzen enden würde. Und heute ...« – sie blickte vor sich auf den Tisch – »heute ist es wirklich so weit.«

»Und ... und findest du das nicht schlimm?«, fragte Paula vorsichtig.

»Nein! Das ist ja das Seltsame.« Warm lächelte Ellen ihre Freundinnen an. »Ich kann mir heute Abend keinen schöneren Platz vorstellen als hier bei euch. Das ist alles perfekt.«

Überrascht ließ Conny ihre Tasse sinken.

»Ich weiß, dass ich euch mit meinen Forderungen in den letzten Wochen das Leben schwergemacht habe«, fuhr Ellen selbstkritisch fort und biss in ihren Lebkuchen.

»In den letzten Wochen?«, wiederholte Conny. »Du hast immer schon an uns herumgemäkelt, sogar schon in der

Schule.« Sie zog die Tüte mit den Chips zu sich und wollte sie öffnen. Die Verpackung riss jedoch mitten durch, und die Chips fielen auf Tisch und Boden.

»Wie du siehst, war mein Einfluss doch nicht so durchschlagend«, stöhnte Ellen und trank ihren Glühwein aus.

Pepper kam schwanzwedelnd herbei und fraß die Chipskrümel vom Küchenboden.

»Möchte noch jemand Glühwein?« Paula stand auf. Conny und Ellen nickten.

»Fein!« Paula strahlte. »Ich wusste, dass euch das Rezept schmecken würde!« Sie füllte die drei Tassen erneut und schob dann die Chips vom Tisch in eine Schüssel.

»Vielleicht ist das ja das Geheimnis unserer Freundschaft«, begann sie nachdenklich, nachdem die Freundinnen getrunken hatten.

»Was denn? Das Glühweinrezept?« Erstaunt blickte Conny auf.

»Nein. Ich meine, dass wir trotz unserer gegenseitigen Erziehungsversuche immer wir selbst geblieben sind.«

»Vielleicht ergänzen wir uns tatsächlich perfekt so, wie wir sind«, stimmte Ellen ihr zögernd zu.

»Jedenfalls ist der Versuch, das Glück zu erzwingen, hier im Haus gründlich schiefgegangen.« Conny grinste. »Denkt nur an Duftlampen-Albert und sein Meersalz ...«

»Oder an Karaoke-Toshi ...«, kicherte Paula.

»Oder an den Schreiner und seine Liebesbriefe«, fiel Ellen in das Gelächter mit ein. Schlagartig verstummten Conny und Paula und sahen ihre Freundin entgeistert an.

»Schön, dass du schon wieder Witze über die Sache machen kannst«, bemerkte Conny vorsichtig.

»Warum sollte ich nicht?«, fragte Ellen und betrachtete interessiert ihre Fingernägel.

»Weil es nicht normal ist, so oberflächlich über das Ende

einer tragischen Liebesgeschichte hinwegzugehen«, antwortete Paula.

»Du solltest endlich zugeben, dass du leidest«, sagte Conny und ergriff wieder Ellens Hand. »Wir sind hier, um dir zu helfen.«

Ihre Freundin lächelte gerührt. »Das weiß ich. Und darüber bin ich wirklich sehr froh. Ich war in den letzten Wochen sicher nicht immer einfach. Es ist nur ...« Sie wurde rot. »Die Geschichte zwischen Thomas und mir ist gar nicht so tragisch.«

»Nicht tragisch?« Paula sprang auf. »Ellen! Ich hatte so gehofft, dass ihr zusammenfindet. Es wäre so schön gewesen.«

»Tja, dann muss ich euch wohl etwas beichten«, begann Ellen, aber Paula hörte gar nicht zu.

»Wir hätten zu sechst so schöne Dinge unternehmen können!«, rief sie. »Essen gehen, zum Beispiel, oder ins Theater oder Kegeln ...«

Conny sah sie beunruhigt an. »Ich gehe nie kegeln.«

»Mein Exmann sicher auch nicht.« Ellen schmunzelte. »Aber Thomas, Johannes, Paula und ich, wir können ja trotzdem gehen.«

»Ich gehe nicht ohne Roland«, widersprach Paula heftig, dann jedoch blickte sie Ellen überrascht an.

»Hast du gerade von Thomas gesprochen?« Auch Conny war erstaunt. Paula ließ sich auf ihren Stuhl zurückfallen.

»Also«, hob Ellen erneut an. »Thomas und ich ... wir haben uns ausgesprochen.«

»Ausgesprochen?«, wiederholte Paula.

»Wann?«, fragte Conny.

»Er kam heute Morgen in mein Büro ...«

»... und dann hat er dich mit einem Strauß roter Rosen um Verzeihung gebeten, oder?« Paula strahlte.

»Paula, du liest zu viele Liebesromane.« Conny schüttelte den Kopf. »Jetzt lass Ellen doch ausreden!

»So falsch liegt Paula gar nicht«, gab Ellen zu und lächelte glücklich. »Es waren zwar keine roten Rosen, aber dafür ein sehr schöner Brief.«

»Darin sollte er ja jetzt Übung haben«, murmelte Conny.

»Und nun?«, fragte Paula aufgeregt.

»Tja …« Ellen räusperte sich. »Wir haben uns ausgesprochen, und jetzt … jetzt sind wir wohl ein Paar, denke ich.«

»Wie schön!« Paula strahlte.

Conny holte tief Luft. »Wenn wir gerade dabei sind, uns die Wahrheit zu sagen, habe ich auch noch eine Neuigkeit für euch.«

Ellen und Paula blickten sie erstaunt an.

»Ich habe eine Wohnung gefunden«, sagte Conny.

»Oh …«, machte Paula überrascht.

»Das ging aber schnell«, bemerkte Ellen.

Conny nickte zögernd.

»Und wo ist die Wohnung?«, fragte Paula. »Ich hoffe, es ist nicht weit von hier.«

»Nein, nein … Es ist … gleich um die Ecke.«

»Nun sag schon!«, forderte Ellen ihre Freundin auf. »Du wirst hoffentlich nicht gleich bei deinem Pfarrer einziehen, oder?« Sie lachte.

Conny wurde rot. »Eigentlich sozusagen doch …«, nuschelte sie.

»Nein!« Ellens Lachen ging in ein überraschtes Husten über.

»Ich ziehe in eine leere Wohnung im Erdgeschoss des Pfarrhauses«, sagte Conny leise.

»Das ist … das ist …«, stammelte Ellen.

»… das ist wunderbar!«, beendete Paula ihren Satz. »Ich freue mich für euch.« Sie stieß Ellen in die Seite.

»Ja!«, bestätigte diese lauter als nötig. »Natürlich ist das wunderbar.« Sie wollte noch etwas sagen, aber ein strenger

Blick von Paula brachte sie zum Schweigen. Deshalb räusperte sie sich nur und fragte dann: »Wann zieht ihr denn um?«

»Gleich im neuen Jahr«, antwortete Conny und runzelte die Stirn. »Obwohl ich mir nicht völlig sicher bin, dass es die richtige Entscheidung ist, mit Sack und Pack zu Johannes ins Pfarrhaus zu ziehen.«

»Warum nicht?« Paula blickte erstaunt von ihrem Glühwein auf. »Liebst du ihn nicht?«

»Doch, natürlich.« Conny wurde erneut rot. »Aber was ist, wenn David und Sara dort auch nur Blödsinn anstellen, die Gemeindemitglieder ärgern oder gar die Kirche abfackeln?«

»So weit wird es nicht kommen«, beruhigte Paula sie. »Die Kinder lieben Johannes und bewundern ihn.«

»Ja, zum Glück!« Conny lächelte.

»Es wird ruhig sein, ohne euch hier im Haus«, meinte Paula bedauernd.

»Keine Sorge, du hast ja noch Hylia und mich«, warf Ellen ein. »Ich habe immer noch keinen endgültigen Einzugstermin für meine neue Wohnung genannt bekommen.«

Conny nahm noch einen Schluck Glühwein und runzelte die Stirn. »Aber was ist mit Ellen, wenn Roland hier einzieht? Sie kann schließlich schlecht mit ihrem Exmann und dessen neuer Frau unter einem Dach leben.«

»Roland zieht hier ein? Und er will Paula heiraten?« Erschüttert ließ Ellen ihre Tasse sinken. »Was für Neuigkeiten habt ihr eigentlich noch für mich? Lebt der Hund noch? Hat die Spinne das nächste Bein verloren?«

»Blödsinn!« Paula schüttelte heftig mit dem Kopf. »Roland zieht hier nicht ein, und wir werden auch nicht heiraten.«

»Noch nicht«, murmelte Conny leise.

»Wir werden sehen«, antwortete Paula bestimmt und blickte dann ihre Freundinnen an. »Hauptsache, jede von uns hat ihr persönliches Happy End gefunden.«

»Aber kein Einziges davon war geplant«, warf Conny ein und zwinkerte Ellen zu. »Ich hoffe, du kannst trotzdem damit leben.«

Ellen lächelte in die Runde. »Ihr werdet mir schon dabei helfen, oder?«

Epilog

Die Kaffeemaschine blubberte unablässig vor sich hin. Es war ein ganz besonderer Abend – Heiligabend. Seit dem Nachmittag hatte es ununterbrochen geschneit, so dass der Schnee jetzt zentimeterdick auf den Straßen lag und die Stadt in ein Winter-Wunderland verwandelt hatte.

Paula schlurfte in die Küche und öffnete verstohlen den Reißverschluss ihrer Hose. Wenn sie ihre Bluse geschickt über die Hose zog, dann fiel es gar nicht auf. Sie seufzte satt und zufrieden. Hylias festliches Vier-Gänge-Menü war köstlich gewesen. Jetzt würde es noch eine Weile dauern, bis der Kaffee fertig war.

Paula nutzte die Zeit und faltete das benutzte Geschenkpapier sorgfältig zusammen. Dabei ließ sie die letzten Stunden noch einmal Revue passieren.

Das schlichte rote Papier stammte von Hylias Geschenken. Sie hatte für Conny, Ellen und Paula türkisches Meersalz besorgt. »Zur Erinnerung an einen besonders netten Abend«, bemerkte sie augenzwinkernd, als die Freundinnen das Salz in den Händen hielten.

Ellen hatte ihre Geschenke in Goldfolie gewickelt. Paula und Conny zogen fast zeitgleich zwei gerahmte Bilder aus den Verpackungen und blickten hilfesuchend auf.

»Was ist das?«, fragte Conny ratlos und drehte den Rahmen hin und her.

»Ein Schnittmuster«, schlug Sara vor, die neben ihrer Mutter saß.

»Quatsch!« David beugte sich über Connys Schulter. »Das ist ein Schaltplan für eine Modelleisenbahn. Cool!«

»Ich weiß nicht«, murmelte Paula unschlüssig und betrachtete die vielen Striche und Linien auf dem Papier.

Ellen blickte empört in die Runde. »Das sind Originalzeichnungen von Britta Birnbaum!«

»Die Dame mit den dicken Knien!«, rief Thomas begeistert und legte den Arm um Ellen. »Warum habe *ich* nicht so etwas Nettes geschenkt bekommen?«

»Du kannst dir ja meines mal ausleihen«, sagte Paula und legte das Bild zu ihren anderen Geschenken.

»Tja also, Ellen – danke!«, kam es ebenso wenig begeistert von Conny. »Das ist wirklich ... très chic ...«

Ellen lächelte zufrieden und lehnte sich an Thomas' Schulter. »Ich wusste, dass euch die Bilder gefallen!«

»Jetzt sind meine Geschenke an der Reihe«, verkündete Conny und verteilte ihre Gaben. Als Verpackung hatte sie weihnachtlich dekorierte Papiertüten gewählt. »Die Taschen sind von einem Weihnachtsbasar aus Johannes' Gemeinde«, erklärte sie ihren Freundinnen.

Der Pfarrer, der sich gerade mit David und Sara die Geschenke der Kinder angesehen hatte, nickte. »Ihr wisst schon, einer dieser schrecklich langweiligen Weihnachtsbasare, denen man als Pfarrersfrau nicht entkommt«, sagte er zu Ellen und Paula und grinste dabei über beide Ohren.

Ellen spähte in ihre Tüte und packte eine blaue Flasche aus. »Die ist von ›Très Chic‹, nicht wahr?«, erkundigte sie sich begeistert. »Wie schön!«

Conny nickte. »Ich bin schon sehr gespannt, was du darin aufbewahren wirst.«

»Keine Ahnung.« Ellen zuckte mit den Schultern. »Aber

auf jeden Fall wird sie toll in meine neue Wohnung passen. Danke schön!«

»Ein Wein-Führer«, sagte Paula amüsiert, denn auch sie hatte mittlerweile Connys Geschenk ausgepackt. »Dann kann ich mir ja weitere Weinproben sparen!«

»Zumindest musst du nicht alle Weine an einem Abend durchprobieren«, bemerkte Conny grinsend.

Paulas Geschenkpapier war mit kleinen weißen Weihnachtsengeln auf rosafarbenen Wolken bedruckt. Hylia erhielt einen Gutschein für ein Flugticket. »Damit kannst du Karsten hinterherfliegen«, sagte Paula lächelnd zu ihrer Haushälterin.

»Danke!« Die junge Frau fiel ihr begeistert um den Hals.

Ellen packte nacheinander sechs Glasfrösche mit Musikinstrumenten aus, die zusammen ein kleines Orchester bildeten. »Wo hast du das denn noch aufgetrieben?«, fragte sie erstaunt.

»Die hatte ich bei mir im Blumenladen gelagert«, erklärte Paula. »Als ich sie beim Aufräumen entdeckte, wusste ich, dass ich das ideale Geschenk für dich gefunden habe.«

»Ich würde sagen, das ist ausgleichende Gerechtigkeit«, murmelte Conny und dachte an die Zeichnung von Britta Birnbaum.

Für Conny hatte Paula ein großes Kräuterkissen gekauft. »Aber nicht für guten Schlaf, sondern für entspanntes Aufwachen«, erklärte sie ihr.

Conny lachte. »Ein Wecker wäre vermutlich effektiver gewesen ...«

»In deinem Fall aber leider völlig hoffnungslos!« Ellen schüttelte grinsend den Kopf.

Das laute Zischen der Kaffeemaschine riss Paula aus ihren Gedanken. Der Kaffee war fertig.

Sie stellte sieben Tassen und eine Zuckerdose auf das Tablett. Nach kurzem Zögern legte sie noch eine Packung Marzipanschokolade dazu. Zwar waren bestimmt alle satt, aber eine Kleinigkeit zum Naschen gehörte einfach zum Kaffee dazu. Außerdem kam es heute auf ein paar Kalorien mehr oder weniger auch nicht mehr an.

Sie suchte im Schrank nach Löffeln, fand aber keine. Vermutlich war das gesamte Besteck in der Spülmaschine, die Hylia nach dem Essen eingeschaltet hatte. Das Spülprogramm war bereits beendet, denn ein Knopf an der Maschine blinkte grün.

Sie beugte sich vor und öffnete die Tür. Ein heißer, feuchter Schwall kam ihr entgegen, und sofort beschlug ihre Brille. Leise vor sich hin schimpfend richtete sie sich auf und starrte durch die beschlagenen Gläser aus dem Fenster.

Es war schon dunkel, doch die Weihnachtsbeleuchtung im Vorgarten zauberte viele kleine Lichtflecken in ihr benebeltes Bild.

»Paula?«

Sie wandte sich um. Die Umrisse der Person, die in der Küchentür stand, wurden langsam klarer. Sie erkannte Rolands strahlende Augen und sein Lächeln, das heute nur ihr galt.

»Wo bleibst du? Alle warten auf dich.« Er strich ihr sanft eine Strähne aus dem Gesicht.

»Alle warten auf mich«, wiederholte Paula leise und dachte an ihr festlich geschmücktes Wohnzimmer, das an diesem Tag voller Menschen war. Sie hatte sich noch nie in ihrem Leben so wohl gefühlt.

»Ja«, bestätigte er und küsste sie sanft. »Besonders ich.«

»Dann muss ich jetzt wohl mitgehen.« Sie holte die Löffel aus der Spülmaschine und legte sie auf das Tablett. Verwundert beobachtete sie Roland, der eine Schublade geöffnet hatte und offenbar etwas suchte. »Was tust du?«

»Ich suche einen frischen Zuckerlöffel. Ellen hat gesagt, dass ein frischer Löffel in der Zuckerdose für euch sehr wichtig ist.«

Paula kicherte. »Hat sie dir auch erklärt, warum?«

»Nein. Sie behauptet, dass sie es selbst nicht weiß.« Er entdeckte das saubere Besteck in der geöffneten Spülmaschine und legte einen weiteren Löffel auf das Tablett. »Aber ich glaube, Hylia erklärt es ihr gerade.«

In diesem Moment ertönte Ellens entgeisterter Ausruf »Das darf doch nicht wahr sein! Wie ekelig!« aus dem Wohnzimmer.

Schmunzelnd drückte Paula Roland die Kaffeekanne in die Hand und ergriff das Tablett.

»Jetzt weiß sie es.«

Anette Göttlicher

Die Melonenschmugglerin

Roman

ISBN 978-3-548-26685-5
www.ullstein-buchverlage.de

Mitte 30 und endlich vom Traummann schwanger … da muss man doch einfach glücklich sein! Nicht so Charlotte: Denn mit dem Bauch wächst auch das Chaos in ihrem Leben und vor allem in ihrem Herzen. Ist Frank wirklich der Richtige? Oder ist ihr bester Freund Tom eigentlich nicht schon lange die Liebe ihres Lebens? Sind vielleicht allein die Hormone schuld an dieser Verwirrung? Und so steht Charlotte auf einmal – in einer Lebensphase, in der doch alles klar sein sollte – mit einem Baby im Bauch zwischen zwei Männern.

»Göttlicher erzählt frech-poppig über das Durchwurschteln zwischen zwei Männern. Entspannung pur!« *Bild.de* über *Paul darf das!*

UB512

ullstein

Conni Lubek

Entlieben für Fortgeschrittene

Roman

Originalausgabe

ISBN 978-3-548-26808-8
www.ullstein-buchverlage.de

Curd ist wieder da! In *Anleitung zum Entlieben* liebte Lpunkt einen Mann, der ihre Gefühle nicht erwiderte. In *Entlieben für Fortgeschrittene* ist der Fall schon diffiziler. Dick, der Holländer, liebt Lpunkt. Problem diesmal: Er ist verheiratet. Mit einer anderen. Was nun?
Eine neue Herausforderung für Lchen und Curd Rock, die wie gewohnt tapfer kämpfen, wenn es um den Menschen ihres Herzens geht. Und so aussichtslos ist es diesmal gar nicht – oder doch?

»Tolles Lesefutter mit Suchtgefahr. Liebeskummer kann so schön sein …« *Young* über *Anleitung zum Entlieben*

UB527

ullstein